LAINYA

14

I edizione: giugno 2017

Via Isonzo 42, Roma


ISBN: 978-88-9325-144-0

www.fazieditore.it
www.lainya.it

Chiara Panzuti

# Absence

*Il gioco dei quattro*

LAINYA

*A Roberta,*
*in ricordo di un waffle.*
*Grazie.*

*Qui alla frontiera cadono le foglie,*
*e benché i vicini siano tutti barbari e tu,*
*tu sia a mille miglia di distanza,*
*sul tavolo ci sono sempre due tazze.*

Anonimo – Dinastia Tang

## *Faith*

Nessun luogo è davvero completo.

È una questione di dettagli.

Allungai le braccia davanti a me e avvicinai pollice e indice di entrambe le mani, formando un rettangolo.

*Click.*

Quando vivevo in Scozia, in inverno c'era profumo di legna, mentre in estate respiravo l'odore del vento insieme a quella sensazione di perenne irrequietezza, mossa qua e là come le foglie tra i rami. Fin da piccola, Edimburgo era stata casa mia, ma non ne conservavo vere e proprie radici. Al contrario sentivo forte l'instabilità, come se dentro di me albergasse la certezza di dover cambiare. Sempre, continuamente.

Un altro *click*, l'istantanea della mia nuova casa di Londra, lì a Covent Garden, e del panorama un po' ovattato fuori dalla finestra di quella che sarebbe diventata la mia camera.

Quella città mi piaceva, aveva un non so che di magico e caotico al tempo stesso. Sapeva di umido e di smog, ma a volte anche di mare: incredibile a dirsi, come se la salsedine arrivasse fin lì, sfidando ponti e palazzi. Le strade erano bagnate, il cielo era bagnato, spesso anche le guance di mia madre erano bagnate.

Le sue lacrime che fuggivano da papà, dal suo ricordo, dal suo abbandono, dal suo ritorno, di nuovo dal suo abbandono.

Inspirai una boccata d'aria e chiusi gli occhi. Lo facevo sempre prima di un nuovo inizio, per riordinare i profumi che ormai si mescolavano tra loro, rendendo impossibile quella cosa chiamata... senso di appartenenza.

Un terzo *click*, l'ultimo. Al mio cuore, stavolta. Per evitare che si perdesse di nuovo.

«Faith», chiamò la mamma dal salotto.

Nonostante il freddo, lasciai la finestra aperta per cambiare un po' l'aria e corsi da lei. Il servizio traslochi stava tardando a dismisura. Ancora un po' e sarebbero arrivati per cena.

«Vietato avere crisi di nervi», scherzai nel raggiungerla. Sapevo quanto tenesse alla puntualità. «Prima o poi si materializzerà qualcuno, o almeno spero, visto che questa casa è arredata solo a metà. Allora, cosa ne pensa la nostra principessina?».

«È piuttosto contrariata», replicò mia madre mentre stuzzicava il pancione di sette mesi.

Spostai una manciata di stracci e mi sistemai sul divano accanto a lei, preoccupandomi che non si fosse stancata troppo.

Le avevano consigliato di aspettare il parto, ma lei niente, dura come il marmo: aveva voluto traslocare subito, quasi che da quel trasferimento dipendesse la vita di tutte e tre.

Sedici anni sono una differenza infinita per due sorelle.

«Pronto?», sussurrai appoggiando la guancia al pancione. «C'è nessuno in casa?».

«Non risponde», sbuffò la mamma. «Si è chiusa in un silenzio di protesta».

«Come darle torto. Lo sai, sorellina? Probabilmente sarai già nata quando il camion porterà la nostra roba».

«Inizio a temerlo. E io mi sarò anche già stufata di questa casa».

«Sicuramente!», risi.

Mamma era così. Un metro e ottanta di capelli rossi, grinta ed energia. Era in perenne cambiamento, come un fiore che ogni giorno pretende di sbocciare. Andava a caccia di dettagli, mentre io li smarrivo. Giorno dopo giorno, luogo dopo luogo, lei scovava l'essenza e io percepivo la mancanza.

Ma le volevo bene, un bene solido, anche se spesso eravamo madri entrambe, a rotazione. A volte io, a volte lei. E nel nostro peregrinare c'era sempre una costante: papà.

«*Nell'erba alta c'è un nascondiglio*», intonai la canzoncina che conoscevo da sempre, quella con cui mi addormentavo da piccola, la stessa che finalmente potevo condividere con una sorella.

La nostra situazione non era facile.

Ero nata io e, quindici anni dopo, i miei genitori avevano concepito quella piccola bimba ancora senza nome, protetta da una membrana di pace.

Papà c'è, papà non c'è.

«*Un buco nero nero come la pece*».

A lei volevo già un bene particolare, mi accorgevo di aspettarla quasi come una figlia.

Qualche anno prima avrei voluto ardentemente qualcuno con cui ridere e con cui crescere. Poi il tempo era passato, portandosi via i pomeriggi con le bambole e il desiderio di una compagnia con cui ignorare le liti dei miei genitori. Ora aspettavo la mia sorellina non più come un rifugio, ma come un dono, pronta a condividere con lei un mondo di cose, compreso lo stesso sangue e le stesse assenze.

«*E in quel buco tu ti nascondi*». Tamburellai le mie dita sul pancione in cerca delle sue. A volte, dal quinto mese in poi, sembrava che le nostre mani si sfiorassero.

«*Protetta dall'erba, il mondo non ti vede. Il mondo ti ha perso, il mondo non ti vede*».

Mia sorella non aveva ancora un nome. Sarebbe nata a breve, ma era senza identità. Di solito crearne una è compito dei genitori, ma i miei sapevano solo scappare e aspettarsi a vicenda.

«*E poi a un tratto sbuca un segugio*». Chiusi le mani a coppa e risi, nascondendo il volto tra i palmi. «*Io ti cerco, io ti trovo*». Le cantavo spesso quella canzone, quasi sperando che l'avrebbe ricordata una volta nata. «*Io ti guardo, io ti vedo*».

Lei era il sole, la luce che ogni giorno mi sforzavo di vedere e che improvvisamente stava prendendo forma.

«*E alla fine…*», sussurrai, «*siamo insieme*». Cercai di nuovo le sue manine, ma in quel momento evidentemente le teneva nascoste. Sorrisi dalla gioia e mi distesi per terra, ammirando il soffitto da sotto in su.

«Faith, hai la polvere fin sopra i capelli», osservò bonariamente mia madre. Passò le dita nel mio caschetto corvino. «Stai raccattando tutto lo sporco della casa».

«Vorrà dire che mi laverò», tagliai corto. L'orologio segnava le sei passate, dove accidenti era finito il camion dei traslochi? «Vuoi metterti un po' sul letto? Io torno alla finestra a fare da vedetta».

«Perché no? Lancia un urlo quando li vedi arrivare».

«Un urlo da moicano come presentazione ai vicini?», ridacchiai.

«Penso possa andar bene». Ci scambiammo un'occhiata d'intesa. Lei stravolta, io elettrizzata.

Andammo nella stanza accanto e l'aiutai a stendersi sul materasso, che per il momento stava poggiato per terra. Poi tornai in camera mia, attraversando di nuovo il salotto.

Era una bella casa. Luminosa, piena di spazi, e ricordava vagamente il primo appartamento di Edimburgo.

Per la prima volta pensai di farcela: l'adattamento, l'accento, la nuova scuola, i compagni, le persone con cui stringere amicizia. Per la prima volta pensai che quella città potesse davvero essere un nuovo inizio.

Mi affacciai alla finestra e immaginai le piante da mettere sul davanzale. Non c'era molto spazio, ma qualche piccolo vaso ci sarebbe stato benissimo. Colore con le tende, colore coi fiori, qualsiasi cosa andava bene, purché fosse diversa dal grigio. Poi fotografai con le mani.

*Click*, *click*, *click*.

«*Nell'erba alta c'è un nascondiglio*», cantai soprappensiero. «*Un buco nero nero come la pece*». Sistemai in un angolo le bottiglie comprate al market e recuperai il bicchiere che avevo lasciato vicino al davanzale, bevendo l'acqua rimasta. «*E in quel buco tu ti nascondi*».

Persone. Tantissime persone si riversavano nelle strade, una scia umana a colori e in bianco e nero. Probabilmente stavano rientrando dal lavoro.

«*Protetta dall'erba, il mondo non ti vede*». Aguzzai la vista in cerca del camion. Niente, solo passanti, turisti e un gran baccano. «*Il mondo ti ha perso, il mondo non ti vede*».

Un tonfo mi fece sobbalzare.

Per un attimo pensai che fossero i vicini, forse dall'appartamento di sopra. Mi ritrovai a guardare il soffitto, perplessa, come se da un momento all'altro dovesse formarsi una crepa.

Il rumore continuò. Un sussulto, un paio di colpi, qualcosa che strisciava. Poi nulla.

E un dubbio: veniva da sopra o da dietro di me?

«Mamma?», chiamai allarmata.

Restai in attesa. Silenzio.

Saperla incinta mi preoccupava enormemente, così mandai al diavolo l'avvistamento dei traslocatori e tornai in salotto. Tra l'altro iniziavo a gelare, davanti alla finestra aperta senza neanche un giaccone.

«Mamma», chiamai di nuovo.

Stranamente avevo le orecchie tappate e percepivo la mia voce distorta, come se qualcuno avesse abbassato il volume. In più mi sentivo la testa leggera, e gli occhi... che succedeva? Procedevo un passo dopo l'altro, ma d'un tratto, nell'abitudine a un campo visivo dove i miei piedi entravano e uscivano, non riuscivo più a notare il mio corpo, non riuscivo più a *vedere* il mio corpo.

Un calo di pressione? E dov'era finita mia madre? Perché non rispondeva?

Confusa, notai che il divano era intonso, ma gli stracci fuori posto, caduti a terra. Era ripassata per il salone? Probabilmente ci aveva camminato sopra. Possibile che fossero ancora le nausee? Erano finite da mesi ormai.

«Le cose sono due», provai ad allentare la tensione. «O hai fatto tu quel fracasso, o abbiamo il vicinato peggiore della storia».

Ritrovai mia madre nella sua camera, dove l'avevo

lasciata. Se ne stava immobile davanti alla finestra, le braccia abbandonate lungo i fianchi.

«Mamma, ti senti bene?», mormorai. «Ho qualcosa... i miei occhi hanno qualcosa di strano».

In quell'istante suonò il citofono. Sussultammo entrambe, e quando lei si voltò il suo sguardo andò oltre.

«Ehi!», alzai la voce. «Mamma, aspetta. Mamma!».

Mi superò senza fare una piega, eppure aveva un passo incerto: pendeva leggermente sul lato destro del corpo e teneva le spalle curve.

Qualcosa non andava. In lei e in me.

«Mamma», protestai. «Cos'è successo? Stai bene?».

«Siete arrivati finalmente», disse lei sollevando il ricevitore. «Scala C, terzo piano... No, ci sono solo io». Ebbe un attimo di esitazione, poi scosse la testa. «Ce la fate da soli, vero? Insomma, sono al settimo mese... Sì. Sì, esatto», rise a una qualche battuta. «Eh, non ha tutti i torti. Ho scelto proprio il momento peggiore».

«Mamma». Stavolta lo dissi più lentamente.

La raggiunsi in quattro falcate e mi tesi sulle punte, perché di certo da lei non avevo preso l'altezza.

«Mamma!».

Eravamo una di fronte all'altra, il mio naso a pochi centimetri dal suo.

I suoi occhi erano su di me. Oltre me.

Non mi vedeva, come io non vedevo me stessa.

«Mamma!», urlai.

«È aperto?», continuò lei con un sorriso. «Benissimo, vi aspetto... No, niente marito purtroppo», attorcigliò il cavo del citofono attorno all'indice, totalmente ignara delle mie grida. «Che le devo dire? Tutti uguali voi uomini. Va bene... D'accordo per il tavolo, sì...».

«Mamma! Dai piantala, rispondi! Rispondimi!».

L'afferrai per le braccia e la scossi. Questo sembrò mandarla in tilt.

Dalle sue labbra uscì un debole «ah», e sbiancò all'istante, lasciando andare il ricevitore.

«Ehi!», insistetti. Lei portò una mano alla testa e fece qualche passo indietro, la cornetta che dondolava e sbatteva contro il muro.

«Mamma, mamma!».

Nessun luogo è davvero completo.

È una questione di dettagli.

«Che ti succede? Mamma!».

Nel mondo di mia madre, il dettaglio mancante ero io.

«Guardami! Cosa… cosa stai facendo? Mamma, guardami!».

*Io non c'ero più.*

## *Jared*

In prima linea.

È dove dovrei stare per difendere qualcuno, giusto?

*Al diavolo. Al diavolo Tommy, al diavolo me, al diavolo questo schifo di marciapiede.*

Accusai il colpo e finii dritto contro il primo cassonetto, mentre la schiena mandava una fitta di dolore. La spazzatura mi cadde addosso, ma ringraziai i miei riflessi quando schivai l'ennesimo pugno di Brian.

*Coraggio, Jared.*

Lo stavo facendo per amor proprio, probabilmente. A che serviva agitarsi tanto?

«Finiscila», ringhiai tornando in piedi.

Brian torreggiava sul mio corpo malmenato, ma neanche lui era messo troppo bene. I miei destri funzionavano ancora.

«Toh. Prendi», sbottai lanciandogli il portafoglio. «Vedi tu cosa ti serve. Contali e vattene».

Tommy ammutolì. Era rimasto nascosto per tutto il tempo dietro al capanno degli attrezzi. Tipico suo, prima combinava i casini e poi frignava come un bambino. Aveva i soldi, una bella casa, la reputazione da ragazzo tranquillo che a me mancava. E niente, ci sputava sopra.

Perché mi ero beccato un fratello così? Perché?

«Se non bastano ti rifaccio i connotati», inveì Brian.

Raccolse il portafoglio e controllò il suo contenuto, stracciando in due la foto dei miei genitori. Fantastico.

Brian 1; genitori morti 0.

Poi tirò fuori la mia ultima paga e parve soddisfatto. E certo.

«È la tua giornata fortunata», decretò alla fine, pulendosi il sangue dal viso. «Facciamo che mi prendo anche gli interessi».

«Sparati», replicai freddo.

«E tu, Tommy?», provocò con un sorriso sghembo. «Hai sempre bisogno della mammina, eh?».

«Sparati», mi imitò Tommy serrando le nocche.

Credibilità scarsa, considerato che stava immerso fino alla vita tra i nani da giardino dei Morgan.

«Devi mettere il guinzaglio al tuo fratellino», disse Brian intascando i soldi. «Prima o poi finirà per ipotecarti la casa. Ah, no», fece spallucce, imboccando la via principale. «Dimenticavo che non è vostra».

Uno sguardo bastò.

Brian era grande e grosso, ma conosceva i miei assi nella manica. Poteva provocarmi una, due, tre volte. Ma della quarta indovinava le conseguenze.

Aspettai che uscisse dalla visuale prima di sfogare la mia furia su Tommy. Lo avrei aggredito lì, nel bel mezzo del quartiere, sculacciandolo davanti a tutta Londra.

«Cosa diavolo ti è saltato in testa?», gridai.

«Non è stata colpa mia», si lagnò Tommy, incespicando nelle parole.

Quando faceva così sembrava ancora più piccolo dei suoi dodici anni. E andava bene. Mi andava bene un dannato fratello frignone, bastava che non si atteggiasse da adulto.

«Per queste?». Raccolsi le sigarette che Brian aveva rivendicato. «Se vuoi strozzarti di fumo vai a lavorare, così poi te le compri!».

«La signora Morgan non vuole che io lavori».

«Certo, la signora Morgan pensa a una cosa più adatta alla tua età. Per esempio la scuola!».

«A me non frega niente della scuola», abbaiò lui. I nani da giardino apparivano più minacciosi. «A me non frega niente dei signori Morgan. A me non frega niente di te!».

«Avanti di questo passo non ti importerà niente neanche della prigione, immagino», attaccai. Ero furioso. Lo avrei preso a sberle, ma non ero nostro padre. Nostro padre aveva deciso di morire troppo presto, accidenti a lui.

«È la terza famiglia, Tommy. Ne abbiamo già cambiate troppe, e lo sai. Come sai dove ci mandano, se i Morgan ci sbattono fuori».

«E allora fallo tu il figlio modello», sbraitò.

Sfilandosi il giaccone, tornò dentro casa come una furia, mentre io lo marcavo stretto. Provò a sbattere la porta, ma l'afferrai al volo, strinsi la maniglia con forza e poi la sbattei io.

Fortunatamente i nostri genitori adottivi erano al lavoro, o ci avrebbero spediti in riformatorio alla velocità della luce.

«Dove stai andando?», lo seguii su per le scale.

«Non ho bisogno del tuo aiuto», ruggì Tommy gradino dopo gradino, lanciando il giaccone sul divano da oltre la balaustra. «Potevo ridarli io i soldi a Brian».

«E a chi pensavi di rubarli, stavolta? Ti rendi conto di quello che dici?».

«Mi hai difeso solo per sfogarti! Tu vuoi soltanto fare a botte!».

«Ah, è questo che pensi?». Frenai di colpo, mostrando il labbro martoriato. «Credi che sia divertente farmi pestare al posto tuo? Credi che sia bello passare sempre per il fratello peggiore?».

«Vattene allora! Sparisci!».

Tirò il petto in fuori e si chiuse in camera sua. Una, due, tre mandate. Tre mandate era davvero grave.

«Indebitarti per delle sigarette!», gridai di rimando. Agitai il pacchetto prima di scaraventarlo nel corridoio. «Delle sigarette, Thomas. Cosa sarà la prossima volta, droga?».

Da brivido.

Parlavo come mamma chioccia adesso.

Tornai di sotto scendendo i gradini due alla volta, visibilmente furioso.

Odiavo tutto di quella casa: l'odore di lavanda, le foto ordinate sul caminetto, i pavimenti costantemente puliti. Lo stupido stile provenzale che piaceva tanto alla signora Morgan. Era un'abitazione perfettamente irreale. Giorno dopo giorno ci ricordava cosa non eravamo. Cosa avevamo perso, cosa ci mancava.

Entrai in cucina e andai dritto verso la dispensa. Là, da qualche parte in mezzo alle bottiglie di aloe vera, c'era il mio ripiano personale. La signora Morgan me ne aveva concesso uno, e io avevo provveduto a dare un calcio nel sedere al suo schifoso cibo vegano.

Eccola. L'ultima birra doppio malto che, grazie ai miei diciannove anni, potevo già concedermi.

Il primo istinto fu di lanciare la bottiglia, ma sarebbe stato un grande spreco. Così la strinsi per il collo e, fatto saltare il tappo con un gesto secco, bevvi direttamente a canna, un modo come un altro per allentare la tensione.

Brian rivendeva sigarette a mio fratello. Brian il bullo di quartiere, che in un quartiere così neanche sarebbe dovuto esistere. Dove potevo andare per trovare un po' di pace? Dove, in quel mondo di apparenze?

Mandai giù una lunga sorsata. Poi un'altra ancora. Vagai senza meta per la casa luccicante, ignorando i tonfi che provenivano dal piano superiore. Tommy stava distruggendo la sua stanza, non c'erano dubbi. Duplice sorpresa per i Morgan, quella sera: un figlio ricoperto di botte e la casa sottosopra.

Un altro sorso. Un altro.

Loro mi odiavano.

O meglio, io li intimorivo. Non sapevano che farsene di me, erano quasi imbarazzati.

Forse era questa la cosa peggiore. L'imbarazzo. La sensazione che la gente non volesse toccarmi, quasi fossi un ordigno. Una bomba pronta a esplodere.

«Tommy!», inveii all'ennesimo colpo. La voce uscì un po' strana, colpa mia e degli effetti dell'alcol.

A essere sinceri, nemmeno la mia vista funzionava a dovere.

Il rumore cessò, seguito subito dopo dal suono della serratura al secondo piano. Solo dieci minuti? Di solito i miei assedi per farlo uscire duravano giorni.

Sentii i suoi passi lungo il corridoio, sopra la testa e quindi giù per le scale. Poi Thomas Price saettò verso l'ingresso senza neppure guardarmi.

«Finita la sceneggiata?», borbottai cupo. Ancora quel suono ovattato al posto della voce. Con il dorso della mano mi stropicciai gli occhi. Era una cosa stranissima, non riuscivo a vedere bene. O meglio, vedevo quello che mi circondava, ma non il mio corpo. La pelle, le nocche… che razza di gradazione alcolica aveva quella birra?

Lo raggiunsi, ma Thomas non disse una parola. Si guardò attorno in cerca delle chiavi, con la fronte corrugata.

«Ti ho fatto una domanda», replicai. Niente, completamente ignorato. «Tommy, guarda che te le suono».

Lo osservai coi nervi a fior di pelle. Prese il giaccone dal divano, trovò il mazzo di chiavi e scrisse mezzo biglietto per avvisare i Morgan. Tranquillo, come se non avessi appena fatto a botte per lui.

«Te le suono», decretai alla fine.

Planai sulla sua figura minuta e mi piazzai davanti alla porta. «Ti senti importante? Dimmelo, ti senti figo?», incalzai. «Pensi di essere più uomo ora che tieni la bocca chiusa?».

Lui tentennò. Non era colpito dalle mie parole, che arrivavano lontane persino a me; piuttosto sembrava confuso, come se la situazione lo scombinasse.

«Tommy», sbottai. «Guardami in faccia. Vuoi essere uomo? Benissimo, guardami in faccia».

Era agitato, inspiegabilmente teso. Girò su se stesso e iniziò a respirare più forte.

«Tommy…». La mia voce proveniva dall'oltretomba. Avevo un evidente problema di udito, la birra si stava dimostrando una pessima alleata.

Nessuna risposta. Era sordo o stava fingendo?

Lo osservai meglio. Qualcosa, nella nostra discussione, era stranamente ribaltato. Non mi stava ignorando.

Semplicemente non mi vedeva.

Non mi vedeva *per davvero*.

«Tommy, hai fumato?», chiesi con voce strozzata.

«Non sono pazzo», sussurrò tra le labbra. Lo sentii appena, ma riuscii lo stesso a decifrare le parole. «Non sono pazzo».

Dovetti scostarmi per evitare che mi venisse addosso. Afferrò la maniglia e spalancò la porta di casa, procedendo a zig zag senza una direzione precisa.

«Thomas!», gridai. Provai a tirarlo per il giaccone. «Thomas, che hai? Di' qualcosa, Tommy!».

«Non sono pazzo!», sbraitò, bianco come un cencio. Si liberò dalla mia presa ma i suoi occhi non mi incontrarono. Andavano oltre, ero trasparente per lui.

«Aspetta! Tom… Aspetta!». Mi lanciai al suo inseguimento, senza preoccuparmi di guardare la strada prima di attraversare.

Doppia corsia.

Pessima idea.

Il ruggito del motore arrivò un secondo in anticipo, e fu proprio quello a salvarmi. Quando scartai di lato, un SUV di notevoli dimensioni invase il mio lembo di strada, colpendomi al fianco con lo specchietto. Piegai le ginocchia e finii disteso a terra, mentre il bacino mandava scariche di dolore.

*Dannazione.*

Neanche un colpo di clacson, l'autista aveva semplicemente tirato dritto.

*Cosa diavolo sta succedendo?*

Dovevo aver preso una bella botta, perché sentivo il corpo leggero.

L'asfalto su cui ero sdraiato appariva distorto, sotto la mia mano si allargava una buca che al tatto non avvertivo, quasi che della terra fosse rimasta solo la parte sottostante.

Alzai la testa, ma Tommy non si voltò.

A pensarci bene, nessuno fece caso a me.

Assolutamente nessuno.

«Non gufare», la pregai.

«Come vuoi, capellona. Ce la fai a iniziare da sola? Devo sistemare questi nello spogliatoio maschile. Senza, i ragazzi sarebbero capaci di andare in giro nudi», strizzò l'occhio. «Ci metto solo un secondo. Tu intanto parti, che appena torno seguo l'allenamento. Andrai alla grande».

«Lo vedi? Sei tu a stuzzicare la sorte». Pregai solo che nello spogliatoio non ci fosse Nathan. Quel giorno non mi andava proprio di vederlo.

Ingurgitai ciò che restava della mia bevanda energetica e pregai nel suo effetto immediato.

«Non metterti comoda. Ricorda che ti osservo. Ti lascio il cronometro qui, lo faccio partire e lo blocchi tu quando arrivi. Pronta? Tre…».

Iniziava il conto alla rovescia.

Tre. Due. Uno.

Tre. Due. Uno. E poi ancora, e ancora.

A volte mi sentivo semplicemente in apnea, a rincorrere secondi preziosi che alla fine non arrivavano mai. Conservavo un mucchio di ricordi, ma ognuno aveva perso consistenza, avvolto in un alone di nebbia. C'era un senso di mancanza, lo stesso che si prova tra l'infanzia e l'adolescenza, quando qualcosa ci viene strappato via.

All'improvviso un mondo diverso, un elemento diverso.

Aria. Acqua.

«Due…».

Anche la fretta aveva un significato preciso. A ogni battito corrispondeva un secondo, a ogni secondo il tempo che mi separava dal tuffo.

L'intera esistenza è scandita da un conto alla rovescia.

Nasci. Conto alla rovescia.

Cresci. Conto alla rovescia.

Perdi chi ami. Conto alla rovescia.

Serrai la mascella e piegai in avanti la schiena, carica come una molla. Dovevo lottare fino in fondo. A tutti i costi.

«Uno!».

*Andrà male. Andrà maledettamente male.*

«Via!».

Scattai prima col bacino, poi con le gambe, e infine col resto del corpo. Il contatto con l'acqua arrivò subito dopo, quando il mondo si capovolse del tutto. Era là, in quel preciso istante, che mi sentivo completa, come protetta da una corazza d'acciaio. Era laggiù che Christabel Hill diventava improvvisamente qualcuno, tangibile.

Buttai fuori l'aria e chiusi i polmoni, nuotando sul fondo della piscina. Avevo l'impressione che il cloro mi rendesse leggera, che aiutasse i miei movimenti. Era una danza di forze ed equilibri, la stessa che ripetevo da anni.

*Come un pesce nel pozzo. Tre, quattro.*

Mia nonna me lo diceva sempre quando ero bambina.

*Sei un pesce in un pozzo di acqua marina, nascosto a occhi indiscreti.*

E io adoravo giocare a nascondino. Amavo evitare i volti, così come in acqua amavo sentire i suoni ovattati, lontani e mansueti. Pensavo fosse l'unico modo per evitare quel mostro chiamato… fine.

Lo stesso che si era portato via tutto. Violet Hill e il suo essere mamma, Logan Hill e il suo essere padre. E Nathan. *Nathan*.

*Dodici*, contai attraverso i respiri. *Tredici, quattordici*.

Tornai in superficie e inspirai una boccata d'aria umida. Aprii gli occhi solo il tempo necessario per seguire le boe divisorie, e poi via di braccia, muscoli e gambe.

*Ventisette. Ventotto.*

Toccai la sponda opposta col palmo della mano, prima di cambiare direzione con una capriola. I pensieri si affollavano, avanti di quel passo sarebbe stata la mente a rallentarmi e non la forza fisica.

Arginai i rumori dagli spalti e tornai giù, avida di silenzio. Il pozzo che conoscevo a memoria era pieno di cloro e non aiutava a galleggiare. Era quello il momento giusto per trovare uno slancio, il pensiero vincente che mi avrebbe condotta alla meta.

*Sedici anni di vita, Christabel Hill.*

E quella motivazione non era ancora arrivata.

«Maledizione», ansimai dopo il secondo giro, toccando il bordo e riaffiorando dall'acqua.

Sputai fuori tutta la frustrazione. Non avevo bisogno di prendere in mano il cronometro, sicuramente i miei conti erano stati fin troppo precisi. Un tempo da schifo. Lo sapevo che sarebbe finita male, la iella mi perseguitava, era evidente.

Mi appoggiai a bordo vasca e rovesciai la testa all'indietro, in cerca delle luci al neon. Accecarmi era un buon metodo per evitare imprecazioni peggiori.

«Non riesco più a concentrarmi», sospirai. Provai a sturarmi le orecchie, la mia voce si mescolava a quelle sugli spalti, stava diventando un tutt'uno. «E per quanto tu possa dire…».

Cercai Melinda, ma non c'era. Il posto dove mi aspettava di solito, fedele come un cane da guardia, era stranamente vuoto.

«Mel», chiamai perplessa.

La individuai poco più in là, intenta a parlare con un nuotatore di qualche anno più grande. Non c'era quasi nessuno al palazzetto quel giorno, e i pochi occhi erano concentrati sull'imminente gara per le selezioni della squadra del quartiere.

«Melinda», protestai a gran voce. «Ma non dovevi tornare dopo *un secondo*?».

Lei non rispose, sembrava immersa in una conversazione di vitale importanza. Non aveva più gli asciugamani con sé, segno che era passata dagli spogliatoi.

«Non hai seguito nulla dell'allenamento, vero?», sbottai delusa. La domanda si afflosciò in maniera innaturale, come un sussurro a metà. Gli occhi bruciavano, e il corpo sembrava confondersi col resto dell'acqua. Cristallina, vuota… trasparente.

«Se sei impegnata con le gare, basta dirlo», protestai.

Mi tolsi la cuffia con un gesto stizzito, sventolandola davanti ai suoi occhi. Fu un attimo. La superficie acetata, a contatto con le mie dita, sbiadì, diventando improvvisamente invisibile. E non solo la plastica, anche le mie dita. Io… non riuscivo più a vederle.

Cacciai un urlo silenzioso e istintivamente lanciai via la cuffia, che riapparve nello stesso istante in cui toccò l'acqua. Poi il nuotatore con la stazza di un armadio, intento a parlare con Melinda, prese posizione sul trampolino della mia corsia.

«Dammi il tempo di uscire dall'acqua almeno», incespicai.

Melinda raccolse il cronometro, l'aria confusa di chi non ricordava di averlo abbandonato lì. Lo azzerò e guardò incuriosita la cuffia che galleggiava poco lontano.

«Ehi, voi», urlò rivolta a un gruppo di ragazzi. «Recuperate quella cosa, conoscete il regolamento».

«Non è nostra», si giustificò un tredicenne pieno di brufoli.

«Subito», minacciò Melinda a labbra strette. «Ok, pronto? Tre, due, uno».

*Che accidenti sta…*

Ancora concentrata sulla cuffia, non riuscii neppure a formulare il pensiero. Qualcosa di pesante mi mandò a fondo, rischiando di spezzarmi un braccio.

In quel groviglio di corpi era impossibile dire chi fosse sopra a chi, sapevo solo che un deficiente mi si era tuffato addosso. Digrignai i denti e provai a divincolarmi, sgusciando sotto il suo peso. Le urla si trasformarono in bolle e, quando tornammo su, l'omone sembrava parecchio agitato.

«Be'?». Melinda aggrottò la fronte. Guardava lui, non me. «Ti sembra un tuffo decente?».

«Posso giurarti che… c'è qualcosa… ho urtato…».

«Joseph, cosa ti sei bevuto oggi?», rise lei.

«Sono finito addosso a qualcosa! Ti giuro, io… ti giuro».

«Melinda, per la miseria!», sbraitai furiosa. Gesticolai in maniera scomposta, ma i miei movimenti si sovrapponevano a quelli di Joseph, che non la smetteva di schizzare qua e là. «C'ero io nella corsia! Mel, c'ero io».

C'ero?

Ingoiai cloro e parole, immobilizzando un muscolo dopo l'altro.

Nessuno, sugli spalti e in acqua, sembrava accorgersi di me. Ed era una cosa talmente naturale da mettere i brividi.

Lasciai vagare lo sguardo su un gruppo di bambini diretti agli spogliatoi, poi sui genitori distratti in tribuna. Lo spinsi fino a Melinda, e da lei a suo marito che stava compilando uno schedario seduto al tavolino dell'assistenza bagnanti.

Infine lo fermai sui tre nuotatori di secondo livello che stavano prendendo posto ai blocchi di partenza, ridendo di Joseph e della sua performance.

Strinsi le braccia attorno al corpo per scacciare un moto di panico.

*Oddio…*

«Melinda? Melinda!».

Io c'ero?

# *Scott*

Un paio di gambe così non le vedevo dai tempi in cui il Rita's era ancora un locale decente.

Restavo stupito dall'impudenza di alcune ragazze. Seriamente. Andare in giro con quel minuscolo pezzo di stoffa sui fianchi in pieno gennaio… per la miseria, ce ne voleva di coraggio.

«Sei una fanciulla senza paura», enfatizzai alzando un bicchiere di analcolico ambrato.

La mia attenzione era rivolta principalmente alla biondina seduta sullo sgabello girevole del bar. Ma anche l'amica coi capelli fosforescenti non era poi tanto male. Certo, tingersi di verde evidenziatore era una scelta a dir poco azzardata, ma quel nasino all'insù faceva svanire tutti i difetti.

«Ah sì?», rise lei. «Come mai sarei senza paura?».

«Se vieni qui te lo dico», la provocai.

Impossibile resistere a un gioco così. E cambiare città ogni pochi mesi rendeva il tutto ancora più semplice. Ero autorizzato ad avere la faccia tosta, cosa che mostravo in gran quantità.

«Devo sentire che ne pensa la mia amica», continuò la bionda facendo la vaga.

Poi si finse pensosa, tamburellando le dita sul tavolo.

*Dai, sono sicuro che la cosa ti stuzzica.*

«Può venire anche lei, se vuole», invitai. Non era ancora il momento di sorridere, ma una piccola smorfia uscì lo stesso.

Erano carine, sembravano anche piuttosto spigliate, e io avevo un anno intero a disposizione, stavolta. Un anno per conoscere davvero qualcuno, senza dover cambiare città ogni tre mesi. Avevo parlato con calma con zio Duke e con i miei genitori, e finalmente l'avevo spuntata: sarei rimasto a Londra per un tempo ragionevole, dodici mesi tutti per me.

«E quindi?». La ragazza che avevo appena agganciato si sollevò sulle punte. Mi aveva raggiunto di soppiatto. «Cosa pensi di fare ora che siamo venute qui?».

Verde evidenziatore, qualche passo indietro, era ancora più bella vista da vicino.

«Anzitutto vi offro da bere», proposi.

Uno, due, tre. Sfoderai il sorriso, e questo fece il solito effetto.

«Megan, molto piacere», si presentò la prima. «E lei è Barbara». Barbara, dal canto suo, sembrava parecchio scocciata.

«E a Megan e Barbara cosa piacerebbe prendere da bere?», chiesi.

«Scusa, ma con che soldi li paghi tutti questi drink?».

Sapevo dove voleva andare a parare. Mi atteggiavo a rimorchiatore seriale, ma in realtà stavo solo cercando di accalappiarle con qualche battuta, e difficilmente un diciassettenne come me poteva fingersi un miliardario navigato. In quel locale poi, fino alle sei di sera, la clientela non superava i diciannove anni neanche a pregare, e bere alcol era severamente vietato.

«Con la paghetta, è chiaro», scherzai facendole posto.

«Stupida io a non pensarci». Megan apprezzò la battuta. «Sei simpatico, *mmm*... come ti chiami?».

«Scott», replicai stringendole la mano.

«Cosa bevi di interessante, Scott?».

«Oddio, non saprei». Sollevai il bicchiere con un certo disgusto. «Qualche frutto esotico della passione, credo. Se ti concentri puoi immaginare anche un retrogusto di vodka».

«Certo, come no!», ridacchiò lei dietro la mano.

Era molto attraente. Cercava di nasconderlo, ma le sue guance stavano acquistando una sfumatura porpora.

«Se vuoi te ne ordino uno», proposi. «Anche a te, Barbara». Piegai la sedia all'indietro, cercando di ammorbidire l'amica fin troppo sospettosa.

«Va bene, Scott, facciamo così», disse Megan. «Io e Barbara ora andiamo in bagno, e al nostro ritorno... *puff*! Saranno magicamente comparsi i tuoi cocktail».

«Stai andando a incipriarti il naso?». Spalancai gli occhi con finto stupore.

«Può darsi».

Strizzata d'occhio. Perfetto.

Le lanciai un sorriso genuino, e quando si voltò non guardai più le gambe. La linea delle spalle piuttosto, il modo armonioso con cui si muoveva. C'era sempre quell'istante in cui si insinuava la speranza di poter rimediare un numero di telefono, il contatto social, qualsiasi cosa. Non m'importava solo di fare colpo, in quello ero sempre stato bravo, complice anche un carattere fin troppo espansivo. Volevo anche un legame che restasse, avvicinare una ragazza che tre mesi dopo non sarebbe stata soltanto un ricordo.

Mi sentivo inconsistente.

Per tutta la vita, tante energie finalizzate a nulla, tanta fatica per poi perdere, cambiare, e perdere ancora.

Quello che restava era soltanto amarezza.

Andai in bagno a mia volta, perché il terzo bicchiere iniziava a fare effetto. E poi mi fischiavano le orecchie, la musica era troppo alta, e gli occhi non mettevano a fuoco.

Quando tornai avevo perso il posto a sedere, e il bar stava diventando parecchio affollato.

«Scusa», provai ad attirare l'attenzione del barman.

L'orda di minorenni lasciò lentamente il posto ai ragazzi più grandi, i dannati universitari che venivano direttamente dalle lezioni. Noi e quel maledetto problema chiamato coprifuoco.

Pensai a zio Duke e sperai che avesse alzato il gomito anche quel giorno. Lo scotch era in grado di portare indietro le lancette dell'orologio, e le sei di sera diventavano in fretta le quattro del pomeriggio.

«Scusa», ripetei a voce alta, nel tentativo di farmi sentire in mezzo al trambusto. Il barman mi passò davanti tre o quattro volte senza degnarmi neppure di uno sguardo.

«Vuoi stare attento?», sbottai rivolto al tizio che mi stava salendo su un piede.

Finii spintonato un secondo più tardi, rischiando di andare a sbattere contro il tavolo vicino. Era una guerra generale per raggiungere il buffet, le persone neppure guardavano chi avevano davanti. Zombi attratti dal cibo, come un branco di cani randagi.

«Al diavolo!», imprecai esasperato.

Evitai un trio di stangone e tornai verso l'uscita, cercando nella calca Megan e Barbara. Avanti di quel passo sarebbe stato impossibile ordinare un bicchiere d'acqua, figurarsi parlare in pace al bancone del bar.

Le trovai poco più in là, intente a chiacchierare tra loro. Se ne stavano sedute su un paio di pouf dall'aspetto polveroso.

Prendevano tempo o non erano tornate di proposito?

«Già finito di incipriarti il naso?», stuzzicai Megan. Continuavo a sbattere le palpebre, nella speranza di scacciare quella sensazione di improvvisa miopia.

Lei mi ignorò, e anche Barbara evitò di guardarmi.

«Megan? Ehi», mi uscì come un rantolo strozzato. La voce era rallentata. «Sono Scott, ricordi? Quello che due secondi fa ti stava offrendo del frutto della passione frullato».

Megan rise sguaiatamente, ma non alla mia battuta. C'entrava qualcosa che le aveva detto l'amica, ed entrambe si divertivano in maniera scomposta, ignorando il baccano che le circondava.

Conoscevo quel nemico chiamato due di picche, ma non l'avevo mai ricevuto in modo tanto sfacciato.

«Dovevi scappare in bagno per seminarmi?», protestai. «Esistono tante frasi. Tipo: "Ehi, Scott, sai che c'è? Non sei il mio tipo". Oppure: "Ehi, Scott, hai un fisico da urlo ma sono già impegnata". E ancora: "Scott! Non ti rivolgerei la parola neanche se tu fossi l'ultimo uomo rimasto sulla faccia della terra"».

Il cellulare di Megan squillò. Liquidò Barbara con un'occhiata e uscì fuori per rispondere.

Ovviamente la seguii. Niente di personale, ma almeno il coraggio di guardarmi in faccia doveva averlo.

Probabilmente era stata Barbara a dissuaderla. Gli amici veri esistevano ancora a quanto pare: mai fidarsi degli sconosciuti che ti offrono un cocktail finto. Per loro potevo pure essere un maniaco qualsiasi, voglioso di sfogare le sue esigenze maschili.

Be', non lo ero.

Io cercavo… forse cercavo un po' troppe cose, nell'ultimo periodo.

Attesi che Megan finisse la telefonata, e non appena ripose il cellulare in borsa la affrontai. Fuori faceva un freddo incredibile, c'era aria di neve.

«Non è stalking», anticipai subito, scacciando un crescente senso di panico. Lei restò immobile qualche secondo, col naso all'insù. Stava guardando il cielo, ma si comportava come se fosse da sola.

«E non sono un pazzo maniaco». Testa bassa, peggio di un treno in corsa. «Ma sai, è stato carino conoscerti, e se non te ne frega niente lo capisco. Solo una parola. Mi basta una parola qualsiasi e consideriamo chiusa la nostra breve serata».

Restai in attesa.

Megan non era nulla per me.

La conoscevo da cinque secondi e non c'entravano amore, possessione, ricordi. Era un'entrata in scena destinata a svanire e, se non potevo avere quel legame, mi bastava uno sguardo, un gesto da conservare.

«Non ti sto chiedendo di restare», specificai esasperato. «Solo di notarmi mentre te ne vai».

Lei chiuse la zip del cappotto ed espirò una nuvoletta d'aria condensata. Poi mi superò di gran carriera, evitando tutto ciò che mi riguardava.

Corpo, parole, movimenti. Forma.

C'era troppa perizia in quel gesto, era maledettamente spontaneo.

Automaticamente abbassai lo sguardo, controllando che braccia, gambe e piedi fossero sempre al loro posto.

A sentirli li sentivo. Ma a esserci non c'erano. Erano spariti.

In quel momento capii che nessuno mi stava guardando.

Neppure la luna.

# Uno

*Non sta succedendo.*

Provai a inspirare per la centesima, forse millesima volta.

*Non sta succedendo.*

Sentii la pressione scendere fin sotto ai piedi e iniziai a sudare freddo. Da un'ora buona ormai me ne stavo accucciata all'angolo del salone, vicino alla camera da letto di mia madre.

Terrorizzata.

L'unica cosa che mi permetteva di non impazzire fu concentrarmi sul battito del mio cuore.

«E con questo abbiamo finito», concluse soddisfatto l'addetto ai traslochi. Tolse i guanti per stringere la mano a mia madre, mentre il resto della sua squadra terminava di dividere gli scatoloni per stanze. «Signora, ma è sicura di riuscire a fare tutto questo lavoro da sola?».

«Mancano le mie cose», sussurrai nel panico. Ormai la mia voce era completamente svanita. Al suo posto, sentivo una specie di fischio. Familiare, sì, ma impossibile da tradurre.

Tenevo la testa stretta tra le mani, dondolando avanti

e indietro per scongiurare una crisi di nervi. Perché questo sarebbe successo. Stavo precipitando in un inferno di cui non conoscevo la forma.

«Mancano le mie cose», gemetti di nuovo.

Le avevo cercate dappertutto. Scatoloni che avevo preparato io stessa, scrivendoci il mio nome con un vecchio pennarello nero. Dentro c'era tutta la mia vita, i ricordi di Edimburgo, di Inverness, di Perth. C'erano le fotografie di quando ero piccola, i pupazzi che mi aveva regalato papà, la lana con cui mi ero ripromessa di fare una sciarpa a mia sorella.

C'ero io, dannazione.

«Spero di sì». La mamma sembrava stanca. «E comunque avere gli scatoloni divisi per stanze è già un grosso aiuto. Credo di aver chiamato i traslocatori più efficienti del mondo».

«Ci può scommettere», gongolò l'uomo. Aveva montato letto e divano in meno di mezz'ora. «Quella stanza non ha ancora deciso come usarla, eh?», chiese poi, accennando col pollice alla mia camera sprovvista di scatole, e senza attendere risposta aggiunse: «Ha una buona esposizione, è uno spazio da valorizzare. Invece in quell'angolo l'intonaco è venuto male», osservò indicando il punto in cui mi trovavo. Ebbi un tuffo al cuore, ma capii quasi subito che non stava guardando me: piuttosto la parete *dietro* di me. «Strana sbavatura, andrebbe rifatto. Comunque se vuole possiamo tornare a darle una mano, per le scatole».

«Grazie, magari...», tentennò lei. Era confusa, come se non le tornassero alcuni dettagli. Come se non le tornassi io, ad esempio. «Ne approfitto, sì. In caso di bisogno vi chiamerò senz'altro».

«Ci mancherebbe, signora. Siamo sempre disponibili, e disfare i bagagli non è mai cosa semplice. Da soli poi…».

«Ci sono io», mormorai, la bocca premuta sulle ginocchia che non vedevo, ma che sentivo strette fra le braccia, i jeans ruvidi a contatto con le labbra.

*Mamma, ci sono io.*

Questo volevo dirle, ma avevo già urlato così tanto. Gridato tutta la frustrazione contro le pareti, le persone, la casa. Sempre la stessa frase, la stessa preghiera, cercando di capire perché da un secondo all'altro lei non mi vedeva più.

Ero sparita. Scomparsa. Invisibile.

Non mi vedeva lei, e non mi vedevo io. Ero completamente sbiadita. Strizzavo gli occhi, sbattevo le palpebre, ma la vista sembrava interrotta. Fine dei giochi. Chiuso per ferie.

Anche la voce si era spenta, sostituita da un suono incomprensibile, un rumore di fondo. Parlavo, ma lo facevo per abitudine, i timpani non riconoscevano il timbro.

*Non sta succedendo, Faith. Non sta succedendo.*

Dov'ero finita? Perché quella realtà mi aveva improvvisamente sputata fuori? Mi toccavo e sentivo il mio corpo, al tatto ogni cosa appariva al suo posto.

Non aveva senso, strideva nella mia testa come una nota al posto sbagliato. Di punto in bianco, senza preavviso, stavo impazzendo, intrappolata con le spalle al muro, chiusa in suppliche che erano diventate silenzio. La mamma, i traslocatori, nessuno percepiva la mia presenza, mi passavano davanti senza guardare. E, cosa peggiore, neppure mi sentivano.

*Dio, non può essere vero. Non ha senso, sono incastrata in un sogno.*

«Svegliati», singhiozzai disperata. «Svegliati, adesso. Non sta succedendo».

«Per la notte è sistemata?», si informò lo stesso uomo indugiando sull'uscio. Un po' troppo zelante. «Se ha bisogno, domattina alle nove saremo di nuovo da lei».

«Siete veramente gentili», disse la mamma con una nota di sollievo.

«È il nostro lavoro. Allora arrivederci, signora».

«Arrivederci».

La osservai mentre chiudeva la porta, gli occhi acquosi di quando si sentiva smarrita. Conoscevo quella sensazione perché conoscevo mia madre, e sapevo quanto il cambiamento la elettrizzasse e la smarrisse al tempo stesso.

Percepivo la sua tensione sulle spalle, la ruga al centro della fronte, il respiro più pesante. Riuscivo a notare queste cose perché ero sua figlia, ero parte del suo mondo. Io… ero.

«Non sta succedendo», ringhiai scattando in piedi.

*Mamma, guardami.*

Dovevo continuare a provare. Non ci si rassegna a una cosa così, non davanti alla follia di un evento inspiegabile. Ero carne, ossa e fiato, e questo non si poteva cancellare.

«Lo sai chi sono, guardami. Sono qui! Esisto, sono qui!».

Frenai a pochi passi da lei, caricando sulle gambe tutto il peso del mio essere.

«Mamma», sbraitai. «Mamma! Mamma! Mamma!».

Lei sistemava le lenzuola con cura millimetrica, stendendo le pieghe e tirando gli angoli.

Vedevo tutte le sue cose, i suoi vestiti, i suoi libri. In quel trambusto non solo mancavo io, ma anche ciò che mi apparteneva.

«Mamma, sono qui», piansi a dirotto. Parlare senza riuscire a sentirsi era spaventoso. «Sono Faith. Tu mi vedi, tu sai chi sono. Ti prego».

Alla fine urlai, col doppio della forza, proprio perché quell'urlo non potevo sentirlo.

«Ti prego, mamma. Oddio, oddio», singhiozzai.

La mia mamma.

Lei che girava per casa con i capelli ramati che danzavano a ogni passo, mentre canticchiava vecchie canzoni. Tra le stanze già si percepiva il profumo alla rosa, lo stesso che fin da piccola avvertivo appena sveglia. Quel luogo doveva essere nostro, e improvvisamente era diventato soltanto suo. Da un secondo all'altro qualcuno aveva spento la luce.

Buio su di me, buio completo. Totale.

La mia vita andava in una direzione, aveva un senso, una forma e anche un colore. Era fatta di dettagli, ricordi e fotografie. Seguiva un progetto. Quello che stava accadendo era agghiacciante, pauroso e irreale. Rasentava la follia.

*Svegliati, Faith. Svegliati.*

«Mamma», gridai afferrandola di nuovo per le spalle.

Le dita fecero presa sul suo maglione e lo stesso maglione, nel punto in cui lo stavo toccando, svanì. Era un effetto assurdo, una macchia invisibile che si diramava come colore su tela. Dieci centimetri di nulla assoluto.

Come prima, per tutta risposta, mia madre strillò.

Più la scuotevo, più il suo corpo reagiva d'istinto, tra lamenti, capogiri e preghiere. Ero il fantasma che non vedeva, il mostro sotto al letto, la presenza sinistra che si aggirava per casa.

«Mamma», continuai, mentre fuggiva sul divano.

«Va tutto bene», gemette lei massaggiandosi la pancia e tirando su anche le gambe. «Va tutto bene. Andrà tutto bene».

«No, non va tutto bene!». Tornai alla carica.

Sapevo di peggiorare la situazione, ma cosa dovevo fare? Forse toccandola, e spingendola, e abbracciandola…

«Mamma, ti prego!», sbraitai. Affondai le dita nel suo braccio, ma esagerai. Oltre a far scomparire lembi di stoffa fino a mostrare la sua pelle, le causai una violenta crisi di panico. «Guardami! Io esisto, sono qua!».

«Basta, basta, basta», pianse lei. Si chiuse a riccio, avvolgendosi la pancia con fare protettivo. «Basta, basta…».

Fu una scena straziante.

Grottesca. Paurosa.

Mi dimenavo contro una persona che stava dall'altra parte di un muro, e lei reagiva come se a toccarla fosse un fantasma.

Malgrado il dolore, alla fine mi fermai. Perché era mia madre e le volevo troppo bene. A furia di tirare la corda, sarebbe uscita di senno.

«Ossignore», esalò. Si alzò tremando, rovesciò la borsa e ne estrasse il cellulare. Compose il numero tre volte, prima che le dita smettessero di tremare. «Pronto? Pronto, dottore? Sì, sono io. Meyers. Ho bisogno del contatto di quel suo collega a Londra. Subito… No! Subito».

Ingoiai le lacrime e presi una decisione, correndo in quella che fino a un paio d'ore prima sarebbe dovuta diventare camera mia. Non c'erano scatoloni: senza le mie cose, nient'altro sembrava essere previsto per quella stanza. Evitai pezzi di carta e resti di vecchio mobilio, e cercai disperatamente la borsa. Ero certa di averla lasciata per terra, accanto alla finestra.

«Borsa, borsa, borsa», ripetei nel panico.

*Cosa devo fare? Cosa mi è successo?*

Niente borsa.

Nulla di mio, come se ogni oggetto si fosse volatilizzato, giacca compresa. Frugai nella tasca dei jeans, muovendomi in automatico. Non mi vedevo, ma sapevo dov'era il mio corpo, sapevo come gestirlo, sapevo dove trovarlo. E alla fine afferrai l'unica arma contro quella follia: il cellulare.

«Va bene. Ora chiamo papà. Lui sa chi sono, *deve* saperlo». Provai a digitare sui tasti, ma dopo un secondo il telefono svanì.

C'era, ne sentivo la consistenza ma, dannazione, tra le mie mani spariva. Niente mani, niente oggetti, niente di niente. Presa dal panico mi scivolò dalle dita e cadde a terra, ricomparendo mentre urtava il pavimento.

*Faith, deve esserci un modo. Questa cosa non è assolutamente possibile.*

Tornai alla carica, muovendo il cellulare coi piedi. Ci volle un po' per direzionare un piede invisibile, ma per qualche motivo le scarpe facevano da isolante e il telefono non sparì. Guardai lo schermo dall'alto: per fortuna la caduta non aveva provocato danni. Ma qualcos'altro non andava: sembrava spento, mentre fino a un attimo prima io ero certa che il telefono fosse acceso. Mossi la scarpa a caso sullo schermo, cercando di toccarlo con delicatezza, ma niente: non dava segni di vita e non si illuminava neppure.

«Maledizione!», imprecai.

Si era spento da solo? O si era rotto finendo per terra? O, come tutto il resto, non era più mio? Stavo uscendo di senno, era troppa follia da gestire in una volta sola.

Sentii le ginocchia cedere, infilai di nuovo il cellulare in tasca e corsi fuori, ignorando i singhiozzi di mamma sul divano alla vista della porta d'ingresso che si apriva e si richiudeva.

*Non sta succedendo!*

Avevo bisogno d'aria. Dovevo sentire che c'ero perché, dannazione, Faith Meyers esisteva.

«Ti prego, dammi un dettaglio», gemetti scendendo le scale. «Un dettaglio soltanto, qualcosa che mi faccia svegliare».

Finii in strada senza più forze, circondata dai volti anonimi di persone altrettanto anonime. Senza giacca faceva un freddo tremendo, ma almeno avevo addosso un maglione pesante. Ero a Londra soltanto da tre giorni, e nel giro di pochi minuti scordai anche quello che avevo imparato sulle guide turistiche. La verità era che non sapevo dove andare, e seguire il flusso mi avrebbe soltanto confusa. Era buio ormai, l'inverno non lasciava scampo.

Così camminai attorno al palazzo, cercando tra la folla qualcuno che riuscisse a vedermi. Temporeggiavo davanti a ogni passante e poi scartavo all'improvviso, un attimo prima che mi travolgesse.

«Vi prego». Iniziai a respirare a scatti. L'aria si stava facendo pungente, e la gola sempre più chiusa. «Vi prego, vi prego».

All'apice della mia follia, individuai una cabina telefonica. Rossa, tipicamente londinese, sembrava salutarmi come da una cartolina. E lì per lì mi venne l'idea: potevo provare di nuovo a chiamare mio padre. *Doveva* esserci un modo per sentirlo.

«Avanti», gemetti tra i denti entrando e afferrando il ricevitore. «Funziona. Ti prego, funziona». Scavai nella tasca alla ricerca di qualche monetina. Sparivano tutte a contatto con le mani, e insieme a loro parte della cornetta del telefono. Ma il filo potevo vederlo, e se schiacciavo velocemente sui tasti riuscivo a comporre il numero. Di sicuro più facile che sul cellulare.

«Rispondi. Dai, rispondi». Non avevo mai pregato così tanto in vita mia. Non sapevo neppure chi pregare: chiunque mi sentisse, chiunque mi vedesse.

Ci volle qualche secondo prima di sentire finalmente la voce di mio padre. Riconobbi il suo timbro profondo, e la cadenza un po' assonnata. Non sapevo neppure in che parte del mondo fosse, ma il cellulare lo portava sempre con sé.

«Pronto?», disse.

«Papà!». Lo urlai. Fu quasi una supplica. Continuavo a non sentirmi, ma gridai lo stesso, sapevo come si gridava, lui doveva riconoscermi.

«Pronto?», ripeté.

«Papà, sono Faith! Papà, mi senti? Sono *Faith*».

«Pronto?». Si stava spazientendo, era come se le mie parole non gli arrivassero neppure. «Chiunque sia, non la sento».

«Papà, ti prego, sono Fai...».

«Non sento nulla». Qualche borbottio in sottofondo. «Provi a richiamare più tardi, grazie».

Troncò la comunicazione prima che potessi aggiungere altro. E mi lasciò là, prigioniera di quella cabina telefonica, gelata dalla testa ai piedi. La linea era disturbata o non mi sentiva davvero? Quante parti di me stavano svanendo?

Tornai in strada reggendomi a malapena sulle gambe. Ero un fascio di muscoli deboli e tremanti.

Si può sparire così, da un momento all'altro, senza addii o saluti. Si può davvero sparire così?

Tirai su col naso e provai a pensare a qualcosa, qualsiasi cosa in grado di tenermi lucida.

*Un passo alla volta, Faith. Segui la canzone. Nell'erba alta c'è un nascondiglio…*

Individuai un punto e lo raggiunsi, camminando come un fantasma su un deserto di spine. Un cartello all'angolo indicava che mi trovavo su Arundel Street. Mi era familiare, non dovevo essermi allontanata molto da casa.

Attorno, colori e scale di grigio e nero, senza alcuna dimensione. Persone a destra, a sinistra, nel centro. Non avevo consistenza per loro, non ero materia o sostanza, ma semplicemente aria.

Tutto. Niente.

*Un buco nero nero come la pece…*

Là, tra milioni di volti assenti, c'era un dettaglio che non tornava. Una sensazione, più che altro. Lottai contro un capogiro e sollevai le braccia, pollice e indice di ogni mano a formare un rettangolo.

*Click.*

I palazzi grigi.

*Click.*

Un parco.

*Click.*

L'insegna di una stazione della metro.

*Click.*

Le persone che passavano oltre.

*E in quel buco tu ti nascondi…*

*Click.*

Un uomo vestito di nero, proprio dall'altro lato del marciapiede, sul limitare del parco.

Strizzai le palpebre per metterlo a fuoco. Media statura, coppola in testa, guanti di pelle. Sì, era lui il dettaglio mancante. Sostava in mezzo alla strada come se ne fosse il padrone e giocherellava con una scatola di metallo.

Il primo istinto fu quello di indietreggiare. Di punto in bianco non era più il non essere vista a spaventarmi, ma il suo esatto contrario.

Quell'uomo, chiunque fosse, mi guardava.

# Due

«Chi sei?», mormorai tra le labbra. Non poteva sentirmi, ma lo chiesi comunque, forse più a me stessa che a lui.

Un autobus oscurò improvvisamente la mia visuale.

Allungai il collo per tornare a vedere, terrorizzata all'idea di averlo sognato, ma lo sconosciuto stava ancora là, in paziente attesa.

«Chi diavolo sei?». Stavolta lo dissi più forte e anche piuttosto rabbiosa, ma continuavo a non sentirmi.

Le lacrime fecero marcia indietro, lasciando il posto alla frustrazione più nera. Era un miscuglio di sentimenti positivi e negativi. Il fatto che quell'uomo mi stesse guardando sottolineava la mia sanità mentale, e io ne avevo un estremo bisogno.

«Aspettami lì». Serrai le nocche e attesi il verde per attraversare, ben consapevole che nessuna macchina, bicicletta o pedone si sarebbe fermato per farmi passare.

Avanzai evitando il contatto con le persone, memore della reazione di panico di mia madre. Tuttavia nessuno sembrava farci troppo caso, anche quando accidentalmente sfioravo qualche spalla, gomito o mano. Erano tutti in trance, probabilmente di ritorno a casa, occhi bassi e mente altrove.

Tanto meglio per me.

Raggiunsi l'obiettivo in tempo record, e un passo dopo l'altro il cuore iniziò a martellare più forte. Chi era quel tizio? Non si limitava a osservare, mi stava proprio aspettando, le dita intrecciate sulla scatola che teneva in mano e un sorriso sul volto. Indossava un lungo cappotto nero, che lasciava intravedere pantaloni eleganti e scarpe dello stesso colore. A far da contrasto, solo la carnagione e gli occhi sottili, dall'iride straordinariamente chiaro.

«Tu», esalai tenendomi a debita distanza. «Mi vedi», decretai subito dopo. Non riuscii a trattenere il sollievo. «Mi senti».

Liberai un gemito, mentre lui mi mostrava la scatola di metallo. Non disse nulla; aveva solo quella sfacciata smorfia di cortesia.

«Cos'è?», chiesi senza prenderla. «Perché sono invisibile? Chi sei tu? Cos'è successo a mia madre?».

Ancora silenzio.

«*Per favore*», lo implorai.

La nausea stava mandando segnali a intermittenza, e lo stomaco si era definitivamente accartocciato. Pregai di svegliarmi.

«Sei stato tu?», mugolai. «Cosa mi hai fatto? Perché sono sparita? Questo non ha senso. Non ha *senso*!».

«Destra», disse finalmente lui. Aveva una voce profonda, senza inflessioni. «Destra, sinistra, sinistra, destra».

«Cosa?», gemetti.

«Destra, destra, sinistra, sinistra, destra», ripeté posando la scatola ai miei piedi, sull'erba.

Poi si tolse il cappello e fece un lieve inchino.

«Piantala!», sbraitai. «Non me ne frega niente dei tuoi

indovinelli, dimmi chi sei! Fammi tornare visibile, fammi... torna indietro!».

Scattai in avanti, mentre una nuova ondata di persone si riversava sul marciapiede. Alla nostra destra c'era l'ingresso di Temple Station: come stare nella gabbia dei leoni all'ora di pranzo. Lo sconosciuto ne approfittò, e anche l'oscurità giocava a suo favore. Nero su nero.

«Torna indietro!». Troppa confusione per una voce spenta.

La folla non aveva regole, impulsi o direzione, si sparpagliava a macchia d'olio travolgendo ogni cosa.

Anche la mia scatola.

«La scatola».

Frenai bruscamente.

Una parte del corpo voleva insistere nella ricerca dell'uomo, l'altra spingeva per recuperare l'oggetto di metallo. In fondo era l'unico legame con quello che mi stava accadendo, e dell'uomo in nero non avevo più tracce. Era svanito nel nulla.

Feci dietro front e tornai al punto di partenza, dove vidi la scatola ancora sull'erba, al limitare del parco. Con l'adrenalina alle stelle la sollevai, stringendola tra le mani, ma nello stesso istante quella svanì, regalandomi l'ennesima crisi di nervi. Con un grido di frustrazione che sentii solo io la gettai lontano, e il contenuto si rovesciò sull'erba.

*Accidenti!*

Mi avvicinai di nuovo, timorosa di aver combinato qualche disastro e di aver rovinato l'unico appiglio che mi era rimasto con la realtà.

Sembrava di no.

A terra giacevano un pezzo di carta piegato, un paio

di guanti di un materiale ruvido e cangiante, e una confezione di plastica, senza scritte o etichette.

Mi sedetti con malagrazia e iniziai dal biglietto. O meglio ci provai, perché il contatto con la mia pelle lo rendeva invisibile.

*Maledizione! Ma perché fa così?*

Ormai potevo solo andare a tentativi. Con la mano invisibile cercavo di toccare qualcosa che, raggiunta, scompariva a sua volta. L'effetto era immediato, ma terminava a contatto interrotto: gli oggetti, lontani da me, assumevano di nuovo il loro aspetto.

«È assurdo», singhiozzai nel panico.

Tentai con la confezione di plastica. Stesso problema.

Provai con l'erba che mi circondava. Anche quella spariva, lasciando zolle di terra lì dove premevo le dita, per tornare verde e fitta quando ritraevo la mano.

Qualcosa di simile accadeva anche nel punto in cui ero seduta. Il mio corpo creava uno strano effetto ottico, quasi un riflesso sfocato: si intravedeva l'erba schiacciata dal mio stesso peso, ma a tratti anche la terra che vi stava sotto.

Disperata, presi i guanti.

*Ehi!*

Cambiamento.

Restarono tali e quali, almeno per un attimo. Poi sbiadirono anche loro, ma lentamente, come se il processo fosse rallentato, senza comunque scomparire del tutto.

*Oddio, ti prego.*

Li afferrai più volte, li sollevai, continuavo a scorgerli.

*Ti prego, dimmi che sono normali. Li vedo, li vedo, li vedo!*

Li indossai senza pensarci due volte, rendendo le mie

mani reali, sospese in aria nell'oscurità del parco. Solo per un momento.

Poi svanirono del tutto, portandosi via anche quella sfumatura che i guanti avevano mantenuto quando li stringevo fra le dita.

*D'accordo, dev'esserci una spiegazione.*

Posai un palmo sul prato, pronta a rivedere la terra prenderne il posto, e invece no. Eccola lì, l'erba, scurita dal buio della sera, ma brillante alla luce dei lampioni. Qualcosa, seppur piccola, era comunque mutata. Provai anche con la confezione di plastica, e nemmeno quella sparì.

«Oddio», mormorai grata e al tempo stesso timorosa di vederla scomparire da un momento all'altro come avevano fatto i guanti una volta indossati; ma quella rimase lì, a mezz'aria.

*Questi guanti sembrano una specie di isolante*, ipotizzai afferrando anche il biglietto. *Non li vedo, ma mi permettono di guardare le cose che tocco.*

Ero troppo agitata per perdermi in congetture, così mandai al diavolo le domande e posai l'attenzione sull'unico dettaglio rilevante: il biglietto e la scatolina di plastica erano ancora visibili. Aprii il pezzo di carta e lo lisciai per decifrare meglio il messaggio.

Alla luce del lampione ne lessi il contenuto, tracciato con una grafia ordinata e accompagnata dal simbolo della Rosa dei Venti:

*0°13'07''S 78°30'35''W*
*Torna a vedere.*

Lessi e rilessi senza tregua, cercando di tradurre l'incomprensibile. La prima riga indicava numeri e simboli privi di senso, la seconda un senso logico lo aveva, ma era decontestualizzata. Di cosa stavamo parlando? Ero invisibile, terrorizzata e svanita dai ricordi di mia madre. Che razza di enigma poteva giustificare tutto quello?

*Torna a vedere*. Io ci vedevo benissimo, erano gli altri a non vedere me. Quel dannato biglietto andava indirizzato a loro.

Passai in rassegna l'altro oggetto. Grazie ai guanti, la confezione di plastica continuava a superare il test del tatto, così riuscii ad aprirla senza troppi problemi. Conteneva una custodia per lenti a contatto e quelli che riconobbi come apparecchi acustici.

L'invito era abbastanza chiaro, e seguirlo era altrettanto folle. Ma cosa è giusto e cosa sbagliato fare, in una situazione ribaltata? L'alternativa era tornare indietro, salire in casa, e vegliare su una madre che neppure si ricordava di me. Quella scatola invece conteneva la prova della mia esistenza, e chiunque me l'avesse data sapeva esattamente cosa stava accadendo.

*D'accordo, Faith*. Provai a farmi coraggio. *Ricorda di respirare. Ricorda che esisti.*

Mi rialzai in piedi e infilai lenti e auricolari nelle tasche dei jeans. Il parco era troppo buio, avevo bisogno di più luce. Tornai in Arundel Street in cerca di una superficie da usare come specchio per indossare le lenti. Niente, erano tutti portoni. Percorsi l'intera via prima di trovare un Pret a Manger. Estrassi le lenti e mi voltai verso la vetrina.

*Idiota*.

Non c'era assolutamente nulla dall'altra parte.

Il mio riflesso mi rimandava assenza.

Ebbi un tuffo al cuore, mentre col corpo che non vedevo cercavo la rassicurazione per ciò che non ero. La vetrina rifletteva i passanti, la strada, le insegne accese che illuminavano le vie. Ma dei miei lineamenti restava soltanto il ricordo.

«Dove sono?».

Io. La mia voce. La mia identità.

Cercai di estrarre le lenti aiutandomi con i guanti. Dovevo riuscire a metterle, scoprire la verità celata nel biglietto. Dovevo muovermi, perché l'immobilità mi avrebbe portata alla pazzia.

Inserire la prima lente fu un disastro. In mezzo al marciapiede, a faccia in giù, rischiando ogni secondo di urtare qualche passante, riuscii a metterla dopo più di qualche tentativo, e non senza un forte bruciore. L'occhio protestò, lacrimò, ma finì per inglobarla.

Qualcosa apparve.

Tremando dall'urgenza passai all'altra.

La seconda lente, per fortuna, si fece largo con più maestria, e a quel punto la differenza fu netta.

Sconvolgente. Decisa.

Il mio corpo tornò.

«Ossignore», tentennai mentre gambe, braccia e piedi mi salutavano dalla solita prospettiva.

«Oh, grazie». Premetti le mani dappertutto, quasi la voglia fosse di abbracciarmi da sola. «Grazie, grazie, grazie».

Esistevo, dannazione. Forse era uno stupido gioco di specchi, ma io c'ero.

Mi vedevo. *Mi vedevo.*

Preda di una gioia isterica, tirai fuori dalle tasche anche gli apparecchi acustici e li infilai, facendo decisamente meno fatica. Erano discreti e aderivano perfettamente all'incavo dell'orecchio.

«Faith», urlai in mezzo alla strada.

Anche la voce era tornata.

«Oddio». Piansi di gioia, dolore, paura. «Faith, Faith, Faith».

*Esisti, Faith.*

Piegai la schiena in avanti e restai così, a riprendere fiato come se avessi appena corso. Il sangue mandava endorfine dappertutto, scariche di adrenalina che si traducevano in velocità, euforia e intuizione.

Ero tornata. Non sapevo da dove, ma ero tornata. E mai come in quel momento il mio corpo sembrò tanto armonioso e completo.

*L'uomo in nero.*

Presi respiri profondi. Lui mi aveva dato quegli oggetti, lui aveva creato la risposta a quella situazione tremenda.

Perciò era reale. Si trattava di qualcosa che stava accadendo davvero, per quanto assurda potesse sembrare.

*Ragiona, Faith. Ti ha lasciato per forza delle briciole. Ragiona.*

«Destra», ricordai le sue parole. Sentire la mia voce era un sollievo incredibile. «Destra, sinistra, sinistra, destra».

Ci pensai due volte, poi guardai la via da dove ero venuta, calcolando mentalmente la direzione.

*Destra.*

Era una strada come un'altra, ma tenendo conto della mia posizione e di quella della scatola di metallo, poteva essere il punto d'inizio corretto.

Mi trovavo davanti a un bivio.

Da una parte la mamma, mia sorella e la vita che mi spettava di diritto. Dall'altra l'assenza, uno sconosciuto e un biglietto di carta.

Non sapevo se era solo mamma a essersi dimenticata di me, o anche papà e i vecchi amici di Edimburgo, Inverness e Perth. Dovevo raggiungere un computer e cercare di accedere ai miei profili social.

Di sicuro, da qualche parte, una risposta doveva esserci. E magari si trovava a destra, destra, sinistra, sinistra, destra.

«Aspettami mamma», sussurrai tra le labbra.

*Aspettami sorellina. Nel tuo nascondiglio… aspettami.*

Seguii la direzione che mi era stata data. Girai di nuovo a destra e camminai di lato, sempre attenta a rasentare i muri, e quando incontrai una traversa svoltai a sinistra. Ignorai i vicoli o le stradine senza uscita, sperando che non facessero parte delle indicazioni. Al massimo sarei tornata indietro e avrei ricominciato. Ci vollero cinque minuti buoni prima della diramazione successiva, in cui girai a sinistra, e poi l'ultima, poco dopo, a destra.

«Destra, destra, sinistra, sinistra, destra», ripetevo in trance. «Per tornare a vedere. Indossa i guanti. Indossa le lenti. Indossa gli auricolari. Chi diavolo sei? Cosa mi sta succedendo?».

Una volta arrivata, ero ancora incerta in merito alle indicazioni, ma spiritualmente ero pronta a tornare indietro e ritentare con i vicoletti che avevo saltato. Prima però mi guardai attorno.

Ero sbucata in una grande piazza che ospitava un'area verde, dalla quale provenivano musica e il vociare allegro dei passanti. Con lo stomaco annodato mi avvicinai, trovandomi presto circondata da una serie di bancarelle. Erano disposte a semicerchio oltre i cancelli d'ingresso, ostentando luminarie di ogni forma e colore. Era sorprendente come a gennaio non avessero ancora sbaraccato tutta quella roba, insieme alle decorazioni natalizie.

Girai su me stessa senza sapere chi o cosa cercare, mentre il vento gelido mi provocava i brividi. Imprecai contro chiunque mi avesse rubato la giacca.

*Dai, vieni fuori. Sei da qualche parte, fatti vedere.*

Forse l'uomo in nero mi stava aspettando. O forse non era il posto giusto.

*Faith, sei solo una stupida. Non troverai quel tizio, non troverai un bel niente.*

Le lenti a contatto mi diedero ragione a metà.

Dapprima non lo notai, ma l'attimo successivo fu impossibile non farci caso.

Poco più avanti c'erano due ragazzi, medesima statura e movenze veloci. Sembravano normali visti di schiena, eccezion fatta per i vestiti perfettamente identici. Stessi pantaloni, stessi stivali, stesso parka attillato. La ragazza aveva una lunga chioma corvina che le ricadeva a ricci sui fianchi. Il ragazzo, più grande di stazza, aveva spalle larghe, capelli scuri, e dalle sue tasche sbucavano un paio di guanti.

Strabuzzai gli occhi per lo stupore.

Quei guanti erano identici ai miei.

«Ehi», soffiai incredula.

Le gambe si mossero da sole, non volevo perdere un secondo di più.

I due erano parecchio impegnati a riempire una borsa con tutto il cibo che trovavano. Lo stavano rubando dalle bancarelle senza il minimo sforzo, preoccupandosi solo di farlo nei punti più tranquilli, lontano da proprietari e compratori.

Ma non erano ladri qualsiasi.

Nessuno li avrebbe fermati, rincorsi o denunciati.

«Ehi!», ripetei a voce più alta.

Erano invisibili.

«Aiutatemi», chiamai. «Vi prego, aiutatemi!».

Qualcosa di duro mi colpì alla tempia. All'inizio lo ignorai, pensando di aver urtato un passante, ma quando l'evento si ripeté fui costretta a guardare nella direzione giusta.

Ai miei piedi c'erano dei sassolini. Chi diavolo mi stava tirando dei sassi addosso?

Sollevai gli occhi su un terzo ragazzo, e il cuore mancò un battito quando realizzai che quei guanti dovevano andar proprio di moda. Il nuovo arrivato se ne stava accovacciato a lato di un furgone, sulla strada, e faceva cenno di no con la testa.

Mi vedeva.

*Mi vedeva.*

Lo sguardo passò da lui alla coppia che rubava accanto alle bancarelle, poi ancora a lui. Sembrava agitato, continuava a muovere il mento a destra e a sinistra.

No, no e no.

No a che cosa?

Gesticolai animatamente, nel tentativo di spiegargli che non avevo capito. Dovevo raggiungerlo?

Lui indicò un punto al mio fianco. Il dito segnava esattamente i due ladruncoli che stavano svuotando la bancarella. Enfatizzò il gesto più volte, e poi di nuovo il no con la testa.

«Ah», boccheggiai alla fine.

La ragazza dalla chioma corvina si voltò, lo sguardo feroce e sospettoso. Carnagione ambrata, occhi verdi dal taglio deciso, un cipiglio piuttosto aggressivo per la sua giovane età. Il suo compagno non era da meno, rabbioso il doppio e decisamente ben piazzato.

In quel momento maledissi tutti gli "ehi" strozzati con cui avevo cercato di attirare la loro attenzione.

*Stupida, stupida, stupida.*

L'agitazione del ragazzo accanto al furgone divenne fin troppo chiara.

Erano loro due il pericolo.

Erano loro il *no.*

# Tre

Abbassai subito lo sguardo.

Fu un movimento automatico e maldestro, ma l'unico in grado di togliermi dai guai. Ero vicina. Troppo vicina. Così ostentai indifferenza e passeggiai attorno alla bancarella, mostrandomi interessata a questo o a quello. Avevo i secondi contati, presto o tardi la noncuranza della gente nei miei confronti avrebbe destato sospetti.

*Vattene. Coraggio, vattene.*

La ragazza mora continuava a guardarsi attorno, e questo mi spinse a nascondere i guanti, l'unica cosa che non doveva assolutamente vedere. Li sfilai velocemente facendomi scudo con un signore piuttosto alto, li lasciai scivolare nella tasca posteriore dei jeans e poi estrassi il cellulare, fingendo di scrivere un messaggio.

Pregai che abboccasse e, mentre mi allontanavo, i due terminarono la raccolta viveri. Si dileguarono così come erano arrivati, ma nemmeno a quel punto smisi di sudare freddo.

«Muoviti».

Il ragazzo dei sassi mi afferrò per un braccio, e io per poco non feci un salto dallo spavento.

«Mi vedi», riuscii a dire. Ero troppo sconvolta per elaborare frasi più articolate.

«E tu vedi me», tagliò corto. Anche lui indossava gli auricolari. «La cosa peggiore è che loro vedono noi, perciò fuori dai piedi».

«Intendi quei due?», lo seguii agitata.

«Proprio loro».

«Chi sono?», domandai tenendo il passo. «Chi sei? L'uomo vestito di nero, cosa… cosa sta succedendo?».

«Non ne ho idea», sbottò. «Non so un accidenti di niente».

La sua risposta aveva un gusto più amaro che dolce, ma come dargli torto? Era una giornata talmente assurda da risultare frustrante.

Strinsi la sua mano con foga, e quel contatto mi aiutò a concentrarmi sull'unica cosa essenziale: ero tangibile. Ero ancora Faith Meyers.

«Stai bene?», chiesi piano. L'attenzione cadde sul labbro inferiore spaccato e sugli zigomi gonfi.

Il fatto che qualcuno lo avesse picchiato non mi incoraggiava per niente. Ma era là, era reale, e questo mi spingeva ad aggrapparmi a lui con le unghie e coi denti.

Tu esisti, io esisto.

All'inizio non rispose. Mi condusse in una stradina secondaria, e là si acquattò dietro a un bidone della spazzatura. Era stravolto, totalmente privo di forze. Maglione, pantaloni e scarpe erano lerci, come se avesse corso nel fango. I capelli biondi stavano prendendo le tinte del nero e si erano appiccicati alla fronte. Solo gli occhi restavano vigili, due pozze scure, che vagavano da me ai guanti che stavo infilando di nuovo.

«Da quanto sei così?», disse alla fine.

«Due ore», mormorai. «Più o meno».

«Ti ho riconosciuta dai guanti».

«Già», annuii. «Anch'io. Solo che ho visto prima quei ragazzi, e pensavo...».

«Non pensarci più», replicò secco. «Mezz'ora fa li ho incontrati, e non sono stati per nulla amichevoli».

«Stavano rubando. Prendevano bibite e dolciumi senza che nessuno li vedesse. Loro... noi. Siamo invisibili? Siamo... cosa diavolo ci sta succedendo?».

«Vorrei saperlo anch'io».

«Mia madre non mi vede», gemetti. «Non ricorda neppure chi sono. Il cellulare è morto, le mie cose scomparse. Faccio sparire tutto quello che tocco».

«A me neppure l'hanno lasciato, un cellulare. Sono venuto fin qui seguendo le indicazioni di un uomo...».

«...vestito di nero», completai per lui. Sentivo la testa leggera.

«Esatto. E appena arrivato qui ho incontrato quei due, riuscivano a muoversi senza essere visti. Sono andato da loro, e per tutta risposta mi hanno aggredito». Mostrò il labbro spaccato. «Carini, vero? Per poco non mi ammazzavano. Fortunatamente sono riuscito a seminarli, ma poi sono tornato qui perché volevo seguirli. Sanno sicuramente qualcosa, si muovono con troppa tranquillità».

«È assurdo. Loro sono nella nostra stessa situazione, questa cosa non ha senso».

«Solo *questa cosa*?», replicò sarcastico.

«D'accordo». Dondolai da una gamba all'altra, cercando di calmare il respiro. Ero madida di sudore e al tempo stesso stavo morendo di freddo. «Proviamo a ragionare. Io *devo* cercare di capirci qualcosa».

«Be', siamo in due». Poggiò la nuca contro il muro e si lasciò andare a un sospiro.

Era senza risposte, esattamente come me. Quel giorno non c'era dettaglio, neanche il più piccolo, in grado di consolare entrambi.

«Partiamo dall'inizio», decisi. «Tu mi vedi, ma il resto del mondo no. È scientificamente possibile?».

«Non che io sappia», rispose amareggiato.

«Siamo invisibili, ma anche insonorizzati». L'aggettivo suonava ridicolo. «Prima di mettere le lenti e gli apparecchi acustici non riuscivo neppure a sentirmi, o a percepire il mio corpo. Ho provato a chiamare mio padre da una cabina telefonica, ma niente, nemmeno lui sentiva la mia voce. Quando ho toccato mia madre, però, lei in qualche modo ha reagito».

«Sì, è successo anche con mio fratello. Ma non la definirei una reazione positiva».

«È pur sempre una reazione, giusto? Significa che non siamo spariti del tutto».

«E questo ci porta a...?». I suoi occhi mi studiarono un pezzo alla volta, quasi potessi essere la soluzione in persona.

«Al fatto che è impossibile», conclusi.

Non era un indovinello qualsiasi, quel rebus era privo di soluzione. Nessuno scompare, questo lo sapevo. Si nasce e si muore, ma non si svanisce lungo la strada.

E poi una madre non può dimenticare una figlia, la memoria è memoria.

Anche quella certezza vacillava.

«Pensavo fosse un sogno», sussurrai. Ce ne stavamo là, seduti per terra, due sconosciuti con un dramma in comune. «Credevo di essere semplicemente uscita di senno. Ho pianto, ho urlato, e dentro di me una voce diceva: adesso ti svegli. Ti svegli e basta».

«E poi sono arrivato io». Capì al volo dove volevo andare a parare. Lui era la realtà scomoda, a dimostrazione del fatto che quegli eventi stavano davvero accadendo.

«Non si può fare lo stesso sogno, vero?», chiesi avvilita.

«Mi spiace. Purtroppo no».

«Non ci riesco. Davvero. Non riesco a... respirare. Non posso realizzarlo, non è...».

«Senti, proviamo a cambiare prospettiva», suggerì. «Degli indizi ci sono. Siamo invisibili, è vero, ma qualcuno ci sta cancellando».

Cancellare? Io ero già stata cancellata.

Era scomparsa la Faith di Edimburgo, la Faith di Inverness, la Faith di Perth. Era successo tempo prima, quando la mia vita si era tramutata in un trasloco continuo. E, abituata ai cambiamenti di mia madre, sapevo che un giorno sarebbe svanita anche la Faith di Londra. A causa dei miei trasferimenti ero già stata cancellata dalla mente degli amici d'infanzia, del negoziante sotto casa, del medico che mi aveva fatta nascere.

Perché insistere ancora? Cosa si può cancellare su una pagina bianca?

«Il tuo cellulare non funziona», continuò lui per avvalorare la tesi. «Il mio è addirittura scomparso. Niente effetti personali, nulla che possa rimandare alla nostra esistenza. Poi sbuca un tizio con una scatola in mano e ci dà guanti, lenti e biglietti».

«Le stesse che ha dato a me», confermai col cuore in gola. «Più gli apparecchi acustici».

«Esatto. Lui ci vede, sa chi siamo. Questo significa che esistiamo ancora».

«E tuo fratello? Hai detto di avere un fratello, no? Lui, mia madre, il resto del mondo. Perché si sono dimenticati di noi?».

«Non lo so», si arrese. «Ma voglio fare un ultimo tentativo. Mi serve un computer».

«Vuoi cercarci su Internet?».

Nutrivo scarse speranze, considerata la fine brutale dei nostri telefoni, ma effettivamente anche il mio pensiero era corso ai social, prima. Forse quel ragazzo aveva ragione, forse esisteva davvero una spiegazione sensata.

Il problema è che temevo le risposte ancor più delle domande.

«Magari l'indirizzo email funziona. O il profilo di Instagram. Ho solo quello, ma possiamo provare anche i tuoi, se stai su Facebook o Snapchat», disse. «C'è un Internet point qui in zona».

«Ma come facciamo a usare un computer?», obiettai. «Noi siamo invisibili, ma quello che tocchiamo... cosa vedrà la gente?».

«Sai che mi frega», replicò accigliato.

«Rischiamo di creare il panico, a mia madre per poco non veniva un infarto». Era una preoccupazione stupida, me ne rendevo conto. Ma ero così spaventata da non riuscire a ragionare con lucidità.

Improvvisamente tutto sembrava pericoloso, anche destare sospetti per strada.

«Gli effetti collaterali della nostra condizione sono responsabilità altrui. Di chi ci ha fatto questo, per esempio. Se qualcuno sta cercando di cancellarmi, vorrei fermarlo prima che ci riesca».

Dispiegò un foglietto identico al mio.

*0°13'07''S 78°30'35''W*
*Torna a vedere.*

«Secondo te vuol dire qualcosa?», domandai.

«La sequenza mi è familiare, ma devo verificare». Piegò il pezzo di carta e si alzò, controllando che la strada fosse libera. «Muoviamoci prima che questa situazione diventi irreversibile».

«Aspetta», lo fermai.

Affondai le dita nel suo maglione, e la lana si sgualcì. Un po' sfrontato, ma non trovavo un modo carino per farlo.

«Mia madre», sillabai.

Non potevo lasciarla sola.

Lui esitò. Di sicuro era un pensiero comune, dato che entrambi condividevamo qualcuno. Madri, fratelli, poco importava. Era l'unico collegamento con un mondo improvvisamente cambiato.

«Come ti chiami?», domandò alla fine.

«Faith», risposi.

Allungò la mano, e io la strinsi.

«Ascoltami, Faith. Al momento siamo solo io e te».

L'unico a vedermi, l'unico a ricordarmi era un ragazzo che conoscevo da appena mezz'ora.

«Proviamo a risolverla?», propose.

Mi aiutò a rialzarmi, e a quel punto restavano poche alternative.

Potevo arrendermi a una condizione senza precedenti, oppure reagire.

È così strano.

Passi degli anni a cercare un motivo per cui lottare, una ragione per alzarti la mattina, per cambiare casa, città, destino. E poi, di punto in bianco, sei costretto a combattere e basta.

Senza appigli. Senza aiuti. Senza niente.

«Proviamo a risolverla», accettai.

Ricambiò con un sorriso.

«Mi chiamo Jared», disse.

# Quattro

Jared Price.

Conobbi meglio quel ragazzo una sera di gennaio, seduta con lui al tavolino di un Internet point, mentre fuori era buio pesto. Fu un incontro senza troppi preliminari, dato che entrambi avevamo un problema piuttosto urgente da risolvere. Ma fu importante lo stesso, perché di Jared Price memorizzai ogni lineamento, ogni espressione, ogni singola sfaccettatura del corpo.

Pollice. Indice. *Click*.

Lui mi vedeva e io vedevo lui, intrappolando la sua immagine in un fotogramma indelebile.

Memoria vuol dire per sempre.

Per sempre vuol dire identità.

Vita. Certezza.

«Niente da fare», imprecò sottovoce.

Provò a inserire la password per la decima volta, ma l'account era bloccato. Inutilizzabile, esattamente come il mio cellulare e i miei profili social. Non eravamo più di quel mondo, e non si trattava di essere cancellati. Qualcuno ci stava deliberatamente prendendo a calci, buttandoci fuori dalla porta d'ingresso.

«Aspetta», bisbigliai. Dall'altra parte del locale avvertii un movimento.

C'erano solo due clienti e il proprietario, che se ne stava ad ascoltare musica in un gabbiotto sul retro. Ma quando una signora di mezza età si diresse alla macchinetta del caffè, mi allarmai.

«Sta diventando un'ossessione», protestò Jared.

Ci eravamo messi al computer più isolato di tutti, nell'ultimo angolo a ridosso della parete. Laggiù nessuno avrebbe notato uno schermo stranamente acceso, sempre che il dettaglio principale fosse quello. Non sapevo in che modo la mia invisibilità coinvolgesse il mondo circostante. Mi accontentavo di indossare i guanti e di riuscire a toccare il mouse senza che sparisse. Portavo le lenti ormai, e quindi non potevo dire subito cosa gli altri fossero in grado o no di vedere, ma conoscevo bene la reazione degli oggetti a contatto con la mia pelle.

Magra consolazione, ma pur sempre un traguardo.

«Osservala», tornò alla carica lui. «È presa dalle sue cose». Indicò lo smartphone col quale la signora stava trafficando. Anche mentre beveva il caffè sembrava parecchio impegnata. Nulla di diverso dall'uomo poco più in là, che stava lentamente sprofondando nello schermo, arrivando fin quasi a toccarlo con la punta del naso. «Sono tutti distratti. Probabilmente non si accorgerebbero di noi neanche se ci vedessero».

«Sì, ma cosa penseranno di un mouse che si muove da solo?». Digitai la chiave di accesso al mio account di posta un'ultima volta, poi mi arresi. «Niente da fare, è tutto bloccato. Io non capisco».

Si trattava di una specie di rapimento? Non eravamo persone importanti, niente soldi o fama. Perché prendersi un tale disturbo per due ragazzini qualsiasi?

«Guarda qua», disse Jared. Aveva acceso il PC accanto e stava inserendo la sequenza di numeri e lettere del biglietto. «Proprio come pensavo».

Allungai il collo per sbirciare. Il motore di ricerca mostrava una serie di risultati, e tutti concordavano su un unico punto.

La scritta sul biglietto: si trattava di coordinate geografiche.

«San Francisco de Quito», recitammo io e Jared all'unisono. La capitale dell'Ecuador.

«Ricordavo questo genere di sequenze», disse lui. «Sai, i gradi, i punti cardinali... Reminiscenze scolastiche». Studiò a lungo il pezzo di carta per capire se ci fossero altre indicazioni. «Numeri e lettere formano delle coordinate... San Francisco de Quito, o più semplicemente Quito. *Per tornare a vedere*».

«E la Rosa dei Venti», completai alludendo alla figura.

«La Rosa dei Venti segna i quattro punti cardinali. Nord, Sud, Ovest, Est. Ma non c'entra molto col resto del messaggio».

«Perché, pensi di aver chiaro il messaggio?», sospirai.

Sembrava di risolvere un complicato problema di fisica. E per quanto ci sforzassimo, mancava sempre la risposta alla domanda principale: come si può diventare invisibili?

«*Chiaro* è una parola grossa», rispose Jared. «Ma a questo punto immagino che in Ecuador ci sia la soluzione ai nostri problemi. Là troveremo il modo per tornare a vedere. Per tornare visibili».

«A Quito». Aggrottai la fronte, nervosamente scettica. «Quindi non solo siamo spariti, senza connessione e con una famiglia che non si ricorda di noi. Ma ora dovremmo fare armi e bagagli e andare dall'altra parte del mondo?».

«Così dice il biglietto».

«Jared, è una follia», replicai. «Chiunque ci stia facendo questo è fuori di testa. Dobbiamo trovare qualcuno disposto ad aiutarci, proviamo con la polizia».

«Che non ci vede», obiettò lui.

«Be', troveremo il modo di farci notare». Spostai la sedia piano, pianissimo, e alla fine mi alzai.

Mi sentivo stupida. Jared aveva ragione, nessuno faceva caso a me. Non avrebbero visto un elefante calarsi direttamente dal soffitto, figurarsi noi.

«I rumori li sentono, giusto?», continuai. «Bene, farò rumore fin quando non chiameranno l'ambulanza, i servizi segreti, un esorcista se necessario!».

«Faith, anche se fosse, tua madre non si ricorda di te».

Quella fu una pugnalata.

Necessaria e non necessaria al tempo stesso.

«Si ricorderà», dissi a denti stretti. I muscoli si irrigidirono. «Ogni veleno ha il suo antidoto. Non so come siano riusciti a renderci invisibili, ma evidentemente esiste una qualche sostanza. Troverò il suo contrario».

«E pensi che sia la polizia di Londra a custodire la tua medicina?».

«Vuoi andare in Ecuador?», sbottai di rimando. «Allora vai, chi ti ferma».

«Sto solo dicendo che *questo* non è normale», replicò lui indicando se stesso. «E *questo* non è normale». Alzò le mani con su i guanti. «E neppure *queste*, e *questi*». Lenti, apparecchi acustici. «Ma hai indossato tutto senza dire una parola, e sai perché? Perché chiunque ti abbia messa in questa situazione sa anche come tirartene fuori».

«Ti rendi conto di cosa proponi? Seguire le regole di un tizio di cui non conosci niente, *niente*! Siamo qui, e siamo invisibili. Jared, dannazione, noi siamo invi...».

Un pugno al centro esatto delle costole mi mozzò il fiato.

All'inizio non capii, e fu il corpo a reagire per primo. Piegai le ginocchia e annaspai, mentre da qualche parte Jared chiamava il mio nome. Poi qualcuno si prese la briga di strozzarmi, o almeno così sembrava, dato che avevo un braccio di dubbia appartenenza attorno al collo.

Inarcai la schiena e provai a reagire. Niente, una ginocchiata ben assestata troncò anche quel tentativo.

Soffocai un urlo di dolore e la vista si appannò. Ero bloccata da un corpo esile ma straordinariamente forte. Notai i riccioli per primi, e il resto venne da sé.

«Avete fatto i compiti?», chiese la ragazza alle mie spalle.

Mi stringeva con tale trasporto da togliermi l'aria. Più mi dimenavo, più la sua presa aumentava. Era un nodo scorsoio.

«Hanno fatto i compiti, Ephraim?», domandò ancora.

Solo allora vidi Jared steso per terra, mentre il ragazzo delle bancarelle lo teneva fermo col peso del piede.

Di nuovo loro. Niente guanti stavolta, ma la voglia di picchiarci sembrava la stessa.

«Decisamente sì», sorrise Ephraim.

Era un ragazzo alto e ben piazzato, molto simile alla sua compagna per lineamenti e colori. Colpiva come può colpire uno schiaffo: non micidiale, ma d'effetto. Troppo sfrontato, esageratamente deciso.

Controllò le ultime ricerche fatte su Internet e ne parve soddisfatto.

«Ma sì, dai», decretò. «Più o meno avete scoperto l'essenziale».

«Bravi», soffiò la ragazza ironica, voltandomi.

Ci trovammo faccia a faccia. Era un viso di cruda aggressività: sottile, attraente, preciso. I riccioli spiccavano su tutto, una cascata di capelli indisciplinati, proprio come lei.

Mi sollevò il mento e si limitò a guardare. Sembrava di essere sotto i raggi X.

«Ti sei accorciata i capelli, eh?», disse alla fine. «Per un attimo mi hai quasi fregata. *Quasi*».

Cosa stava dicendo? Perché si riferiva a un taglio che portavo mesi prima?

«Bene», sorrise. «Memorizzata di nuovo. Così non potrò sbagliarmi, la prossima volta».

La prossima volta. Le domande si affollarono una dopo l'altra, ma la voce pareva scomparsa. Il puzzle della mia vita si stava sfaldando. Un pezzetto alla volta perdevo la mia memoria, il mio per sempre, la mia identità.

Io non reagii, ma Jared fu di diversa opinione. Afferrò la caviglia di Ephraim e la fece ruotare in maniera innaturale, mentre col bacino si dava la spinta necessaria per rimettersi in piedi. Scattò sulle gambe e sferrò un pugno rabbioso, che però Ephraim fermò a palmo aperto.

«Occhio a questo tipo, Abigail», disse sarcastico, con un sorrisetto. «Ha dei destri micidiali».

La sua voce rimbalzò sulle pareti. Ovunque, da nessuna parte, ignorata da chiunque all'infuori di noi quattro.

Mi ribellai di riflesso, tirando un calcio all'indietro. Uno, Abigail impassibile. Due, Abigail in difficoltà. Tre, mi aiutai con le braccia e la sbilanciai, liberandomi col resto del corpo.

Jared finì contro il tavolo urtando la sedia, ma Ephraim la trattenne un attimo prima che cadesse. Strano. Notai che mentre combatteva era molto attento a impedire che le cose finissero per terra, come se la stabilità degli oggetti fosse di vitale importanza.

Ma certo.

«Jared, colpisci il computer», gridai, mentre Abigail mi fermava. «Il computer, Jared!».

«Allora, partecipi al gioco?», si divertì lei.

La sua cintura mandò un riverbero, era un coltello dalla lama scintillante. Maledizione, già non sapevo difendermi da qualcuno che mi attaccava a mani nude, figuriamoci se era armato.

«Avanti, caschetto», incalzò estraendolo. «Partecipi al gioco?».

«Faith, stai giù!».

Riconobbi solo la voce di Jared, e a quella ubbidii. Abbassai la testa un secondo dopo l'imprecazione di Ephraim, e due secondi prima che la tastiera del PC venisse scagliata contro il muro.

L'impatto fu rumoroso e, insieme a lui, anche le urla della signora con lo smartphone, dell'uomo col naso immerso nel PC e del proprietario nel gabbiotto.

Ecco. Quello era visibile, finalmente.

«No», ringhiò Abigail immobilizzandosi. Fissava l'agitazione delle persone con espressione irritata, come se si trovasse davanti a una situazione che sperava di non dover affrontare.

*Centrato il problema*, pensai io, mentre Jared, che evidentemente aveva notato la stessa cosa, si allungava verso un'altra tastiera deciso a lanciare anche quella. Nel tentativo di fermarlo, Ephraim lo spintonò accidentalmente contro un gruppo di sedie, raddoppiando il trambusto. Ormai si era creato il panico.

«Per la miseria, che succede?», sbraitò il proprietario.

«La tastiera», urlò la donna col telefono in mano. «Le sedie, io… non lo so. Sono crollate da un momento all'altro».

Abigail si scostò per lasciarli passare, poi mi trascinò indietro e rivolse un cenno del capo ad Ephraim.

«Fuori», ordinò secca. «Raggiungi Barrett. Fuori».

«E di questi che ne facciamo?», chiese lui. Jared era ancora a terra.

«Li abbiamo visti, ma sono ancora in due».

«E fermiamo questi due, no?», propose.

«Sì, se decideranno di seguirci. Non ancora, Ephraim. Non è importante, adesso».

Nel frattempo, i tre occupanti dell'Internet point si erano accalcati verso l'ingresso del locale.

*Spostati, Jared.* Pregai, nel timore che lo calpestassero. Lui riuscì a issarsi sulle mani e gattonò verso il muro. *Avanti, spostati da lì.*

«Che ne pensi, Faith?», provocò Abigail con un'occhiata di sfida. «Verrai a Quito con noi?».

«Ma chi diavolo sei?», soffiai in risposta. L'istinto era di urlare, ma ancora mi sembrava assurdo far tutto quel baccano senza essere sentita.

«Un risultato migliore di te». Fece schioccare la lingua. «Svegliati, caschetto».

Mi attaccò di sorpresa, mirando direttamente alle orecchie. Strappò con forza gli auricolari e li gettò a terra, indecisa se calpestarli o meno. Ma no, la divertiva di più vedermi spiazzata.

«Svegliati», ripeté.

A quel punto lessi solo il labiale.

Non sentivo più nulla, di nuovo.

Le altre voci si acquietarono, eccezion fatta per quelle del proprietario e dei suoi interlocutori.

Niente Abigail, niente Ephraim, niente Jared.

Il cerchio si chiuse da solo.

Eravamo insonorizzati, sì, ma qualcuno si era preso il disturbo di fornirci un aiuto.

Jared tornò in piedi mentre Ephraim e Abigail si dileguarono, scambiandosi parole che non riuscivo a sentire. Solo lei si preoccupò di rinnovare l'invito. Lo seguii sulla sua bocca, una lettera dopo l'altra.

«Partecipi al gioco, Faith?».

Ancora.

Partecipi al gioco?

Mi lasciò senza fiato. Raccolsi gli auricolari non appena i due se ne furono andati e li guardai a metà tra la rabbia e il sollievo.

«Stai bene?», mormorò Jared. La sua domanda arrivò un pezzetto alla volta, mentre gli apparecchi acustici tornavano al loro posto.

Non risposi. Pur volendo, non riuscivo a governare la voce. Eravamo invisibili, tenuti in piedi da strumenti mai visti che ci permettevano di vedere e di sentire. Quale burattinaio stava manovrando quella messa in scena? E perché altri ragazzi volevano ucciderci?

«Faith, aspetta».

Andai in bagno, e Jared mi seguì. Non so perché lo feci, probabilmente solo per farmi del male.

Ficcai pollice e indice nell'occhio ed estrassi la prima lente. Fu doloroso, ma lo ignorai. Anzi, continuai con più prepotenza, liberando dal peso anche l'altro occhio.

Poi guardai. Lavandino, specchio, piastrelle insozzate di ogni porcheria.

«Faith».

E là, dove doveva esserci Jared Price, memorizzato fino all'ultimo atomo, niente.

«Avanti. Rimettile».

Gli auricolari mandavano la sua voce, ma la retina non rifletteva lui.

Era ovvio, lineare dopo quello che era successo. Eppure quel gesto mi aiutò ad arrivare fino in fondo, a prendere la realtà per poi ribaltarla.

Sì. Ci avevano cancellati.

«Perché ti fai questo? Cosa vuoi dimostrare?».

*Voglio capire, Jared.*

Memoria. Per sempre.

Per sempre. Identità.

*Dove siamo finiti? Noi... dove siamo?*

# Cinque

«Faith».

La voce di Jared arrivò da una direzione ben precisa. Lui però non c'era.

«Faith, indossa le lenti».

Nessun Jared, nessuna Faith. Anche il mio corpo era sparito, seguendo un processo che ormai avevo ben chiaro. Dovevamo aggrapparci ai doni di quella scatola come un assetato all'acqua di un pozzo.

Provai a frenare le lacrime, ma non ci riuscii.

Ne sentivo il sapore, anche se non potevo vederle. Calde, salate, distrutte. E per quanto stessi immobile, in ascolto, la realtà non cambiava. Gli specchi del bagno riflettevano pavimenti e pareti, ma non me.

Cosa contava davvero? Quello che *loro* mostravano o quello che io sapevo esserci?

«Ne usciremo», disse Jared.

Suonava sicuro e al tempo stesso insoddisfatto e arrabbiato. Ma io non avevo qualcuno da incolpare, solo un dolore solido e assolutamente ingestibile.

Qualcuno, nel mondo, aveva deciso di farmi questo. E non potevano esserci motivazioni di odio o ripicca, perché non avevo nemici. Ero sola, destinata a un cambiamento continuo, e neppure gli amici facevano in tempo a farsi un'opinione su di me.

È così dannatamente semplice sentirsi invisibili.

«Faith, respira», sussurrò Jared.

Sentii il suo tocco sulle spalle. Fu una sensazione stranissima, e istintivamente mi ritrassi. Non solo perché non vedevo il suo corpo, ma anche perché non distinguevo il mio. Lo avvertivo, questo sì, sapevo sempre dove stavano braccia e gambe, ma il cervello mandava segnali contorti.

«Ti ho detto che ne usciremo», promise.

Si avvicinò ancora, con più decisione, avvolgendomi in un debole abbraccio.

E io persi l'equilibrio. Non avevo punti di riferimento, ma Jared non se ne preoccupò. Mi accolse tutta, sorreggendo quelle debolezze che non sapevo più dove mettere. Avvertii la linea del suo petto, la mia guancia contro il maglione, chiusi gli occhi e provai a immaginare.

Pollice. Indice. *Click*.

Lo avevo già fotografato, conoscevo il suo scatto.

Jared Price pieno di botte, che voleva solo andare avanti, mentre io mi perdevo nella disperazione di non poter tornare indietro.

«Esistiamo?», indugiai.

Per un attimo mi abbandonai a fare l'unica cosa di cui avevamo bisogno entrambi.

Stare fermi.

«Esistiamo», disse.

Sciolse l'abbraccio e fece scorrere le dita tra i miei capelli. All'inizio non sembrava avere un intento, poi dalla testa arrivò fino alla base della nuca, e da lì scese lungo il collo, le spalle, la vita. Premeva i pollici su ogni curva, deciso a farmi sentire cosa era vero, anche se invisibile. Arrivato ai fianchi si fermò, perché continuare sarebbe stato un azzardo, ma non erano carezze qualsiasi.

Mi stava disegnando.

Lui era la matita, e io l'immagine.

«Esisti», ribadì dolcemente. «Lo senti? Questa sei tu».

Un secondo. Un altro soltanto, e poi quella voglia di stare ferma svanì.

«Devo tornare a casa». Buttai fuori le parole una dietro l'altra. «Devo andare da mia madre».

Sciolsi l'abbraccio per prima, e questo mi provocò un lieve capogiro, una sensazione di smarrimento ulteriore. Tornai al lavandino, afferrai le lenti e le infilai a mani nude, seguendo l'istinto, anche se non potevo specchiarmi.

«Non è una buona idea», obiettò Jared, comparendo assieme al mio corpo. «Faith, siamo appena stati aggrediti. Se quei due ci stanno pedinando è meglio non portarli a casa tua».

«Credo che siano troppo impegnati a partire per l'Ecuador», replicai, alludendo al discorso di poco prima.

Uscii dal bagno così come ero entrata, di soppiatto. Ancora non sapevo cosa percepisse il mondo da fuori, ma la tastiera scaraventata contro il muro si era notata eccome, e immaginavo valesse anche per una porta che si apriva e si chiudeva da sola.

Lasciai proprietario e signora a riordinare il nostro disastro e tornai in strada, con Jared al seguito. Lui si guardava attorno mentre io tiravo dritto, decisa a tornare da dove ero venuta.

Mi sarei barricata in camera se necessario, ma a pensarci bene avevo un'idea.

Percorremmo qualche centinaio di metri; fortunatamente non avevo perso l'orientamento.

«Forse dovremmo andarci anche noi», disse Jared interrompendo il silenzio. La sua capacità di tenere la mia andatura aveva un non so che di irritante.

«Dove?», sbottai seguendo la luce dei lampioni.

Era buio pesto ormai. Avevo freddo, fame, e il corpo iniziava a protestare. Perfino l'adrenalina mi aveva abbandonata del tutto.

«In Ecuador», rispose.

«Certo, come no!». Scoppiai a ridere, svoltando nella via di casa.

Mi piazzai davanti al portone e attesi che qualcuno entrasse o uscisse. Non potevo suonare il citofono: anche se mia madre avesse risposto, a quell'ora, non mi avrebbe sentita. E neppure riconosciuta.

«Avanti, tira fuori delle alternative», si incaponì lui.

«Restare», elencai contando sulle dita. «Trovare una soluzione. Andare alla polizia».

«Ancora con questa polizia?».

«Andrei in chiesa a farmi esorcizzare se servisse», annunciai. «Prenderei a pugni tutte le tastiere, i computer, i passanti della città».

«Trenta secondi fa ti preoccupavi dell'effetto di un mouse che si sposta da solo. E ora vuoi fare a botte?».

«Sì», lo sfidai. «Possono sentirmi, giusto? Allora forse hai ragione tu: attirare l'attenzione non è un problema nostro». Serrai le nocche ed enfatizzai il gesto di un pugno. Così, senza pensarci. Io sulle punte e lui che superava la mia testa di almeno quindici centimetri. «Darò forma al mio corpo a suon di baccano».

«E pensi sia un modo per risolvere la situazione?».

«Ne sono assolutamente convinta».

«Faith, in che mondo vivi?». Incrociò le braccia al petto e mi guardò di sbieco, mentre un signore col cane usciva dal mio edificio. Ovviamente ne approfittai, tenendo bloccata la porta col piede.

«La gente ha paura di quello che non capisce», continuò.

«Proprio per questo mi farò notare», ringhiai salendo le scale. Agguantai il corrimano come un collo da strozzare. «Un fantasma semina il panico a Covent Garden. Smarrimento e grida nel centro di Londra».

«La gente ha paura e *ignora* quello che non capisce», specificò lui di rimando. «Pensi che ti vedranno? Pensi davvero che ti vedessero… *prima*?».

Diede una spinta di gambe e mi superò, bloccandomi la strada mezzo metro prima del mio pianerottolo. Se solitamente era alto, a quel punto mi sovrastava. Due gradini più su, come se dalle mie decisioni dipendessero anche le sue.

«Le persone si girano dall'altra parte, Faith, è la vita. Le notizie di cronaca ti dicono niente? Rapine in metropolitana, gente aggredita senza che nessuno si fermi per prestare soccorso. E ti parlo di persone ben visibili. Lo schiamazzo fa paura, stravolge la routine, il copione da inscenare giorno dopo giorno».

Serrai la mascella e provai a superarlo.

Uno scarto e mi bloccò.

Un secondo, e di nuovo la sua mole tra i piedi.

Al terzo riuscii ad aprire un varco tra il suo fianco e la spalla, scivolando verso la porta.

«Tu saresti la nota fuori posto». Suonava più come una minaccia. «La spina nel fianco che trasforma una giornata tranquilla in qualcosa di strano. Nessuno ti aiuterà, perché nessuno ha intenzione di vederti. Non l'avrebbero fatto se fossi stata mezza moribonda per strada, e non lo faranno ora, che neppure sanno cosa ti è successo. Sarai il motivo per cui varrà la pena far finta di niente. E chiunque ti abbia fatto questo...», si fermò davanti all'appartamento dei vicini. Ansimava, «...verrà a prenderti e ti impedirà di fare altro rumore. Perché è una cosa più grande di me e di te. Abbiamo a che fare con gente pericolosa».

«Esatto», esplosi. «Lo stesso pericolo che tu vorresti affrontare prendendo un aereo per l'Ecuador, insieme a due ragazzi fuori di testa, che ci hanno già aggrediti più volte. E Dio solo sa quanti altri ce ne sono, Jared. Non ho nessuna intenzione di entrarci».

«Ci sei già entrata».

«Trenta secondi fa mi preoccupavo di un mouse, giusto? Invece tu trenta secondi fa dicevi che non era importante cosa vedesse la gente. Perché stiamo discutendo, allora?».

«Perché la faccenda è leggermente cambiata», protestò. «Due tizi ci stanno pedinando, e hanno un po' troppo a cuore sedie che cadono, tastiere che volano, e rumori dal nulla. Non sto dicendo di fare il loro gioco, non sto dicendo di preoccuparci troppo, ma dare spettacolo in mezzo alla strada sarebbe sbagliato. Perché un passo falso potrebbe essere fatale per le nostre famiglie, a questo punto. Potrebbero andarci di mezzo loro, non noi. Lo capisci, questo? Sanno dove abitiamo, sanno dove colpirci. Faith, andiamoci cauti».

«Ho questi». Portai le mani alle orecchie, pronta a estrarre gli auricolari. «Li metterò a mia madre e dovrà ascoltarmi. Non importa se non mi riconosce, le racconterò la verità e dovrà aiutarmi».

«Scegli la sofferenza di tua madre al posto della tua?».

Jared Price e la sua brutale onestà.

«Scelgo la *mia* famiglia al posto dello *psicopatico* che mi ha fatto questo», specificai.

«Come credi, Faith, ma dimentichi la cosa essenziale. Tua madre è felice. Ti ha persa, è vero, ma ne è inconsapevole».

«È il motivo per cui te ne stai fregando della tua famiglia?», attaccai. Non volevo essere crudele, ma lui reagì con un'alzata di spalle. Sembrava abituato a quel tipo di frecciatine.

«Punto primo», disse. «I miei genitori sono morti. E lascia stare le condoglianze, le sopporto meno dei pugni in faccia». Alzò il mento, e per un attimo la nostra guerra si trasferì là, davanti allo zerbino di casa mia. «Punto secondo: ho un fratello. Si chiama Thomas Price, se ti importa dargli un nome. Lo prenderei a testate dalla mattina alla sera, ma gli voglio bene».

«E allora torna da Thomas Price», dissi gelida.

«Non sono tanto egoista», replicò secco. «Perché ora Tommy è al sicuro. L'ho inseguito per chilometri prima di capire che per lui non esistevo, e che lui non mi avrebbe mai visto; prima di comprendere fino in fondo che qualcuno si era preso la mia vita, e la poca memoria che restava agli altri di me. Ma nella sua totale ignoranza, mio fratello è al sicuro. Preferisco sapere che sta bene piuttosto che trascinarlo nel mio baratro».

«Io sto solo chiedendo aiuto», gridai.

«No, tu pretendi di essere salvata», accusò. «Lo vuoi così tanto da non capire che stai costringendo tua madre a vivere quello che stai vivendo tu. È normale, sai? Perché hai ancora una famiglia, e quel dannato cordone ombelicale non l'hai ancora staccato».

«Vai al diavolo».

Lo dissi, e il secondo dopo tirai via gli apparecchi acustici. Lui non era nessuno, e la sua opinione contava meno di zero. Questo mi ripetevo mentre bussavo insistentemente alla porta, decisa a seguire il piano originario.

Mettere gli auricolari a mamma, spiegarle la situazione e tornare normale.

Buddha diceva: «Quando ti piace un fiore, lo cogli. Quando ami un fiore, lo annaffi ogni giorno».

Sudavo freddo mentre i passi di mia madre si avvicinavano all'ingresso.

«Sì, aspetta un attimo tesoro», cinguettò lei da dietro la porta. Sbucò sull'uscio con indosso un golf di cachemire. Era al cellulare. «Sì?». Guardò a destra e poi a sinistra. «Carmen, mi ha appena suonato il signor nessuno».

Carmen era una sua vecchia amica di scuola. Viveva a Londra già da parecchi anni, e lei e mamma si erano scambiate diverse email nell'ultimo periodo, rinsaldando il rapporto.

Lei era là. Vicina. Reale.

Bastava un movimento. Dovevo solo metterle gli auricolari e urlare fuori tutta la paura. Essere la nota sbagliata che la gente non vuole, l'imprevisto nella routine quotidiana, il mondo che ti prende a calci e ti dice: «Guarda. Guarda. Guarda!».

«Domani vado dalla nuova ginecologa, sì», continuò tornando in casa. «Oggi è stata una giornata pessima. Ho dovuto chiamare il medico… Ma no, no…», alluse a qualcosa di cui forse stavano discutendo prima del mio arrivo. «Ti dico di no. Secondo il dottore è colpa dei farmaci. Devo averne presi un po' troppi nell'ultimo periodo… ma non voglio parlarne adesso. Sai che sto pensando a un nome?», cambiò discorso. «Certo che voglio la tua approvazione». Il momento stava passando. «Vieni per un tè domani pomeriggio? Dai che poi mi porti a fare shopping».

Il momento passò.

Porta chiusa. Game over.

«Mamma». Dalla mia bocca non uscì alcun suono.

Guardai gli auricolari come due oggetti estranei, ma alla fine li indossai.

«Mamma», ripetei, sentendomi.

Quando si taglia un cordone ombelicale? Forse non avviene al momento della nascita, forse Jared aveva ragione. Io ero ancora fragile, egoista e spaventata. Ma la soluzione poteva davvero essere l'Ecuador? Un posto all'altro capo del mondo, in cerca dei miei stessi carnefici?

Abbiamo così tante distrazioni nella vita. Abbiamo amici, lavoro, appuntamenti. Televisione, cellulari, computer. E video, immagini, impulsi sonori.

Sei parte del tutto, sei parte… ci sei.

Questo ti dicono, creando centinaia di cordoni ombelicali che ti fanno sentire presente, costantemente impegnato, senza spazio per i pensieri. E poi, in un lampo, sei solo. Nessuno conosce i tuoi problemi, nessuno ti conosce davvero, e vorresti strappare tutti quei bellissimi fiori.

C'è così tanta differenza tra vedere e guardare. Così tanta differenza tra ascoltare e capire.

«Posso tornare?», domandò Jared. Si scontrò con la

mia espressione più nera. «Mi hai mandato al diavolo. Posso tornare un attimo?».

Scivolai lungo la parete e nascosi il viso tra le ginocchia.

«Ci hanno messo un cappio al collo», disse serio. «Ma ricorda una cosa, Faith: dall'altra parte del cappio ci siamo noi. È un legame a doppio binario». Con la mano finse di tirare una corda invisibile. «Qualcuno ci strattona da una parte, e tu segui quel movimento. Poi capisci come strattonare. Trova le risposte, trova la tua forza. Se lui tira noi cadiamo. Ma se noi capiamo come tirare, allora cade lui».

«Londra è l'unica realtà che ho», singhiozzai. «Mia madre è qui, il mio inizio è qui. Tra una settimana dovrò cominciare le lezioni nella nuova scuola, ho chiesto un programma di inserimento specifico. Avranno il mio nome su quel maledetto elenco, ci sarà qualcosa che rimandi a me, *deve* esserci».

«Pensaci bene, Faith. Tua madre non si ricorda di te, qualcuno ha cancellato la tua esistenza insieme a tutte le tue cose. Non hai oggetti, non hai fotografie, non hai più account su Internet. In questo momento noi non esistiamo. Non so dirti il perché, ma di una cosa sono certo: si saranno preoccupati anche di quel nome sull'elenco. Nessuno ti sta aspettando, qualunque sia la tua scuola».

«E la tua allora?», insistetti. «Avrai dei compagni, avrai uno straccio di amico! Hanno cancellato la memoria a tutti? Di cosa stiamo parlando?».

«Io ho finito la scuola lo scorso anno. Ho trovato qualche lavoretto stagionale, ma anche il periodo natalizio è finito e ieri ho ritirato la mia ultima busta paga».

Si strinse nelle spalle. «Quanto ad amici, non ero certo il più amato della classe. Ci sono un paio di persone che sento, questo sì, ma se Tommy mi ha dimenticato, nutro poche speranze anche su di loro».

«Se ci stanno cancellando, allora noi dobbiamo restare. Londra è il mio punto di partenza, io non posso lasciarlo. Io ci sono ancora. Ho bisogno di spostare qui le mie radici, ho bisogno di qualcosa che resti».

«No», sussurrò Jared. Si inginocchiò al mio fianco, e quando lo guardai mi sorrise. «Sai cosa si fa quando una pianta sta per morire? La si mette in un vaso più grande. Perché vedi, magari era giunta davvero la sua fine, ma può darsi invece che avesse solo bisogno di spazio. Così la prendi e la travasi, e le sue radici non muoiono. Le sue radici trovano una nuova forma. E sopravvivono».

«L'Ecuador è troppo lontano», piansi silenziosamente. «Che mi importa di quel biglietto? Che mi importa dell'uomo in nero? Se io non imparo a tirare la corda...».

«La tua casa è qui, Faith», disse Jared. Posò il pollice al centro esatto della mia fronte. «La tua casa sei tu. Nessun posto è lontano».

Quella sera piansi tutte le mie lacrime.

Perché non volevo un vaso più grande, sarei rimasta semplicemente a soffocare nel mio. Nella mia piccola, illusoria realtà quotidiana.

Quella sera piansi perché capii che nessuno mi avrebbe mai più vista. E non a causa della mia condizione, ma semplicemente perché la distrazione era più importante della verità. La distrazione generava un desiderio di sicurezza contro cui non potevo vincere.

Per il mondo io ero come la morte: un dettaglio da

ignorare. Piansi e piansi, e l'unico a consolarmi era un ragazzo che conoscevo da poche ore.

Un ragazzo che continuava a ripetere che ne saremmo usciti, che dovevamo imparare a tirare la corda e a conoscere fino in fondo il nostro nemico.

# Sei

Ci stavamo mettendo nei guai.

Questo pensavo, con la testa appoggiata al finestrino, mentre uno degli ultimi treni della giornata sfrecciava verso l'aeroporto di Heathrow. Ultima carrozza, ultimo scompartimento, nascosti sul fondo. Eravamo in pochissimi, vista l'ora e considerando il fatto che le vacanze natalizie erano finite. Nessuno partiva in quel periodo, nessuno lo faceva di notte, ed era assurdo che proprio noi cercassimo di passare inosservati.

Ci eravamo comportati così per tutto il tragitto.

Prima sulla metropolitana per arrivare alla stazione del treno, poi tra la gente in attesa al binario. Sempre attenti a non incrociare altre traiettorie, toccare braccia estranee, creare il panico. Io più timorosa, Jared più interessato a scoprire il meccanismo della nostra invisibilità.

Ero stanca, affamata e, cosa peggiore, congelata. Il corpo iniziava a non rispondere ai comandi base, e anche i muscoli si erano irrigiditi. Viaggiavo con la sensazione di essere sull'orlo di un baratro, pronta a cadere da un momento all'altro. Neanche due giorni prima avevo percorso quella stessa tratta, portando con me i ricordi della Scozia, il suono lontano di un'infanzia strappata.

E adesso ero decisa a partire di nuovo, ad alzarmi in volo sui cieli di Londra, come Faith la sconosciuta. Senza più un passato, dei genitori o una sorella, ma sola con un messaggio. San Francisco de Quito. *Torna a vedere*.

Stavo seguendo le indicazioni di un biglietto senza capo né coda. Poteva rivelarsi la mossa più intelligente o l'azzardo più stupido della mia vita.

«Forse ho capito», disse Jared. Era rimasto in silenzio per tutto il viaggio, intento a studiare i nostri guanti.

«Capito cosa?», domandai. Cercai di mantenere ferma la voce, ma era difficile coi denti che continuavano a battere.

Faticavo a tradurre uno come Jared. La sua parte umana si era rivelata una perfetta compagna di guai, ma col suo lato più contorto non sapevo comunicare. Lottava da solo contro mostri a me sconosciuti, e non si trattava unicamente delle persone che ci avevano ridotti così.

La sua era frustrazione, desiderio di riscatto, o semplicemente vendetta. Verso chi o che cosa non mi era dato saperlo.

«Dovrei togliere le lenti per averne conferma», spiegò. «Ma credo che questi guanti siano una specie di isolante. Alla nostra invisibilità intendo».

Mi sporsi in avanti, incuriosita. Era la stessa riflessione che avevo fatto io mentre esploravo il contenuto della scatola. I guanti erano stati gli unici a permettermi di prendere in mano lenti e auricolari e di continuare a vederli. Anche se non avevo più riflettuto lucidamente su quell'aspetto, troppo occupata a preoccuparmi del resto, la deduzione di Jared rispecchiava la mia.

«Produciamo un effetto verso quello che tocchiamo»,

continuò lui. «È capitato anche a te? Prima di indossare le lenti, gli oggetti che prendevo in mano svanivano. Quelli piccoli completamente, mentre su quelli grandi avevo un'azione a basso raggio». Aprì la mano destra, allungando tutte e cinque le dita. «Diventavano invisibili poco oltre il mio palmo, per capirci».

Proprio com'era accaduto a me.

«Anch'io l'ho pensato», ammisi. Toccai il lato destro del sedile. «Perciò, se il ragionamento funziona... Agli occhi di chi non indossa le lenti, adesso questo bracciolo è invisibile?».

«Secondo me sì. O meglio: il bracciolo del tutto, perché lo stai toccando con la pelle nuda. Il resto forse anche, ma in maniera molto ridotta. Credo che i vestiti siano una sorta di scudo, anche se debole. Hai provato a sederti da qualche parte prima di indossare le lenti? Ci sono diversi effetti ottici attorno a noi, come se avessimo una specie di... raggio d'azione. È strano da spiegare, ma penso che anche i sedili su cui siamo adesso risulterebbero strani visti da fuori. Come sbiaditi, insomma. I guanti sembrano l'unico indumento capace di creare uno schermo *completo*».

«A che scopo fornirci un isolante simile?», ragionai.

«Be', se ci pensi ha senso. Sarebbe rischioso andare in giro con la possibilità di far svanire qualsiasi cosa tocchiamo: il mouse nell'Internet point, le maniglie delle porte, il sostegno a cui reggerci sulla metro. Immagina il panico. D'altra parte...», corrugò la fronte, d'un tratto dubbioso, «basta togliere i guanti e possiamo maneggiare qualsiasi cosa senza farla galleggiare in aria. Insomma, senza far prendere un infarto alla gente».

«Qualsiasi cosa, di che tipo?».

«Matite colorate?», azzardò.

«O lame da cucina», provocai. Nessuno dei due si era dimenticato del coltello di Abigail.

«Sto solo facendo delle ipotesi».

Il suo impegno era lodevole, ma l'idea di dover decidere se maneggiare un'arma con o senza guanti era a dir poco terribile.

«Quindi lo stesso varrà per i nostri vestiti, ecco perché scompaiono insieme a noi. L'invisibilità si estende anche oltre il contatto fisico col nostro corpo», continuai.

«Entro certi limiti, ma sì, credo di sì. Maggiore è il contatto, più ampio diventa il raggio d'azione».

Guardò fuori dal finestrino.

«Jared, hai paura?», chiesi in punta di piedi. Lui sembrava a suo agio in quel contesto, mentre io non sapevo neppure da che parte guardare.

Jared era un tipo pratico, un organizzatore nato. Dopo il disastro a casa mia era voluto tornare all'Internet point, si era messo a cercare i voli per l'Ecuador e in meno di mezz'ora aveva già deciso luogo, itinerario e mezzi di trasporto. Il piano era trascorrere la notte in aeroporto, e partire col primo volo dell'alba, così da avere il tempo di organizzarsi, e soprattutto di prendere respiro. Non era stata certo una giornata facile. Le nostre case erano inagibili, e la città rendeva complicato un rifugio notturno, così andare a Heathrow prima del tempo si era rivelata l'idea migliore. *Migliore*? Un termine un po' azzardato, forse, in una situazione simile.

Jared aveva anche pensato al cibo, rubando un paio di snack in un market notturno, ma io avevo lo stomaco troppo scombussolato per mangiare. Eravamo legati dal dramma di una condizione estrema, ma ci allontanava la modalità di reazione.

Uniti nella battaglia e divisi nella comunicazione.

«Certo che ho paura», rispose. La domanda lo turbò, forse temeva che il responso potesse influire sul mio umore.

Portai le ginocchia al petto e distolsi lo sguardo, perdendomi di nuovo tra i paesaggi oltre il vetro. Eravamo quasi arrivati, ricordavo le distese immense su cui si allungava l'aeroporto di Heathrow. Le avevo viste dal cielo, quando ancora possedevo un'identità.

«Non sembra», ammisi.

E, col naso contro il finestrino, mi abbandonai. Ero a pezzi, così stanca da non riuscire nemmeno a pensare. Volevo solo addormentarmi e aprire gli occhi fuori da quell'incubo assurdo. Svegliarmi a Perth, nella mia casa d'infanzia, dove il mondo profumava di rugiada e non esistevano demoni.

«Chissà se il vetro intorno al tuo naso è diventato invisibile». La voce di Jared arrivò da molto lontano. «Insomma, il finestrino dovrebbe essere trasparente di per sé, ma è così sporco che secondo me ora, se non indossassimo le lenti, vedremmo un bell'alone limpido. Sto andando troppo veloce?».

Difficile dare una misura alla velocità, in quelle ultime ore.

«Non conosco... altro modo», si confidò. «Ho bisogno di muovermi, Faith. E forse è avventato, sbagliato, rischioso. Ma stamattina ero una persona, e adesso non lo sono più. Non *sono* e basta, capisci?».

«Capisco», confermai mentre il treno rallentava.

«Mi chiedi se ho paura, e sì: ne ho. Ho paura di sbiadire e sbiadire, fino a sparire del tutto. Ho il terrore di stare fermo e venire schiacciato. Dimenticato da un gruppo di persone che già prima mi guardava a malapena. Ho passato tutta la vita a perdere un'identità dopo l'altra e a lasciare a Tommy la possibilità di un'immagine nuova. E ora arriva un balordo qualsiasi, mi rende invisibile, e pretende che lo insegua. Benissimo. Lo inseguo». Si lasciò andare contro il sedile, rovesciando la testa all'indietro. «Ma lo faccio veloce, senza pensare. Perché se penso, Faith, se penso a cosa ci sta succedendo *davvero*… al diavolo. Che senso avrebbe lottare? Io non ne posso più».

Per un attimo le sue labbra si contrassero.

Fu solo una sensazione, un'intuizione oltre un velo di nebbia, ma lo sentii più vicino.

«Sai cosa penso?», spezzai la tensione. «Dovremmo prenderci una pausa. Partire dalle cose semplici, per esempio provare a conoscerci meglio».

«Mi sembra una buona idea», sospirò. Una voce registrata annunciò la fermata, e lui decise di stare al gioco. «Iniziamo con le cose di tutti i giorni? Insomma, tralasciamo il problema dell'invisibilità, del nostro aereo che parte domani mattina e del fatto che non ho idea di come salirci. *Mmm*, segno zodiacale?».

La morsa al cuore si strinse di più, ma da qualche parte arrivò anche un lieve calore.

«Acquario», risposi, «quindi dovrei essere una tipa con la testa per aria. E tu?».

«Toro», rispose lui. «E quindi io dovrei essere un tipo concreto».

«Animale preferito?», continuai io.

«Fino a dieci anni il lupo, poi è diventato il cane».

«E perché?», lo canzonai. «Da spirito libero ad animale da compagnia?».

«Scema», rise lui. «Penso che c'entri la fedeltà, ma non ne sono sicuro. Secondo il mio ultimo psicologo era un desiderio di appartenenza. E il tuo?».

«Lontra». Ci pensai un po' su. «Allegria. Acqua. Famiglia. Lo sai che le lontre dormono tenendosi per mano?».

«No», sorrise. «Non lo sapevo, Faith Meyers».

Il treno si fermò del tutto.

Eravamo arrivati agli ingressi di Heathrow, e il rombo degli aerei si sentiva anche da là. Motori grandi quanto la mia vecchia casa di Inverness, capaci di sollevare tonnellate e tonnellate d'acciaio. Potenza e aerodinamica contro la spinta del vento, la forza di gravità, lo scetticismo del mondo.

Velocità senza freni per riuscire a volare.

*0°13'07''S 78°30'35''W*

«Che stai facendo?», chiesi a un Jared fin troppo impegnato.

Si era rimesso i guanti e stava frugando nella valigia di un passeggero. Con la coda dell'occhio controllava il corridoio perché, guanti o meno, una valigia che si muove da sola fa un certo scalpore. Era uno di quei bauli dalle dimensioni importanti, sistemato nella zona apposita tra i due vagoni. I proprietari non erano ancora passati a ritirarlo, e questo evidentemente autorizzava Jared a considerarlo suo. Estraeva alcuni vestiti e li infilava in uno zaino, trovato su una cappelliera.

«Sei impazzito?», lo ripresi.

«*Shh*, dammi un secondo». Si spostò su un'altra valigia, aprì la cerniera, ne mise in bella mostra il contenuto e sorrise. «Sto facendo un bagaglio di fortuna. Almeno uno zaino in due, che dici? Qualche maglia, un paio di pantaloni, scarpe numero 39, e... *mmm*». Sollevò dubbioso dei mutandoni color carne. «Questi forse è meglio lasciarli qui».

«Stai rubando», constatai.

«Sto *partendo*», precisò. «Dato che qualcuno ha svuotato casa nostra, dovrò pur arrangiarmi. Non preoccuparti, prendo solo l'essenziale. E al duty free dovremo anche pensare al cibo». Tenne lo zaino, ma abbandonò la costosa macchina fotografica che c'era dentro. Poi tornò al baule e afferrò quello che sembrava un cappotto. «Per te», strizzò l'occhio. «Non è romantico?».

Era un giaccone sciancrato sulle tinte del grigio. Lo agitò come si fa col bucato, fece qualche verso di apprezzamento e mi aiutò a indossarlo.

«Molto sexy», scherzò.

La taglia era almeno tre volte più grande della mia.

«Perché lo hai fatto?», protestai infilando le maniche. La voce del mio corpo, d'altro canto, lo stava adulando come un benefattore. Finalmente un po' di tepore.

«Quando lontra è diventata l-l-l-lontra ho capito che stavi morendo di freddo».

Ci avvicinammo alle porte del treno e, quando nessuno urlò per uno zaino sospeso a mezz'aria, ebbi la conferma che anche quello fosse sparito insieme alla schiena di Jared.

Probabilmente lo pensò anche lui, perché mi sorrise complice. Poi ficcò una mano in tasca e mi porse l'altra.

Come in quel vicolo abbandonato, quando ci eravamo conosciuti.

«Va meglio col giaccone?», chiese.
«Sì, Jared il concreto», lo ringraziai.
«Benissimo, Faith dalla testa per aria».
Le nostre dita si intrecciarono ancora.
«Allora andiamo».

# Sette

L'invisibilità era un problema serio.

Se da un lato nessuno prestava attenzione al nostro passaggio, zaino compreso, dall'altro era un continuo stare sul chi va là. Soprattutto in un aeroporto come Heathrow, dove anche in piena notte i viaggiatori si radunavano in folle compatte e piuttosto agitate.

Sul tabellone delle partenze i voli si interrompevano a una certa ora, per poi riprendere con l'elenco di quelli dell'alba. C'era anche il nostro, che avrebbe fatto scalo ad Atlanta, per poi arrivare in Ecuador. Appurato che gli orari visti all'Internet point fossero corretti, Jared si preoccupò di un secondo dettaglio: i nostri pedinatori. Per ogni passo avanti ci guardavamo indietro, terrorizzati all'idea di veder sbucare Ephraim, Abigail o qualche minaccioso coltello da cucina. L'aeroporto era grande, ma ogni persona appariva come una potenziale minaccia, almeno per me.

Quando si ha paura tutto sembra un pericolo, anche le cose più insignificanti.

«Vuoi aspettarmi qui?», chiese Jared. Indicò la sala d'attesa, dove saremmo potuti restare fino alla mattina successiva. C'erano spazi sufficienti per non essere travolti. «Pensavo di rubare qualcosa per cena».

Shopping serale. Fantastico.

Scossi il capo con determinazione: dividersi era l'idea più rischiosa che potessi concepire.

«Meglio non perdersi di vista», decisi.

E così fu. Non ci separammo neppure per un istante, divorando le prime cose che riuscimmo a prendere, come due puntini smarriti tra i bar e i negozi di riviste.

Quanto può durare una notte? Me lo chiesi quella sera, mentre le lancette si muovevano senza interruzione, come se un tempo che credevo interminabile si potesse risolvere in una manciata di secondi. Non chiusi occhio, non provai neppure a farlo, mi occupai solo di seguire la scia di Jared e abbandonare i pensieri al ronzio di sottofondo. C'era una sorta di cadenza attorno a noi: voci, annunci, suoni. Da una parte mi rassicurava, quasi il mondo ostentasse la sua normalità, la sua ovvietà, la sua… routine. Solo io ero fuori posto, ma il resto c'era, il resto continuava a esistere.

Fu una notte confusa, che durò quanto un respiro interrotto. Nella sala d'attesa, Jared mi consigliava di dormire, così come io lo consigliavo a lui. Le nostre parole si incontravano a metà strada, e alla fine entrambi restammo svegli, in attesa, fino alla mattina successiva, quando i miei occhi erano così secchi da bruciare, e il corpo si muoveva per riflesso condizionato.

*Alzati, Faith. Sta partendo il tuo volo. Alzati.*

Pensavo alle cose più strane: lo zerbino della nostra nuova casa, la mamma al telefono, la mamma coi traslocatori. Pensavo alla cabina telefonica rossa in cui avevo provato a chiamare papà. Pensavo, e intanto seguivo Jared, avanzando come un automa.

Ero abituata a prendere aerei, ma rispettando la procedura standard. Arrivo, check-in, controlli, imbarco. Una sequenza di abitudini che prevedeva valigie, documenti e una buona dose di pazienza. Quella mattina di gennaio, al contrario, non avevo neppure mezzo borsone. Anzi, a essere precisa non possedevo più nulla di mio, soltanto un cappotto rubato e uno zaino di fortuna. Ero libera e al tempo stesso in catene, perché d'un tratto prendere un volo per l'Ecuador stava diventando un'impresa titanica. A livello pratico almeno, perché per il mio cuore già lo era.

«Gate D», disse Jared. Passò in rassegna le varie destinazioni sul tabellone luminoso. «È il volo che abbiamo visto all'Internet point».

«Come facciamo a passare i controlli?».

«Tecnicamente non dovrebbe essere difficile», rispose. Si mise in marcia con cipiglio deciso. «Dobbiamo soltanto trovare il modo di saltare la fila».

«Quanti aerei hai preso in vita tua?», replicai. «Sono file disordinate e ingombranti, è impossibile non urtare qualcuno. Sarebbe meglio fare un giro alternativo».

Ci ragionai per un attimo, mentre l'enorme cartello che segnalava i controlli si stagliava proprio sopra le nostre teste. L'aspetto positivo era l'affluenza di persone dopo il termine delle feste: non proprio esigua ma neanche paragonabile a quella natalizia. L'aspetto negativo era che per passare avanti dovevamo per forza causare contatto fisico.

«Tieni su i guanti», consigliò Jared, che indossava ancora i suoi.

Andò verso la polizia aeroportuale, poi mi afferrò per il polso e cambiò strategia. Il serpentone di corde che delimitava il percorso si allungava a zig zag fino al metal detector, ma dall'altro lato c'era il passaggio per disabili. Nessuno lo stava utilizzando, e quel dettaglio creava un perfetto diversivo.

Bastò passare sotto al tornello di sicurezza, completamente invisibili all'omone in guardiola, e poi oltre i rulli su cui venivano controllate le borse.

«Meglio aggirarlo», dissi circumnavigando il metal detector.

Eravamo invisibili, non eterei, e qualsiasi oggetto metallico rischiava comunque di far scattare l'allarme.

Insieme a Jared, mi appiattii contro il tavolo più lontano, sgattaiolando alle spalle del poliziotto di guardia, il quale era impegnato a far avanzare un passeggero alla volta e a controllare con perizia carte d'identità e passaporti.

«Dobbiamo sbrigarci». Jared diede un'occhiata al grande orologio del duty free. «Da presto che era, ora abbiamo poco tempo, siamo sul gong».

«Imbarco iniziato», lessi nel panico. «D'accordo, corri. Corri!».

Scattammo entrambi, ognuno da un lato diverso dei negozi, per evitare l'impatto con la gente. Le gambe protestarono per quel repentino cambio d'umore, e i brontolii allo stomaco non preannunciavano nulla di buono. Non avevo fatto colazione, e lo sguardo si soffermava sulle cose più interessanti: panini, bibite, merendine dolci e salate. Perché non avevamo fatto rifornimenti per il viaggio?

Dopo la notte passata in bianco, in quel paradiso d'oro e cristallo stavo lentamente perdendo i sensi. Dovevo recuperare energie, o i muscoli prima o poi avrebbero issato bandiera bianca.

Attraversammo una schiera infinita di banchetti e

scaffali, e arrivammo al Gate D quando l'ultima manciata di passeggeri stava mostrando i documenti al personale d'imbarco.

Sul gong, come aveva detto Jared. Ora restava solo la parte più difficile: come diavolo facevamo a salire su un aereo senza posto a sedere? Il nostro corpo restava tangibile, e questo causava diversi problemi.

«Va ad Atlanta, è il nostro», confermò Jared. Controllò per l'ultima volta che nessuno ci stesse seguendo. «Tre ore di scalo là e poi la coincidenza per Quito. Se quei due non sono già dentro...».

«Tre», lo corressi mentre passavamo davanti alle assistenti di volo. Il finger portava direttamente all'aereo, nessuna navetta aggiuntiva da prendere. «Prima di andarsene, Abigail ha parlato di un certo Barrett. Sono almeno in tre».

«Basta che non siano sul nostro stesso volo», tagliò corto. «Ora dobbiamo soltanto capire...».

Come fare.

Un brivido mi attraversò collo, schiena e gambe, prima di spegnersi sotto ai piedi. L'ingresso del boeing a quattro motori si restringeva a vista d'occhio, costringendoci a passare attraverso una hostess e due steward. Mai come allora l'entrata di un aereo mi era sembrata tanto impraticabile.

Attesi con Jared fin quando tutti i passeggeri non furono a bordo e a quel punto, con un ultimo scatto, sgusciammo all'interno.

Fu impossibile non sfiorare la spalla della prima assistente di volo, ma lei era intenta a parlottare coi suoi colleghi e non se ne accorse neppure.

Dentro, la situazione si complicò ulteriormente. Bloccati tra il portellone e il corridoio, dovevamo aspettare che i passeggeri visibili prendessero posto. E non era un compito semplice, considerati i continui spostamenti di borse, giacche e valigie, senza contare le chiacchiere tra un sedile e l'altro. L'aereo si stava riempiendo. Era un intreccio di voci, respiri e lingue diverse tra loro. Riuscivo a percepire ogni sfaccettatura, anche l'aria rarefatta e artificiale che usciva dalle bocchette. Così, senza preavviso, ebbi un conato di vomito, ma fortunatamente riuscii a reprimerlo.

«Faith».

Jared mi sostenne, spingendomi contro una delle uscite di sicurezza, e non appena il passaggio fu libero mi condusse sul fondo dell'aereo. Ci incastrammo tra un bagno e l'altro, dando le spalle ai carrelli dei viveri, e là trovammo un attimo di pace. In fase di decollo, almeno metà dell'equipaggio di volo si sedeva nella parte anteriore, e l'altra nel fondo.

«Lo stiamo facendo davvero?», boccheggiai quando la hostess chiuse il portellone.

«Non è questo il momento dei ripensamenti», incalzò Jared.

«*Lo stiamo facendo davvero*». La gola mandò un risucchio, e sbiancai.

Da lì in poi fu impossibile riprendere aria.

«Andrà tutto bene, Faith, ricordi? Corda a doppio binario. Impariamo a tirare e il nemico cade».

Per la prima volta la dimostrazione delle norme di sicurezza mi sembrò durare pochi secondi. Il pilota si allineò sulla pista di decollo.

Segnale delle cinture allacciate, schienali in posizione verticale, tavolini chiusi. E noi ce ne stavamo in piedi come due perfetti idioti ad ascoltare il miagolio dei motori che diventava un ruggito.

Stavo lasciando Londra. Mia madre, mia sorella.

Sarei tornata in tempo per vederla nascere? Sarei *mai* tornata?

Due stangone dell'assistenza di volo ci superarono per accomodarsi ai rispettivi sedili. Una sollevò il telefono, comunicò qualcosa e tornò a parlare con la collega.

«Va bene», si diede coraggio Jared. «Tieniti».

«A cosa?», replicai smarrita.

«A me», disse.

Le luci si spensero. Il comandante annunciò destinazione e servizi a bordo, poi il silenzio. Era l'istante in cui ogni cosa si ferma e per un attimo l'aereo stesso appare immobile. Niente più suoni, niente più spinta.

Silenzio.

Jared provò ad aprire la porta del bagno, ma le serrature erano bloccate. Omino in piedi, luce rossa. Lo osservai trafficare con le maniglie e lo fermai quando le hostess iniziarono a incuriosirsi. Erano vibrazioni troppo strane per un velivolo ancora a terra.

«Dobbiamo spostarci», soffiò lui.

Troppo tardi. Lo scoppio dei motori ci ricordò che non c'era spazio per i cambiamenti. A pensarci bene, non c'era spazio per nulla, neppure per noi.

«Non abbiamo equilibrio», insistette Jared.

Mi afferrò per le braccia e le bloccò contro la parete, dove la mia schiena era già appoggiata, e in quella posizione provò a reggerci in due.

No, decisamente non avevamo equilibrio.

Ma l'aereo prese velocità, e a quel punto potevamo solo pregare.

«Resta attaccata», disse Jared. «Come le lontre».

Fu l'ultima cosa che sentii. Poi chiusi gli occhi e cercai una dimensione diversa, qualcosa che comprendesse il mio corpo ma non la gravità. Le ruote scivolarono sull'asfalto, uno rullio sempre più forte a indicare quanto mancasse al distacco.

Veloce, troppo veloce. Puntai le caviglie e ordinai alle ginocchia di reggere. In quell'istante il mondo si inclinò, nessun limite tra l'accenno e la spinta, mentre i muscoli si contraevano per non ribaltare lo spazio. Era sotto e sopra, destra e sinistra. C'erano due forze a premere, quella dell'accelerazione che mi spingeva in basso, e quella di Jared, che lottava per tenermi in piedi.

Capii subito quanto fosse utile avere un sedile e una cintura di sicurezza. Lo capii quando l'aereo tagliò le nuvole, come un razzo senza più freni, e l'equilibrio sembrò andare completamente in frantumi. Non fu una spinta sufficiente a farci cadere, le gambe reggevano, ma era il mio diaframma a essere accartocciato. Mi veniva da vomitare, e il rollio continuo dei motori accentuava la nausea.

«Dobbiamo *decisamente* cambiare posizione», ripeté Jared a denti stretti.

Metà degli assistenti di volo era ancora sulla parte posteriore del velivolo, ma c'era uno spazio abbastanza grande, tra una porta del bagno e l'altra, in cui potevamo rintanarci.

Strisciai a quattro zampe, affondando le dita delle mani nella moquette. L'aereo andava su e giù, preda delle turbolenze, e per ogni passo ne perdevo altri due. Iniziavo a sudare, coperta da un giaccone improvvisamente bollente, e i conati aumentarono.

Jared andò a infilarsi a lato della prima porta, a metà tra lo spazio riservato ai bagni e quello dedicato al carrello delle hostess, sotto al telefono per le comunicazioni col comandante. Fu un lavoro di contorsionismo, ma in quel modo, con le gambe al petto e le ginocchia in bocca, si riusciva a stare perfettamente immobili.

Tirai la pancia in dentro e lo raggiunsi, strisciando sul lato opposto, perfettamente speculare a lui. Pian piano, l'aereo si raddrizzò.

A quel punto ero certa che avrei vomitato.

Bile, rabbia, insulti.

Avevo l'esigenza di buttar tutto fuori.

«È una pazzia», rantolai.

Il petto di Jared si muoveva a intervalli sempre più brevi, era affannato.

Usò il mento per darmi ragione.

Un movimento solo, in alto e poi in basso.

Sì. Un'autentica follia.

# Otto

Passai il resto del viaggio per terra, eccezion fatta per i momenti in cui le hostess facevano su e giù col carrello, costringendomi a strisciare per non essere travolta. Stesso calvario quando i passeggeri dovevano andare in bagno.

Lo sbarco fu terribile, e la ressa al gate altrettanto alienante. Non vidi nulla dell'aeroporto di Atlanta, solo luci e contorni sfocati.

La temperatura cambiò, così come aveva fatto il fuso orario, e arrivare al nuovo terminal si rivelò una marcia senza fine. Jared rubò un paio di bottigliette d'acqua, ma non furono di grande aiuto. Non sentivo più niente. Vivevo in una sorta di guscio dai rumori ovattati, e reagivo a impulsi.

Via libera: avanti. Ingorgo: fermarsi.

Il nostro secondo aereo partì due ore e mezza più tardi, dopo un'interminabile fila all'imbarco.

Mi sentivo così lontana da casa, un puntino irrilevante e dimenticato da tutti. Guardavo il cellulare come se potesse accendersi da un momento all'altro, stringendolo per abitudine, nella speranza che il suo schermo si illuminasse di nuovo. Sapevo che era spento, inutilizzabile ormai, ma avevo bisogno di fantasticare, di credere in qualche miracolo. Stavo là e contro ogni logica speravo che arrivasse un SMS di mamma:

*Torna a casa, Faith. So chi sei. Torna a casa.*

«*Psst*. Ehi».

La voce di Jared mi riportò alla realtà. Eravamo in volo da un'oretta, e io me ne stavo al solito posto: tra un bagno e l'altro, mentre le hostess si erano finalmente acquietate. I muscoli delle gambe dovevano essersi atrofizzati, ma sempre meglio che rompersi le ossa durante il decollo.

Lui era in piedi al centro del corridoio. Controllava che gli assistenti di volo non passassero coi carrelli, e fortunatamente la maggior parte dei passeggeri dormiva.

Squadrai Jared da sotto in su.

Era stravolto, ma non demordeva. In quell'iride scura c'era tutta la determinazione del mondo.

«Ho trovato un posto libero. Un altro, in realtà», disse. Indicò un sedile vuoto a lato corridoio. Il passeggero al centro e quello accanto al finestrino dormivano. «Ricordi la teoria degli effetti ottici? Credo sia giusta. Più avanti c'è un posto vuoto, ma quando ho provato a sedermi mi sono trovato accanto un ragazzo sveglio come un grillo, che fissava il mio sedile con aria confusa. Non penso fosse diventato del tutto invisibile, o gli sarebbe preso un colpo, ma qualcosa di strano deve averla notata nonostante le luci spente. Questi due tizi però dormono, è la nostra occasione per riprendere fiato. E quando si sveglieranno potrebbero comunque non accorgersi del cambiamento».

Scossi la testa con foga, decisa a restare dov'ero.

Muoversi era già abbastanza difficile, ancor peggio rischiare di scatenare il panico per un sedile svanito a metà.

«Faith, in totale abbiamo già fatto più di nove ore di volo, e ce ne mancano almeno altre quattro», protestò Jared.

Nel tentativo di convincermi, andò a sedersi per primo. Indossava sempre i guanti e fece attenzione a non toccare i braccioli con la pelle nuda. Effettivamente le luci erano soffuse, e regnava un silenzio rassicurante.

«Riposati tu», replicai con un mezzo sorriso. «Se arriva qualcuno ti avviso».

«Ti spaccherai la schiena a stare lì, facciamo a turno».

«Al momento mi sembra di non poter muovere neanche un dito. Lasciami qui, per favore».

«D'accordo. Allora avanti, c'è qualcosa che vuoi sapere?». Incrociò le braccia al petto, scontrandosi con la mia espressione perplessa. «Di me, intendo. Qualcosa che ti interessa?».

«Che razza di domanda è?».

«Magari ti chiedi se ho un secondo nome. Se amo cucinare o lavorare a maglia. O di che colore porto le mutande, per esempio».

«Jared», sospirai.

«Se vieni qui, prometto di rispondere a tutto ciò che mi chiederai», si offrì serio. «Deve esserci un modo per farti alzare».

Tolse un guanto, frugò nella tasca e ne estrasse un pacchettino di biscotti.

«E quello da dove salta fuori?», chiesi divertita.

«Dal carrello delle hostess. Se vieni facciamo a metà».

«Va bene, va bene», mi arresi.

La mente andò da una parte, ma il corpo parve scuotersi da un torpore secolare. Sangue, ossa e muscoli si riallinearono non appena abbandonai il mio nascondiglio. Fu piacevole e doloroso assieme, una specie di riabilitazione post-trauma.

Jared sorrise. L'unico sguardo capace di cogliermi, tra centinaia di volti assenti.

«Ci stai?», chiese apprensivo, cercando di farmi posto.

Restai in equilibrio sulla punta del bracciolo. Accettai il pacchetto, decisa a dividere le poche fortune a disposizione, ma le gambe protestavano anche così, erano talmente indolenzite da pesare come macigni.

Mi spostai una volta, una seconda, e alla fine Jared mi trascinò a sé.

«Scusa», incespicò, mentre mi sistemava sulle sue ginocchia. «Se vuoi ti lascio il posto, ma su questo dannato sedile non c'è spazio per due. Ti dà fastidio?».

Era una domanda mal posta.

Più che fastidio mi imbarazzava terribilmente, e non fu neanche tanto semplice nascondere il rossore. C'era qualcosa di tranquillizzante in lui, una sorta di effetto anestetico.

Abbandonai la guancia sul suo collo, e i polmoni si riattivarono.

Uno. Due. Tre.

Il sangue andava dritto nel viso, accendendo le gote di rosso.

Uno. Due. Tre.

Le braccia di Jared mi avvolsero tutta. Non era un gesto malizioso o calcolato, solo l'esigenza di stare vicini, lo stesso desiderio di calore che si ha dopo un incubo.

Restammo così, immobili. Lui intento a sgranocchiare la sua parte di biscotti, e io la mia.

Un equilibrio fatto di battiti.

A diecimila metri da terra, scoprii che Jared Price aveva un profumo particolare. Non sapevo ricondurlo a un odore specifico, ma era buono, e in qualche modo lo caratterizzava. Scoprii che non riusciva a tenere ferme le mani, se era nervoso. E che, per non toccarmi troppo, torturava la rete portaoggetti del sedile davanti. I suoi capelli erano biondi sulle punte, ma più scuri alla base, di un castano che ricordava il tronco degli alberi. Aveva i lineamenti contratti da lontano, ma più morbidi da vicino, quasi fosse sempre sul punto di sorridere.

O semplicemente di lasciarsi andare.

«Posso farti una domanda, giusto?», ricordai alla fine, alludendo alla proposta di prima.

Lui non rispose. E io, timidamente, rimasi nell'incavo della sua spalla.

«Sono venuta a sedermi qui, e ho diritto a una domanda», dissi. «Però anche tu potrai chiedere qualcosa a me. E in cambio...», sbadigliai, improvvisamente stanca. Dopo i biscotti, la posizione più comoda e il calore della sua pelle, l'esigenza principale era diventata dormire. «In cambio, mi farai chiudere gli occhi solo per un secondo?».

Jared sorrise contro la mia fronte. Poi annuì, in attesa.

«Qual è la persona che ti manca di più al mondo?», chiesi.

«Mia nonna», rispose.

«Sei cresciuto con lei?». Chiusi gli occhi, per sentire solo la sua voce. Oltre i vuoti d'aria, oltre le nuvole.

«Sì, prima che i miei genitori morissero. Ma è stata lei

la prima ad andarsene. È stata lei la prima a farmi capire cosa vuol dire non esserci più». Inspirò, e il mio petto si sollevò insieme al suo.

«E qual è la cosa che detesti di più?». Era già la terza domanda, ma lui sembrò non badarci.

«Non essere visto».

Ridemmo entrambi, ma di una risata soffocata, nascosta tra cappotto e maglione.

«Dico davvero», disse Jared. «Era così anche prima di questa situazione. Odio non essere visto».

«Sarai proprio contento, allora».

«In realtà adesso non fa male. Sono sparito, è naturale che la gente non mi veda. In passato era peggio. Ero invisibile… in altri modi».

«Anch'io», mormorai.

Le sue dita abbandonarono il sedile per seguire la linea del mio viso. Scivolarono dalla fronte alla punta del naso, ma senza sfiorarmi. Tracciava una linea immaginaria, a qualche centimetro dalla mia pelle.

«Cosa stai facendo?», bisbigliai a metà tra il sonno e la veglia.

«Veramente è il mio turno di fare domande». Lasciò i polpastrelli dov'erano, e attese che gli dessi il permesso. «Come mai fai quella cosa con le mani?».

«Quale cosa?».

«Una specie di rettangolo, come se volessi scattare una fotografia».

«Ah, quello», mi imbarazzai. «Be', *scatto* una fotografia. Più o meno. Nella mia testa però. Cerco di non dimenticare le cose che vedo. Ultimamente sta diventando un'ossessione».

«Capito», sussurrò.

Le palpebre si stavano facendo pesanti, e il suo gesto appariva più lieve. Quasi impacciato. Percorreva ogni lineamento con una dedizione tutta sua.

«La vuoi smettere?», sbadigliai.

«Tu mi fotografi», si giustificò. «Io ti disegno».

Non faceva una piega. Anzi, era tremendamente piacevole.

Lassù, sorvolando terre sconosciute, ero lontana anni luce dalla mia vita di prima. Sospesa nello spazio, nei ricordi e nel tempo.

«Buonanotte, Faith la lontra».

Sorrisi, ma risposi solo col pensiero.

Il tempo di un respiro e crollai addormentata.

# Nove

Mi svegliai due ore più tardi, quando anche gli altri passeggeri iniziarono a muoversi.

Jared fu costretto a scuotermi, e a quel punto l'anfratto tra i due bagni tornò a essere l'unica soluzione praticabile.

Non fu un volo particolarmente lungo, ma dopo quello da Londra risultò comunque estenuante e sofferto. Senza contare le difficoltà dei piccoli gesti, come per esempio andare in bagno mentre un ragazzo conosciuto da un giorno restava fuori a fare da palo. L'attenzione per i dettagli era fondamentale: nessuna porta che si apre e chiude da sola, guanti sempre addosso, spazi ristretti per movimenti calcolati.

L'invisibilità costava una certa fatica, quasi fosse una colpa.

Il mondo ti ignora? Paghi doppio.

E io pagavo. Non c'era altro da fare, se non volare all'altro capo del mondo e pregare che esistesse davvero una soluzione a quel rompicapo.

«Grazie al cielo», sospirò Jared.

Dopo un atterraggio fra sbalzi e scossoni, i motori dell'aereo si spensero. E ciò che restava di Londra si trasformò definitivamente in San Francisco de Quito.

Fine.

Inizio.

*Click.*

«Fantastico. Ora dobbiamo solo aspettare». GiochereIlai con la cerniera del cappotto, mentre l'orda di passeggeri si dirigeva verso l'uscita.

Non c'era grazia nei movimenti della gente, solo fretta, eccitazione e ingordigia. Una scena già vista, ma mai *guardata* attentamente. Il segnale delle cinture di sicurezza era ancora acceso, i portelloni chiusi ermeticamente. Eppure sembrava esplosa la terza guerra mondiale. Borse ovunque, piedi calpestati, corpi su corpi, quasi fosse scattato l'allarme antincendio.

Dove andavano tutti? Da cosa dipendeva la fretta?

Ero invisibile, ma in quel momento non facevo eccezione. Ero non-vista in mezzo ai non-visti. Perché Jared aveva ragione, alla gente non importava del mondo attorno. C'era una ricerca maniacale della routine quotidiana, il bisogno spasmodico di accendere il cellulare, controllare i messaggi, fumare la sigaretta tanto attesa. I vicini di posto venivano scavalcati, erano oggetti scomodi da superare. Là fuori li attendeva un posto nuovo che necessitava di vecchie sicurezze.

È una questione di dipendenze.

Lo capii quel giorno, mentre attendevo pazientemente il mio turno per scendere.

Era dipendenza da distrazione. Lo schermo luminoso del telefonino regalava qualcosa in più, una sorta di tranquillante somministrato in tripla dose. La sensazione di esserci ancora: linea, connessione, messaggio, registrazione.

Sono qui. Ci sono.

Esisto.

Così decisi di guardare altro, cose su cui non mi ero mai soffermata. Il naso a punta della signora col trolley verde. Le rughe appena marcate di una cinquantenne in tailleur. La montatura degli occhiali di un mio coetaneo, che portava le scarpe con le stringhe slacciate.

Sfilarono davanti a me uno dopo l'altro, fin quando il passaggio fu libero, e la fila dell'invisibilità si chiuse con gli invisibili veri.

Noi. E venti gradi in più.

«Ah», constatò Jared arrotolando le maniche. «Giusto. Qui fa caldo».

«Un dettaglio insignificante», mugolai in risposta.

Fortunatamente l'aeroporto era dotato di aria condizionata, ma si trattava di una magra consolazione. Il sudore freddo dell'inverno si cristallizzò, per sciogliersi nelle tipiche giornate estive. Difficile arginare il problema senza vestiti di ricambio.

«Rubiamo dei costumi da bagno?», proposi.

«Più tardi potremmo provarci. Nel frattempo, abbiamo sempre lo zaino di fortuna». Jared prese sul serio l'idea. Poi si guardò attorno e seguì la folla a debita distanza. «Ok, dimmi quando sono distratti».

«Stai scherzando?», replicai.

«So che non mi vedono. Tu dimmi quando nessuno guarda in questa direzione».

Si tolse i guanti, trasferì lo zaino dalle sue spalle alle mie, e afferrò i lembi del maglione.

Ultimi della fila: occupati a chiamare i parenti. Uomini di servizio: intenti ad asciugare il pavimento. Genitori stressati alla nostra destra: troppo impegnati a gestire i figli.

«Vai», dissi alla fine.

Lui sfilò due strati di maglie, tenendo solo quella a maniche corte. Le gettò a terra con una tale noncuranza che per poco non le calpestai.

Fu un colpo da maestro, eccezion fatta per un bambino di circa due anni che sgranò gli occhi dallo stupore. Se ne stava in solitaria accanto al finestrone laterale, e probabilmente aveva appena visto dei vestiti apparire dal nulla.

«Accidenti», rantolai. «Lo manderemo in terapia per il resto della vita».

Il piccolo strinse a sé un orsacchiotto di pezza, osservando gli indumenti con crescente stupore.

«Ma no, è un bambino», rise Jared. «Lui è l'unico a vedere le cose».

Indossò i guanti e si avvicinò di soppiatto, stropicciando la testa al pupazzo.

«Jared», protestai.

Ma il bambino non urlò.

Anzi, sorrise a quella stranezza. Si soffermò sulle orecchie dell'orso, che si muovevano senza spiegazione, e si fece raggiante.

Ah, la magia. Solo i bambini sanno apprezzarla.

«Anche mio fratello era così», disse Jared raccogliendo i vestiti.

Lasciammo il piccolo al suo personale miracolo e ci trovammo nel pieno del ritiro bagagli. A furia di seguire gli altri eravamo finiti nell'unico posto inutile per noi, che non avevamo neppure mezza valigia.

«E adesso?», tentennai.

La luce entrava a fiotti dall'esterno, un sole nuovo a profumare l'estate. Eravamo in Ecuador, e dell'Ecuador conoscevo a malapena il nome sulla cartina geografica. Un solo passo avanti, indietro o di lato risultava un azzardo.

Jared rimase in allerta. Sapevo cosa cercava, e non mi piaceva per niente. Ephraim e Abigail erano ancora a piede libero, insieme a quel Barrett di cui non conoscevo la faccia. Meglio restare in luoghi affollati il più a lungo possibile.

«Cerchiamo il modo di arrivare in città», decise. «Conosci i dialetti del posto, per caso?». La smorfia che seguì fu meno rassicurante. «Va bene anche lo spagnolo».

«So dirti buongiorno in gaelico scozzese, se vuoi».

«E buon appetito?», scherzò.

Intervenne il brontolio del mio stomaco, e quello bastò per approvare il suo piano: raggiungere il centro, procurarci dei viveri, e capire cosa fare della nostra esistenza.

Anzi, no. C'era un punto di maggior rilievo.

«Il mio cappotto». Stavo andando a fuoco. «Devo toglierlo o rischio di sciogliermi».

Cercai l'angolo più anonimo dell'intero aeroporto, possibilmente privo di bambini da traumatizzare.

Dopo tanto peregrinare optai per un angolo vicino l'ingresso del "Lost&Found", stranamente libero dal consueto viavai. *E brava compagnia aerea, bagagli sani e salvi per tutti.*

«Sto morendo di caldo, sto morendo di caldo, sto morendo di caldo».

Con i guanti addosso, sfilai piano il cappotto e controllai in giro.

*Gruppo di turisti che se ne va, ragazza coi rasta che*

*gioca al cellulare, signorina coi tacchi... santo cielo, ma come fa a stare in piedi?*

Attesi soprattutto la ragazza coi rasta, pelle color dell'ebano, che faceva avanti e indietro a pochi passi da me.

*Dai, Faith, sta giocando. Neanche se ne accorge.*

Tolsi i sette chili di giacca non mia e la abbandonai a terra. Poi fu il turno del maglione di lana. Qualche passo di lato, indifferenza, Jared scocciato dall'altra parte dell'androne.

*Arrivo, abbi pazienza.*

Mi liberai anche dell'ultimo peso, restando in semplice canottiera. Era una vergognosa maglietta della salute, ma avevo problemi più gravi da risolvere.

«Manca solo una pala», sbottai tornando sui miei passi. «Una pala per scavarmi la fossa».

Superai la ragazza col cellulare e, quando la affiancai, lei si voltò e mi sorrise.

«Va meglio?», chiese coi suoi trentadue denti un po' storti.

Ghiacciai lì sul posto.

Evidentemente la scusa del telefonino era un trucco apprezzato. E anche il desiderio di fare a cazzotti, considerato lo schiaffo con cui mi colpì in piena faccia.

«Sachi», chiamò gettandomi a terra.

Mi fu addosso con la forza di un toro. Decisa, violenta, era un peso opprimente tra la pancia e lo sterno.

Finii distesa schiena a terra, mentre un dolore lancinante attraversava la scapola destra. Provai a ripararmi coi gomiti, ma le sue unghie erano parecchio aggressive.

Non bastava difendersi, dovevo reagire.

«Smettila», gridai.

«Faith!».

Vidi Jared scattare nella mia direzione. Percorse gran parte della distanza che ci separava, ma all'ultimo fu placcato da due sconosciuti. Uno dinoccolato e smilzo, l'altro un armadio a tre ante. L'impatto fu tale da farli finire sul rullo bagagli, provocando nella gente una reazione immediata.

«Jared», annaspai, cercando di liberarmi.

Anche la ragazza coi rasta perse la concentrazione, e questo fu un bene. Feci leva sul bacino e lanciai calci alla cieca, sperando di colpirla da qualche parte. Il decimo tentativo andò a segno, prendendola in pieno sul dorso.

«Ci provi?», ringhiò lei. «Che vuoi fare, sentiamo? Vuoi i miei soldi anche tu?». Estrasse un coltellino svizzero, ma la bloccai per il polso.

Muscolo contro muscolo.

Soffiai a denti stretti, e fu il corpo a reagire per me. Adrenalina, dolore, paura. Spostai il suo braccio un centimetro dopo l'altro, e alla fine usai il metodo più veloce: le tirai un calcio. Fu più un affondo a caso che un'attacco, ma funzionò lo stesso, e mi diede il tempo di indietreggiare.

«Sachi», tuonò lei, smarrita dal mio colpo.

La Sachi in questione era dietro di noi, e la prima presentazione non fu affatto piacevole. Mi tramortì con un oggetto strano, a metà tra una mazza di piccole dimensioni e un manganello. Era piuttosto corto grazie al cielo, ma il colpo lo sentii comunque.

«Colpiscila, Sachi! Vuole arrivare prima, non ci deve seguire!».

Dio santo, ma dov'ero finita?

Evitai il secondo affondo, presi il terzo di striscio, e il quarto ci pensò qualcun altro a bloccarlo.

«Ancora tu?», sbraitò la tizia coi rasta.

Caddero la mazza, il coltellino svizzero e, davanti ai miei occhi, cadde anche Sachi.

«Oddio», ansimai.

Sachi era una bambina. Capelli arruffati, occhi di fuoco, avrà avuto sì e no dodici anni, ma inspiegabilmente il suo viso aveva più rughe del mio. Si rialzò subito dopo, mentre qualcuno che non vedevo stava attaccando la sua compagna.

In quel groviglio di voci, colori e persone, non capivo più niente.

Chiusi gli occhi e scattai un'istantanea.

Era essenziale per mettere a fuoco. Vivi. Reagisci. Vivi.

Tornai lucida un secondo più tardi, con Sachi addosso e una ragazza bionda agganciata al collo di quella coi rasta. Impossibile dire chi stesse attaccando chi, ma una cosa la capii all'istante: la nuova arrivata mi stava salvando la pelle.

Soffocai i gemiti e riuscii a mettermi seduta, afferrando Sachi per le spalle.

«Linette», gridò lei.

«Chi diavolo siete?», le urlai in faccia.

Era evidente che volessero fermarci per qualche motivo, e non si preoccupavano di picchiare duro per riuscirci. Ma che senso aveva? Di che soldi stavano parlando? Perché ce l'avevano con noi?

«Linette, Linette, Linette». Sachi si lamentava come una bambina a cui avessero appena rubato i giocattoli.

Ma Linette, la prima ad avermi attaccata, non poteva intervenire. Era impegnata ad azzuffarsi con la tizia bionda, che aveva forza da vendere negli avambracci.

Un metro e ottanta di chioma dorata, capelli sparpagliati su tutta la faccia.

«Chi diavolo siete?», ripetei.

Sachi si agitò ancor di più, serrò la mascella e mi assestò un morso tra il collo e la scapola. La allontanai con uno strattone, e a quel punto vinse la stazza più grande: ovvero io. Ad armi pari restavo in netto vantaggio.

Diedi un'ultima spinta con le gambe e fui subito in piedi. Da qualche parte, non troppo lontano, Jared stava ancora lottando in minoranza numerica.

«Spostati». Trascinai via Linette, afferrai la mano della bionda e la portai via dalla mischia.

«Aiutami», implorai.

Lei mi guardò.

Finalmente.

Un concentrato di occhi blu, terrorizzati quanto i miei.

«Jared», dissi d'un fiato. Raccolsi il coltellino di Linette caduto a terra e mi venne un colpo: era sporco di sangue. Sangue vero, reale. Ma non potevo fermarmi, così lo scagliai contro un gruppo di giapponesi col solo intento di creare il panico.

Missione compiuta. L'apparizione di un oggetto insanguinato nel bel mezzo di un aeroporto internazionale faceva sempre il suo effetto.

Fu il caos più totale, ma dalle grida di due hostess lì vicino recepii una cosa fondamentale: il sangue era visibile. Quella parte di noi, lontana da noi, tornava reale.

Corsi a perdifiato fino al rullo bagagli, mi arrampicai sulle valigie e crollai di peso su entrambi gli assalitori di Jared. Il primo cacciò un grugnito, accompagnato dai gridolini spaesati delle persone in attesa.

«Lascialo», tuonai con uno strattone.

La ragazza bionda mi aiutò, prese il più basso e lo buttò per terra insieme a due borsoni. Le grida si trasformarono in richieste d'aiuto, e a quel punto l'altoparlante iniziò a intimare di mantenere la calma.

Stavamo facendo un gran casino.

«Ci sei?», ansimai raggiungendo Jared. Stava sdraiato sul nastro trasportatore, col naso ricoperto di sangue. Lo zaino si era perso chissà dove, impossibile trovarlo in mezzo a quella confusione.

«Ti tengo». Provai a tirarlo su, ma ero uno gnomo in confronto a lui. «Scendi da qui, Jared. *Scendi*».

«Stai bene?».

«Chi se ne frega adesso, scendi!».

«*Stai bene?*». Lui mi sfiorò il collo. Dovevo avere i segni del morso di Sachi, per non parlare di quella dannata mazza, che per poco non mi aveva scardinato una spalla.

«Denis, Raymond», chiamò Linette da qualche parte.

Insieme a Sachi era stata travolta dalla polizia. Entrambe cercavano di destreggiarsi per non farsi schiacciare.

Invisibili. Come noi.

E intenzionate ad aggredirci. Come tutti gli altri *uguali* e *diversi* da noi.

I due di nome Denis e Raymond le raggiunsero con un balzo portandosi dietro metà delle valigie, tra cinghie e plastica da imballaggio. Ma ormai la folla seguiva solo impulsi disordinati, correndo di qua e di là e inveendo contro il mal funzionamento dei macchinari, la lentezza del personale e ipotetici attacchi terroristici.

Metà del rullo bagagli era completamente distrutto.

«Dobbiamo andarcene», ordinai con Jared sotto braccio.

Avevo un male cane alla spalla, nel punto in cui Sachi mi aveva colpita. In bocca regnava il sapore metallico del sangue.

«Dobbiamo andarcene *adesso*», precisai rivolta alla nuova arrivata.

Lei non si mosse.

O meglio, si allontanò dalla folla, ma restò a ciondolare davanti all'entrata dei bagni.

Era stravolta. Parte dei vestiti le si era strappata durante l'azzuffata, e quella integra restava in piedi a fatica. Anche lei si era spogliata come meglio poteva. Aveva un brutto taglio che dalla guancia le scendeva fin sotto la maglia. Che fosse suo il sangue sul coltellino?

Jared provò ad avvicinarsi, ma contribuì unicamente ad alimentare il suo panico.

«Va tutto bene», sussurrai portandomi una mano al cuore.

Le sue labbra tremarono. Stava per piangere, o forse per mettersi a urlare. Da dove veniva? Aveva percorso tutta quella strada da sola? Comprendevo una cosa soltanto: lei era me. Me, senza Jared.

Così non pensai ad altro, semplicemente andai avanti di pancia. Ero giovane, ma pur sempre donna, e sapevo quando una donna doveva tramutarsi in amica.

«Mi chiamo Faith», mormorai abbracciandola. Piano, senza stringere.

I suoi capelli erano così lunghi, sembrava Rapunzel.

«Christabel», singhiozzò lei.

Poggiò il mento sulla mia spalla e tornò a respirare.

# Dieci

«Ci stanno seguendo?», chiesi allarmata.

Jared stava incollato al finestrino della navetta. Eravamo in viaggio da venti minuti scarsi e la sensazione di panico non si era ancora affievolita. Stava accadendo troppo in fretta. Cambio di nazione, continente, clima. Arrivo, scontro, navetta per arrivare al centro città.

Ci eravamo accontentati degli ultimi sedili in fondo, completamente vuoti, ma questo non bastava per sentirsi al sicuro.

«Li abbiamo seminati», disse lui.

«Io non credo». Ravviai i capelli con nervosismo. «Si saranno nascosti, loro… ci stavano aspettando. E questi non erano Abigail o Ephraim. È gente nuova, Jared, altre persone che sanno esattamente cosa ci sta succedendo».

«Sì, ma ovunque siano li abbiamo seminati», insistette. «Non possono seguirci in macchina. A meno che la macchina non guidi apparentemente da sola». Tornò seduto in maniera composta e diede una rapida occhiata a Christabel, piegata in due sulle ginocchia in mezzo al corridoio.

Stava in quella posizione da quando eravamo partiti, e i capelli la coprivano interamente. Testa, volto, gambe, tutto nascosto. Ripeteva una specie di flebile cantilena, a voce bassissima: «Andrà tutto male, andrà tutto male, andrà tutto male».

«Probabilmente sanno dove stiamo andando», ragionai nel panico. «Abigail ed Ephraim ci hanno trovati a Londra. Adesso *loro* ci attaccano in Ecuador. Siamo a quota sei ragazzi invisibili che muoiono dalla voglia di ucciderci, più uno che ancora non abbiamo visto».

«Erano anche a Londra», mormorò Christabel.

Lasciò entrambi di stucco, e quando sollevò il viso aveva una pessima cera. La ferita doveva farle un gran male, ma per il momento aveva smesso di sanguinare.

«I quattro di prima, io li ho già incontrati», rivelò.

«A Londra?». Jared si fece serissimo. «Significa che anche loro vengono da là?».

«Veniamo tutti da là. O almeno credo. Io ero in piscina quando è successo… quando sono scomparsa».

«Io con mio fratello», disse Jared.

«Io con mia madre». Serrai le labbra e abbandonai la fronte sulle nocche.

Che disastro. Il filo conduttore rivelava gli stessi punti di partenza e di arrivo. Il che confermava la tesi più terribile: era tutto perfettamente calcolato.

Eravamo nei guai.

«Mia nonna, lei…», Christabel lasciò la frase sospesa. Sapevamo tutti cosa stava per dire, ma c'era comunque bisogno di dirlo. Pronunciare le parole a voce alta aiutava a realizzare quella follia. «Non si ricorda più nulla. Ha problemi di memoria, è vero, ma stavolta io sono scomparsa sul serio, insieme alle mie cose. E poi il tizio vestito di nero, il biglietto».

«È capitato anche a noi», la consolai.

«Perché non eri sul nostro stesso aereo?», chiese Jared.

«A rigor di logica, siamo diventati invisibili nello stesso momento, più o meno».

«Io sono partita subito», disse Christabel, dosando le parole. «Ero in Ecuador da più di otto ore, quando siete arrivati. Non sapevo dove andare, e sono rimasta in aeroporto».

«Sei partita da Londra così, senza il minimo dubbio?».

«I dubbi erano qualcosina in più che un *minimo*», lo rimbeccò lei. La luce del sole insisteva su una fossetta al centro esatto della fronte. «Ma appena messe le lenti sono stata attaccata da quella Linette. Lei e Sachi, la bambina satanica, per poco non mi hanno buttata sotto la metro. E non credere, non si sono fermate lì». Strizzò le palpebre, come a scacciare un brutto pensiero. «Li ho avuti addosso tutti e quattro, fin quasi al terminal. Cosa potevo fare? Fermarmi a ragionare sul fatto che *non ci sono*? Sul fatto che *non esisto*? Avevo un biglietto, e quel biglietto parlava dell'Ecuador, ho trovato le coordinate sul computer della segreteria del centro sportivo. Volevo ragionare, prendere aria, ma non potevo aspettare l'aereo della mattina successiva».

Capii subito che quella di Christabel non era stata una partenza ragionata.

Si trattava di una fuga a tutti gli effetti.

«Speravo che l'uomo in nero fosse il buono», disse amareggiata. «L'ancora di salvezza che mi avrebbe aiutata a capire. Ma dimentico sempre quanto la iella sappia essere str...». Soffocò un'imprecazione, mascherandola con un colpo di tosse.

«Una cosa però non capisco», si rabbuiò Jared. «Hai detto che i quattro di prima ti hanno seguita fino in aeroporto. Se eravate su due aerei diversi, e sul nostro non c'erano, com'è possibile che fossero qui anche loro?».

«Bravo biondino, hai scovato il punto. Non ne ho la più pallida idea».

«Aspetta», la interruppi. «Non erano sul tuo volo, non erano sul nostro. Eppure ci hanno attaccati meno di mezz'ora fa».

Gli avvenimenti portavano a un'unica conclusione.

«Era un viaggio senza scali», disse Jared per me. «Ma dato che è una soluzione impraticabile coi voli di linea, qualcuno deve averli aiutati».

«Qualcuno chi?».

«Lo stesso che a noi non dice nulla». I suoi occhi si fecero sottili. Stava ragionando su cose che preferiva non condividere. «Siamo gli unici a non sapere cosa sta succedendo. Gli altri ragazzi si muovono con una sicurezza fuori dal comune. Sapevano già dell'Ecuador, non avevano bisogno di pezzi di carta e coordinate. Sono stati portati qui apposta. Qualunque cosa stia per succedere, deve succedere qui».

«Te l'ho detto». Christabel mi rivolse un mezzo sorriso. «È la iella. Probabilmente moriremo».

«Sei una tipa positiva, vero?», sdrammatizzai.

«Ci hai pensato bene? Su sei persone incontrate, tenendo conto dei vostri Abigail ed Ephraim, siamo i soli senza la minima informazione. E questa si chiama iella!».

Accompagnò la frase con un gesto della mano, decisa a enfatizzare il concetto. Poi la navetta si fermò, e il primo passo verso l'ignoto iniziò su una piazzola dei pullman.

«Ci serve un piano», decise Jared mentre la gente scendeva.

«Andrà male in ogni caso», lo anticipò Christabel.

«Non sei morta, d'accordo? Lo avresti mai detto, quando hai trovato Linette in aeroporto?», obiettò lui. La aiutò a scendere i gradini del pullman per evitare che la ferita riprendesse a sanguinare.

«Capita che energie positive intervengano solo per farci penare il doppio», rispose lei fra smorfie di dolore.

«Va bene. Ho capito», sbottò Jared. «Allora tappati le orecchie, ti chiamo quando siamo alla parte brutta». Si mise in testa al gruppo e ne prese le redini.

Eravamo tre misere persone, di cui una pessimista cosmica, quindi era piuttosto frustrante fare da leader.

Però c'erano le montagne. Le avevo intraviste in periferia, quando i palazzi lasciavano libero l'orizzonte. Mi pentii solo di non averle guardate.

Impresse.

Fotografate.

Se c'era un modo per andare controcorrente era proprio quello. Avevo un'esigenza spasmodica di aprire gli occhi e vedere.

«Dobbiamo trovare una farmacia», disse Jared afferrandomi il braccio. «Poi dei vestiti, e un campo base dove fermarci».

«Quindi rubare e introdurci in casa di altri?», replicai.

«Faith, abbiamo bisogno di medicine. Christabel è ferita, e anche tu non stai messa troppo bene». Lasciò cadere lo sguardo sul morso di Sachi.

«Il tuo naso invece è una meraviglia».

«Mi prendono a botte da più di ventiquattr'ore, avanti di questo passo non lo avrò più, un naso».

«Resta il problema dei negozi», azzardai. «Siamo invisibili, ma l'allarme all'uscita scatterà lo stesso».

«E tu fallo suonare», ribatté. «Penseranno che sia stato un errore, ti concentri su cose irrilevanti».

«Questo perché penso ancora di *esserci*», puntualizzai.

«Lo so». Jared si guardò attorno. Dentro di lui combattevano due forze: una lo spingeva a essere smarrito, mentre l'altra si dimenava per prendere il controllo. «Lo so, ma adesso è soltanto d'ostacolo. Dobbiamo comportarci per quello che siamo: invisibili».

Invisibili per chi?

Io Jared lo vedevo. E anche Christabel, tanto spaventata da essersi arresa alla sorte. Li vedevo grazie alle lenti, ma questo indicava che erano persone reali, fatte di sostanza e materia. Qualunque cosa ci avessero somministrato *nascondeva*, ma non *cancellava*. Potevo scegliere cosa vedere. Potevo scegliere chi essere, e l'allarme dei negozi sarebbe suonato, così come quello del metal detector. Perché c'ero, esistevo. Era il mondo a ignorarmi. Era una condizione dettata da altri, non mia.

«La parte difficile sarà il campo base», concluse Jared. Si rivolse a Christabel con un gesto d'invito. «Contenta? Sono arrivato al punto negativo».

«Campo base?», borbottò lei. «Cosa sei, un boyscout mancato?». Lui la fulminò con lo sguardo. «Scusa», si affrettò ad aggiungere. «Divento insopportabile nelle situazioni di stress».

«D'accordo, calmiamoci un attimo», intervenni a gamba tesa. «Ho già la nausea di questa piazzola, perciò andiamo avanti un passo alla volta. Alcuni cartelli sono tradotti in inglese, quindi troviamo questo maledetto centro. La prima cosa da rubare è una cartina della città, la seconda le medicine, e ai vestiti ci penseremo più tardi».

«Faremo suonare tre allarmi», contò Jared sornione.

«Al diavolo».

Gongolò.

«Riguardo al campo base, le case private sono escluse». Liberai la mente, per trovare un'idea su cui valesse la pena puntare. «Gli alberghi?».

«Troppo affollati», obiettò Christabel. «Come facciamo a sapere se una stanza è libera?».

«Controlliamo le chiavi, o le carte magnetiche. È una soluzione provvisoria, ma dobbiamo dormire, darci una lavata, recuperare le forze. Non so voi, ma io non resisto oltre».

«Andrà schifosamente male».

«Concordo».

Unii pollice e indice, formai il solito rettangolo e la fotografai.

Un *click* a lei e uno a Jared, per memorizzarli ancora, anche se Jared, piano piano, lo ricordavo in ogni dettaglio.

Poi feci un paio di passi in avanti per prendermi un momento per me e mi concentrai sul cielo. Era di un azzurro intenso, un coperchio alto e arioso che lasciava intravedere una spruzzata di nuvole. *Click* ai suoi colori, *click* agli orizzonti, *click* allo spazio.

Oltre i palazzi indovinavo la punta delle montagne, e al di là degli auricolari sentivo suoni e profumi: macchine, voci, elettricità. E ancora vento, spezie, frittura.

Seguii un copione imparato a memoria, i passaggi che facevo dopo ogni trasloco. Con un'aggiunta in più: la voglia di vedere più lontano di una fotografia. La necessità di superare lo schermo, di toccare, cogliere, annusare. Perché in quei gesti stava la risposta alla mia dannazione.

Là stava il mondo che avevo perso. Là stavo io.

«Ancora una cosa», disse Jared. «Ci serviranno delle armi».

«Stai scherzando?», protestò Christabel.

«Oggetti con cui difenderci», lo appoggiai senza voltarmi. Fu difficile realizzarlo, ma aveva ragione. Per quanto inspiegabile, c'era un motivo se i ragazzi di prima ci avevano attaccati: Linette aveva parlato di soldi, di "fermarci", e Dio solo sapeva cos'altro. Non aveva senso, ma per loro era importante, e questo metteva noi in pericolo.

Sentii il suo sguardo sulla schiena.

«Per quando ci attaccheranno di nuovo», spiegai. Poi chiusi gli occhi. «Perché lo faranno».

# Undici

Quito era un luogo *sul limite*.

Così mi piaceva pensarlo, mentre da invisibile vagavo alla ricerca di sguardi. Una parte della città rispecchiava le metropoli moderne, con palazzi strutturati in altezza, avidi di toccare il cielo. Costruzioni vecchie e nuove che si mescolavano attraverso centinaia di strade, occupate da altrettante persone.

L'altra metà era natura. Montagne in lontananza, visibili più dalla periferia che dal centro, come un semicerchio perfetto ad accudire la vita. Si percepiva il verde, si respiravano le sue radici, e si toccava con mano l'impronta lasciata dall'uomo.

La tipica frenesia, la solita corsa. La routine capace di cancellare le montagne, gli alberi, i fiori. Capace di annullare la vista e dar vita a un mondo invisibile.

«Questo potrebbe andare», disse Jared davanti all'ennesimo albergo.

Reperire i medicinali era stato piuttosto semplice. Le farmacie non mancavano e, grazie a un po' di pratica, anche rubare risultò un'impresa fattibile. Era tutta una questione di guanti: da tenere per evitare di far scomparire oggetti essenziali, come porte, pareti, scaffali. Da togliere per smaterializzare le cose all'istante e, cosa più importante, per non farle galleggiare agli occhi di esterni. Andavamo avanti per tentativi, ma era l'unico modo per imparare.

Fu più difficile rimediare una guida turistica. Eravamo stanchi, affamati e disidratati, condizioni pessime per un furto in libreria. E, come se non bastasse, il peregrinaggio post volo stava diventando davvero estenuante.

Così ci accontentammo di rubare una cartina a una coppia di turisti, approfittando di un loro momento di distrazione. Quel giorno imparai che sbaciucchiarsi sulle panchine è il modo migliore per farsi derubare da qualcuno. Non potevo considerarlo un gesto nobile, ma che cavolo. Ero invisibile, avevo diritto almeno a qualche vantaggio.

Infine, alzammo bandiera bianca al turno dei vestiti. La ferita di Christabel non migliorava, e il campo base diventò la priorità assoluta. Passammo in rassegna un albergo dopo l'altro, cercando di orientarci al meglio, sempre in allerta. Non urtare quel passante, non sfiorare il suo vestito, cammina a lato, testa china, occhi vigili.

Fin quando le gambe cedettero, e il primo hotel che capitò a tiro fu quello giusto.

La porta automatica si aprì, rivelando tre presenze che nessuno poteva vedere. Noi.

«Entriamo, prima che si insospettiscano», decise Jared senza troppi preamboli.

La hall era piuttosto asettica. Spaziosa e arredata con l'essenziale, lasciava trapelare qualcosa di futuristico. Il primo colore che saltava all'occhio era il bianco. Bianca la sala d'attesa, bianco l'ingresso, bianche le tessere magnetiche a cui stavamo puntando. Soltanto il personale sfoggiava divise color prugna, che si distinguevano perfettamente in mezzo a quella monotonia.

Restammo a ciondolare nel mezzo, mentre un gruppetto di turisti stava effettuando il check-in. Christabel, agganciata al mio braccio, iniziava a perdere lucidità.

«Coraggio», provai a scuoterla. Non capivo se era un'infezione o soltanto stanchezza. «Adesso troviamo un letto. Ti prometto che lo troviamo».

Lei mugolò frasi senza senso. Stava dormendo in piedi, era senza forze.

«Tengono i dati in quel cassetto», osservò Jared, seguendo i movimenti di uno dei due uomini alla reception. «Non è chiuso a chiave. Scrivono qualcosa su un'agenda. Forse è dove annotano le prenotazioni e le relative camere».

«Lo spazio è troppo piccolo», valutai. Neanche mezzo metro tra la parete e la grossa scrivania. C'erano già due persone là dietro e, per quanto invisibile, non se ne poteva aggiungere una terza.

«Li aiutano con le valigie». Jared scattò. «Adesso o mai più».

Prese Christabel da sotto le braccia e l'accompagnò verso il divanetto più vicino, che aveva lo schienale rivolto verso la reception. In questo modo, anche se fosse passato qualcuno, i cuscini evanescenti sarebbero rimasti nascosti.

«Resta qui, d'accordo?», disse Jared. «Non dormire. *Christabel*». Le diede un colpetto sulla guancia. «Non dormire. Non ancora».

Quando tornò sui suoi passi, i nuovi arrivati e il personale stavano andando verso l'ascensore, e la reception era rimasta momentaneamente vuota.

Ci intrufolammo in due. Jared in direzione del cassetto, io col naso immerso nell'agenda. Erano più che altro scarabocchi e faticavo a tradurli a causa della lingua.

«Cinquantadue ospiti», dedussi approssimativamente. «Camere. Centouno, centosette, centoquattordici, duecentodue».

«Faith, un numero qualsiasi», replicò Jared.

L'ascensore suonò l'arrivo al piano. Stavano tornando.

«Aspetta, mancano le prenotazioni di domani». Girai le pagine alla velocità della luce. Non indossavo i guanti, così tenni il quadernino lontano da sguardi indiscreti. Le porte scorrevoli si aprirono. «Centonove… no. Centodieci. La camera centodieci per ora è libera tutta la settimana. Ma dovremo ricontrollare, se arriva qualcuno all'ultimo minuto siamo fregati».

«Fatto». Jared recuperò la scheda corrispondente e chiuse il cassetto nel momento in cui il personale di servizio svoltò l'angolo del corridoio.

Sgusciammo fuori da lì, e non scontrarsi fu un autentico miracolo. Ma la fortuna non è mai abbastanza, e Christabel diventava sempre più pallida. La recuperammo tirandola su quasi interamente di peso.

«Avanti», ringhiò Jared sorreggendola. «Stai sveglia. Stai sveglia ancora un secondo».

Lo aiutai come potevo, caricando ben oltre il mio peso sulle ginocchia.

«Dobbiamo medicarla», dissi imboccando le scale.

Un gradino dopo l'altro, a dividere l'equilibrio con Jared, avanzai e indietreggiai a fasi alterne. Prima salendo in obliquo, poi di schiena, poi piegata in avanti. Malgrado l'urgenza, prendere l'ascensore risultava comunque un azzardo. Nessuno a chiamarlo, nessuno a farlo andare su e giù. Troppo rischioso, ed era meglio tenere il personale lontano dalla camera centodieci.

«Ci siamo», ansimai infilando la tessera magnetica nella fessura. Aprii la porta col sedere e per prima cosa cercai il letto.

Uno soltanto. Matrimoniale.

«Falla sdraiare», ordinò Jared.

Sistemammo Christabel sul lato più vicino. Poi mi affrettai a toglierle guanti e scarpe, e a spostarle i capelli dal viso. La ferita era ancora aperta e pulsante, ma non sembrava infetta. Era un taglio abbastanza superficiale, e questo faceva ben sperare.

«Ha affrontato un viaggio di quasi venti ore, da sola», gemetti. «Credi che starà bene?».

«È soltanto svenuta», mi tranquillizzò Jared. Strappò a morsi la confezione delle bende e recuperò i disinfettanti. Uno in fila all'altro, allineò i prodotti sul materasso, con la minuzia di un medico esperto. «Il suo taglio sta bene, anche se è meglio lavarlo e bendarlo».

«Ti intendi di medicazioni?», chiesi speranzosa.

«So come rattoppare un fratello ferito», rispose. «E il fratello ferito ha rattoppato più volte me».

Si chinò su Christabel e la spogliò quel che bastava per vedere la zona da curare. Non trapelava imbarazzo dai suoi gesti, soltanto una certa urgenza. Utilizzò delle garze per tamponare il sangue, acqua per lavare la ferita e disinfettante in abbondanza. Poi, con una benda iniziò a fasciare la parte alta del torace, passando fin sotto l'ascella.

«Ci vorrebbero dei punti», disse, «ma non abbiamo l'attrezzatura, e io sono pessimo in cucito».

«Immagino che il lavoro a maglia non sia la stessa cosa. Una volta ho rattoppato un centrino», ironizzai.

Lo aiutai a coprire Christabel, guardando avvilita il disastro di sangue sulle coperte.

«Ma è venuto uno schifo, quindi non testerei la mia abilità se non strettamente necessario», ammisi. «E sarà interessante spiegare *questo* alla prima donna delle pulizie di passaggio». Indicai le lenzuola con un nodo alla gola. «Dalla reazione in aeroporto ho capito che il nostro sangue è ben visibile. *Fuori* da noi, intendo. Non sarà un bello spettacolo per chi le troverà, dovremo farle sparire».

«Camera centodieci, sicuramente libera per oggi. E, se nel frattempo nessuno la prenota, anche per il resto della settimana», mi ricordò Jared. «Non sarà un problema nostro, e poi il personale adora questo genere di storie». Si alzò, controllò il respiro di Christabel e fece una radiografia alla stanza. Notai un certo interesse verso il frigo bar. «È meglio lasciarla dormire, e io ho decisamente bisogno di una boccata d'aria».

L'interesse fu condiviso, così, prima di andare in balcone, prese due birre.

Temporeggiai ancora un po' prima di seguirlo. Christabel era priva di sensi, ma il suo corpo sembrava rigenerarsi. Più i suoi muscoli si rilassavano, più la sua pelle recuperava colore. Odorava di alcol e disinfettante, ma anche di qualcos'altro. Forse dell'odore di casa sua, della sua vecchia vita.

Sembrava la protagonista di una fiaba, distesa in mezzo a quei capelli dorati. Al risveglio però non ci sarebbe stato nessun principe.

Solo invisibilità. Paura. E assenza.

*Click*.

Afferrai un mucchietto di garze e del disinfettante.

«Ne vuoi un po'?», quando lo raggiunsi, Jared sventolò una bottiglia di birra.

Se ne stava seduto nel lato più nascosto del balcone, lo sguardo perso oltre lo skyline dei palazzi. Richiusi la porta finestra, per evitare che qualcuno notasse l'incongruenza.

«Teoricamente ho sedici anni», sospirai.

«Ma sei scozzese, giusto?», mi provocò. «Hai detto di conoscere la lingua».

«E questo cosa c'entra? In Scozia i ragazzini non sono alcolizzati».

«Allora è vero che sei scozzese».

Posò la bottiglia a terra e lasciò che fossi io a prenderla.

Non andavo pazza per la birra, anche se ovviamente l'avevo già assaggiata, ma in quel momento avevo così sete, e così voglia di annebbiare la mente, che mi convinsi facilmente.

«Sono nata a Inverness», raccontai. Il morso di Sachi pulsava, così iniziai a medicarlo. «Poi c'è stato il trasferimento a Perth, e dopo ancora a Edimburgo, l'ultima casa in Scozia, prima di venire a Londra».

«Tua madre ama viaggiare, eh?».

«Mia madre adora fuggire da mio padre», puntualizzai. «Hanno divorziato, ma alla fine non si sono mai separati. Lui torna sempre, e penso che lo faccia per abitudine, non perché ci creda davvero. Alcune persone non riescono a staccarsi, chiudono gli occhi anche quando fanno qualcosa, perché a occhi chiusi è più facile mentire».

Al balcone si avvicinò un colibrì. O almeno immaginai che lo fosse: aveva un piumaggio colorato e il becco sottile, sembrava uscito da uno di quei documentari che guardavo da piccola. Non si posò sul corrimano, si limitava a sbattere freneticamente le ali, forse in cerca di qualcosa da mangiare.

«Tuo padre ama anche, a occhi chiusi?», domandò Jared. Guardò a sua volta il colibrì e sorrise.

«Già. E non si interroga sulle conseguenze, non si ferma a ragionare, non… io credo che *viva* a occhi chiusi».

«E tuo… fratello?», azzardò. Di certo non gli era sfuggito il pancione di mia madre, per quanto non fosse mai tornato sull'argomento.

«Sorella», lo corressi. «Lei è il risultato di un ritorno di papà. Per tre mesi è stato a Edimburgo con noi. Poi è scappato quando mamma è rimasta incinta». La bottiglia era già vuota e la testa leggera. Coprii la ferita sul collo con una benda e mi lasciai andare. «Mia sorella non ha ancora un nome, ma vorrei chiamarla Sophie. Mamma si era quasi convinta, prima di dimenticarsi di me».

«Le vuoi bene? Voglio dire, sono tanti anni di differenza».

«Già, potrebbe essere figlia mia. Ma le voglio bene, sì. Speravo di vederla nascere, crescere, e di fotografarla con le mani mentre faceva i primi passi».

«Con le mani?», Jared rise.

«Lo schermo è così freddo. Le foto vere mi intristiscono, e non sempre aiutano i ricordi. La gente ne è dipendente ormai, ma secondo me è solo un modo come un altro per non guardare davvero».

«Dai cinque anni in su diventano dei gran rompiscatole», mi ammonì Jared. «Tommy è odioso anche adesso».

«Sei il fratello maggiore, vorrà solo imitarti».

«Sì, comprando sigarette dai bulli del quartiere», sospirò. «Io quello non lo facevo, perciò non vedo dove stia l'imitazione».

*Allora cerca di attirare la tua attenzione.*

Lo pensai, ma non lo dissi. Al contrario, mi uscì una domanda molto più sfacciata, e il colibrì volò via.

«Come sono morti i tuoi genitori?», chiesi.

«Incidente stradale, otto anni fa. Io avevo undici anni, Thomas quattro. I nonni erano già morti, non avevamo altri parenti. Da allora siamo passati da un orfanotrofio all'altro, e poi alle famiglie adottive». Attese qualche secondo prima di proseguire: «Tommy piace subito, io un po' meno. Ma siamo fratelli, non volevano dividerci».

«Perché non piaci?», azzardai.

A me lui non dispiaceva affatto. Certo, la mia opinione era di parte. Due invisibili dovevano piacersi per forza, altrimenti su chi potevano contare?

Però Jared era Jared, e più passava il tempo più mi scoprivo a sbirciare il suo viso. Avevo memorizzato la piega dei suoi capelli, i gesti che faceva soprappensiero. Il suo modo di sorridere e, meglio ancora, il suo modo di nasconderli, i sorrisi.

«Non lo so», ammise. «Forse perché io vivo a occhi aperti».

«Un po' arrogante da parte tua». Alzai la bottiglia vuota e gli feci un brindisi. Avevo voglia di scherzare, dimenticare per un secondo dove stavo e *chi* avevo alle calcagna. «Jared l'invisibile è anche l'unico che sa vedere».

«Dico sul serio», rise. «Sai cosa penso davvero? Che le persone non hanno più voglia di accudire gli altri. Non sanno più prendersi cura di nessuno, dei figli, degli amici, dei genitori. Esistono troppi sostituti. La nostra prima famiglia adottiva piazzava Tommy davanti ai videogiochi, e lui si rimbambiva così. Ho un figlio e lo piazzo davanti a un giochino idiota, o a un telefono, o alla TV. Come una macchina da dover parcheggiare».

«È la routine di cui parlavi, Jared», sussurrai. «La stessa per cui nessuno farebbe caso a noi».

«Il motivo per cui non piaccio», confermò. «Perché non sono parcheggiabile. Questo li mette in difficoltà, crea delle domande, e la soluzione è sempre lo strizzacervelli».

«Pensi che ci saremmo visti?», domandai d'istinto. «Intendo da visibili, senza lenti, guanti e stupidi auricolari. Ci saremmo notati lo stesso?».

«Sì», sorrise. «Sicuramente sì, Faith la lontra».

Lo disse e chiuse gli occhi.

Fu una sensazione strana. Debole ma strana, come un solletico al centro esatto del petto.

«Hai un nasino bellissimo», mi spiazzò, sempre senza guardare. «E anche delle labbra molto belle, ma questo forse è troppo sfrontato». Rise da solo, chiuso nella sua cecità. «Adoro le tue lentiggini, perché sono appena accennate e compaiono alla luce del sole. Quel caschetto poi segue una gravità tutta sua».

Il solletico si trasformò in brivido, e il brivido se ne andò a zonzo per il corpo, scatenando un certo imbarazzo.

«Ti avrei vista comunque, Faith. Diciamo che colpisci». Jared riaprì gli occhi. «E spero che potrai tornare da tua sorella, prima che nasca. In modo da poterle scattare centinaia di foto e descriverla anche senza guardare».

Lì per lì non sapevo che emozione far uscire per prima.

Poi, quasi con prepotenza, si fece largo la tristezza.

Forse era dovuta alla birra, forse al sonno, forse al fatto che volevo raggiungere Christabel e sprofondare nel letto.

«Grazie, Jared», mormorai.

Il confine tra visibile e invisibile è così sottile.

Ma assenza fisica non vuol dire mancanza, e io ero appena ricomparsa.

«Grazie per avermi imparata a memoria».

# Dodici

Il resto del tempo cadde nell'oblio.

Come i ricordi di mamma, il volo sull'oceano, la memoria di Tommy e della mia sorellina.

Mi addormentai così, stretta a Jared e a Christabel, su un materasso lontano anni luce da casa, dalla Scozia, da mio padre. Lontano persino dalla vecchia Faith, con un corpo reale e tangibile. Faceva un caldo incredibile, ma al tempo stesso avevo bisogno del calore umano: era una sensazione stranissima. Quel clima torrido, soffocante, si contrapponeva alla voglia di sentire accanto i corpi di due perfetti sconosciuti, come era accaduto in aereo con Jared, senza malizia, solo con la necessità di stare vicini.

Ci si può sentire così soli a questo mondo.

Dormii per ore, e quando aprii gli occhi il sole filtrava dalle persiane. Che ore erano?

Non ci capivo più nulla di quel jet lag. Luce costante, stagioni invertite, voci diverse.

E Jared Price, steso al mio fianco, che guardava un'indaffarata Christabel armeggiare con la finestra.

«Ehi», mormorai assonnata. «Stai bene?».

Lei portò un dito alle labbra, visibilmente concentrata. Aveva riacquistato colore e forza fisica, a giudicare dai movimenti. Si era legata i capelli in un cipollotto perfetto, tenuto su soltanto da una matita. Se il mio caschetto sfidava la forza di gravità, la sua chioma era uscita da un cartone animato.

«Buongiorno», salutò Jared da sotto in su.

Il sole gli illuminava parte del viso e sembrava più riposato.

«Quanto abbiamo dormito?», chiesi con un certo allarmismo.

«Decisamente tanto», fece spallucce lui. «Certo, non pensavo che la birra avesse un effetto tanto soporifero su di te. Ti ho dovuta trascinare dal balcone al letto».

«Christabel», cambiai discorso con una gomitata. «Ti senti meglio? Cosa stai...».

«*Shh*», insistette lei.

«Fa così da qualche minuto», mi informò Jared, «ma non vuole dirmi perché».

«Oddio, non ha preso botte in testa, vero?». Scattai in piedi e la raggiunsi, guardandola come un raro reperto archeologico. «Sei confusa? Avverti giramenti di testa, perdita di equilibrio, cose simili?».

«Avverto *qualcuno*», disse a denti stretti.

Mi afferrò per le spalle e mi voltò, costringendomi a dare la schiena a Jared.

«Chi mi ha medicata ieri?», volle sapere. Era sulle spine.

«Jared. Io so disinfettare a malapena le vesciche».

«Jared». Christabel diventò una statua. «E ti fidi di lui, vero? Perché lo sai fin dove arriva questo taglio...».

Diventammo rosse in due.

«State parlando di me?», si incuriosì Jared dal materasso. Rotolò su un fianco e si fece curioso.

Il nostro "no" deciso e all'unisono lo fece sorridere.

«Sono stata presente per tutto il tempo», la rassicurai. «Non c'era altro modo, la ferita poteva infettarsi».

«Non so se rilassarmi o gettarmi dal balcone», mugolò.

Era un'indecisione comune, soprattutto dopo gli ultimi sviluppi. Così lasciai che mi studiasse e restai dov'ero, decisa a mostrare la mia buona fede. Lo stomaco, dal canto suo, non la smetteva di brontolare. Dopo ore di sonno dovevo mangiare qualcosa.

«Posso fidarmi di lui?», bisbigliò Christabel.

«Garantisco io», annuii.

«Posso fidarmi di te?». Indicò la finestra con un gesto allarmato. «Perché c'è qualcuno qui fuori. E non so se sia amico vostro o di altri».

Il cuore mancò un battito.

«Cosa?», rantolai.

Jared, che stava facendo finta di non sentire, recepì l'ultima parte della frase fin troppo bene. Si issò sui gomiti e ci lanciò un'occhiata allarmata.

«Cosa?», ripeté.

«Ne sono sicura». Christabel sbiancò. «Stamattina all'alba ho sentito un rumore. Pensavo fosse il vento, ma ero troppo debole per alzarmi. Poco fa volevo andare in bagno, e passando davanti…». Abbassò la voce fin quasi a un sussurro. «C'è una presenza qui fuori. Ed è umana».

«Cosa aspettavi a dirmelo?», ringhiò Jared. «Sei lì da dieci minuti, cosa speravi di fare?».

«Di capire se è qualcuno che conosci», sbottò lei di rimando. «Perché ieri sono svenuta e non so dire cosa abbiate tramato nel frattempo».

«Ti abbiamo curata, per tua informazione».

C'era uno sconosciuto sul balcone del nostro albergo. E chiunque fosse salito fin lì sapeva benissimo cosa cercare. Pensai ad Abigail, Ephraim, ai terribili quattro che ci avevano attaccati in aeroporto. Ma si trattava di una persona soltanto.

Stavolta eravamo in maggioranza.

«D'accordo», decisi. «Io apro la finestra e tu lo acchiappi». Scambiai con Jared un'occhiata d'intesa.

«No», intervenne Christabel. «Sono stufa di questa iella, arcistufa di questo gioco. *Io* apro la finestra e *io* lo prendo a calci in faccia».

Non ebbi il tempo di replicare. Spalancò la porta e si sporse con un urlo di guerra, agguantando una maglietta gialla decisamente mai vista.

L'intruso rotolò dentro.

Capii subito che non si trattava di Abigail, Sachi o Linette, così come la confusione sul suo viso escludeva Ephraim.

Era nuovo, stravolto e spaesato. E parecchio sottosopra, a giudicare dal modo in cui Christabel lo stava bloccando per terra.

«Chi sei?», sbraitò con foga.

«Va bene, va bene, calmati», replicò lui in inglese, col fiato rotto. Sicuramente non era del posto.

Teneva le mani sopra la testa, come nei film polizieschi. Le labbra erano a metà tra una smorfia di rassegnazione e un sorriso. Alto, ben piazzato, doveva aver sofferto parecchio il caldo sul balconcino, perché la maglia era fradicia, e la fronte imperlata di sudore. Per il resto, non mostrava graffi o altre ferite visibili.

«Ti ho chiesto chi diavolo sei». Christabel non demordeva.

Lui poteva sentirla, e infatti notai gli auricolari alle

orecchie. Poteva vederla, e questo faceva di lui... uno di noi.

«Un altro invisibile», conclusi al suo posto.

«Sì, d'accordo, ma vi prego non facciamo pazzie», tentennò lui. «Voi siete i buoni, giusto? Lo so che siete i buoni, quindi niente scherzi. *Per favore*».

«I buoni?». Jared sollevò un sopracciglio.

«Tu», sospirò il nuovo arrivato, ringraziando l'intera schiera di santi in paradiso. «Un maschio, grazie al cielo. Sono salvo».

«Che hai contro le femmine?», tuonò Christabel stringendolo per il collo. Le scappò un gemito di dolore, probabilmente la ferita pulsava.

«Niente di personale, ma sai, quando vi fate prendere la mano...», sorrise accennando alla sua giugulare. «Mi stai strozzando».

«È esattamente quello che spero di fare».

«Christabel aspetta», intervenne Jared. «Sei ancora convalescente. Prima le domande, poi le botte».

«Vedi?», rimarcò il ragazzo a terra. «Un maschio. Lui ragiona». Poi si rivolse a Jared e gesticolò con enfasi. «Ti prego, salvami. È chiaramente pazza, salvami».

«Pazza?», ringhiò lei. «Io sarei pazza?». Iniziò a tastarlo all'altezza del bacino, lasciando tutti di stucco. Sembrava interessata ai suoi pantaloni.

«Maniaca», si immobilizzò lui. «Hai ragione, forse non sei pazza, sei una maniaca». Strabuzzò gli occhi. «Voi lo vedete cosa mi sta facendo, vero?».

«Cos'è questo?». Christabel tirò fuori un coltellino da campeggio. Il nuovo arrivato lo teneva nascosto nella tasca dei jeans. «Pazza, dici. Benissimo, allora spiegami cosa ci fai nella nostra camera con un coltello».

«Cerco di salvarmi la pelle, se permetti!».

«Salvarti la pelle o *farci* la pelle?», rincarò.

«Ma che problemi hai? Hai idea di chi ci sta seguendo? Ho visto più scazzottate in queste ultime ore che nei film d'azione. Quella gente là fuori ci vuole morti. Ora, io rispetto la vostra geniale decisione di girare disarmati. Molto figli dei fiori. Ma sai com'è, preferisco vivere. Chiamala diffidenza, non mi offenderò. E *leva quella mano da lì*. Sono consapevole del mio fascino, ma tu sei veramente senza pudore».

«Perché ti nascondevi sul nostro balcone?», intervenni io.

«Tu sembri carina», tentò di comprarmi lui. «Puoi togliermi la bionda da sopra le cost...». Christabel gli soffocò il resto con una gomitata.

«Penso che continuerà fin quando non ce lo spiegherai».

«D'accordo, d'accordo», si arrese. «Non ho niente da nascondere, a parte un mal di schiena atroce che *tu* stai peggiorando». Tra lui e Christabel volarono scintille. «Sono salito fin qui per raggiungervi. A essere sinceri è da un bel po' che vi spio».

«Fantastico», borbottai.

«Avevo le mie ragioni», si giustificò. «Questa è una gabbia di pazzi, ve ne siete resi conto?».

«Diciamo di sì».

«Scott», salutò sollevando una mano. Christabel non apprezzò il gesto, mentre io e Jared ci presentammo a turno. «Vengo da Londra, e vi seguo da quando siete arrivati in aeroporto. Ero sul pullman con voi, nei posti davanti».

«Pazzesco», commentò Jared. «In quattro siamo riusciti a prendere tre voli differenti».

«Sì, be', non so quando siete partiti voi, ma io sono in ballo da parecchio tempo». Forse l'invisibilità non ci aveva colpiti tutti nello stesso istante. E Scott sembrava reduce da ore veramente estenuanti.

«Parecchio tempo quanto?», volle sapere Christabel.

«Tanto», sbottò. «Ero in un bar quando mi sono accorto di essere... be', quello che sono. Invisibile? Dannazione, è assurdo. Uscito dal locale è arrivato un tizio con lenti e auricolari per me e, quando sono tornato a casa, c'era una ragazza coi rasta a fare da palo».

Capii subito che stava parlando di Linette. Non era stato piacevole l'incontro con Abigail ed Ephraim all'Internet point, ma a quanto sembrava Linette, Sachi e i due sconosciuti si erano impegnati parecchio coi pedinamenti. «Non le ho dato importanza all'inizio, almeno fin quando non ha tentato di cavarmi via un occhio. A quel punto sono scappato. Ho trovato le coordinate e sono andato in aeroporto, non sapevo più come muovermi. Alla fine ho preso l'ultimo volo della sera per arrivare fin qui». Se anche lui era partito da Heathrow, significava che il suo aereo era decollato prima dell'arrivo mio e di Jared in aeroporto. O forse nello stesso momento, solo che noi avevamo deciso di passare la notte lì, mentre Christabel era stata costretta a partire immediatamente.

«E una volta in Ecuador?», chiese Jared.

«Ho aspettato». Fece spallucce. «Avevo capito di non essere l'unico con lo speciale dono dei fantasmi, e volevo evitare di mettermi in mostra. Meglio così, visto il casino sul rullo bagagli. La battaglia in aeroporto è stata parecchio avvincente, ma non capivo chi stava prendendo a botte chi, e per quale motivo».

«Pensa un po', neanche noi», ironizzai gelida.

«È questo il punto», tossicchiò. «Ci ho messo una giornata intera a decidere da che gruppo andare. Insomma, ognuno sembrava avercela con qualcun altro, volevo evitare di finire in mezzo. Motivo per cui ho preso un coltello». Tornò al volo su Christabel. «*Vuoi togliere quella mano?* Sei imbarazzante!».

«Così ci hai spiati? Che razza di piano sarebbe?».

«Il piano migliore per restare vivo?», azzardò. «Ma voi eravate gli unici senza armi, senza vestiti. Insomma, senza la minima idea di cosa stesse accadendo. Quindi eccomi qui. Posso unirmi al gruppo, per favore?».

«Questo è fuori di melone», sbottò Christabel.

«Non accetto giudizi da te. Ma guardati, hai una matita in testa».

«È incalcolabile la voglia che ho di cacciartela negli occhi», ringhiò.

«Vediamo di calmarci». Afferrai Christabel e la spostai quasi di peso. Troppi scossoni per la sua ferita, e la fasciatura si stava macchiando di rosso. «Scott, giusto? Mi spieghi come hai fatto ad arrivare quassù?».

«Campione di arrampicata fino alla terza media», gongolò lui mettendosi in piedi. «Poi i trasferimenti familiari hanno iniziato a influire sui risultati, ma riuscirò a risalire sul podio prima o poi, tempo di tornare visibile e sistemare questa faccenda». Attese una risata, ma niente. «Comunque non è stato difficile. Ci sono un sacco di appigli, senza contare i balconi. E siete al primo piano. In più nessuno può vedermi, praticamente una passeggiata».

«Perché non bussare alla finestra?», si interessò Jared. «Stavi là fuori a prendere il sole?».

Capii dal suo sguardo che non si fidava. Non del tutto almeno, per quanto Scott sembrasse un tipo a posto.

Era la quarta persona nella nostra stessa situazione. Ricordai le parole di Abigail, a Londra: "Sono ancora in due". Significava qualcosa? La nostra squadra inconsapevole si stava in qualche modo formando?

Scott era sicuramente su di giri, ma non sembrava avere cattive intenzioni. Anzi, una ventata di sarcasmo ci voleva per superare quella follia. In fin dei conti ognuno reagisce a modo suo, col metodo che ritiene migliore per non impazzire.

«Ero preoccupato», rispose con semplicità.

Lui e Jared si eguagliavano in altezza, ma Jared era biondo con gli occhi scuri, mentre Scott sembrava il suo opposto. Capelli nerissimi e iridi tendenti al verde. Sembrava uno di quei ragazzi immagine che si vedono sulle riviste, ma con l'espressione sincera e piuttosto simpatica.

«Potevate essere i buoni, ma potevate anche non esserlo», specificò. Poi si concentrò su Christabel. «E in parte ci ho preso, guarda questa squilibrata».

«Volete il mio parere?», soffiò lei. «È troppo tranquillo per essere credibile. Qualcosa non torna».

«Tieni in piedi sette chili di capelli con una matita. Chi sarebbe poco credibile?». Arricciò le labbra prima di concentrarsi su me e Jared. «E comunque non è il solo motivo. Stavo controllando la strada di sotto, c'è qualcuno che conosciamo».

«I quattro dell'aeroporto?», chiesi con voce strozzata.

«No, loro non li vedo da ieri. Parlo del tizio che ci ha dato questi». Portò le mani alle orecchie, agli occhi e ai guanti che indossava.

«L'uomo in nero», trattenni il fiato.

Scott annuì.

Quella mattinata ci aveva già portato troppe sorprese.

«È qui sotto da mezz'ora», disse. «E sinceramente non so cosa fare».

# Tredici

«Andiamo».

Questa era l'idea.

«Andiamo solo un secondo».

La ferita di Christabel non era guarita, e lei aveva esaurito gran parte delle energie per litigare con Scott. Farla partecipare all'incontro con l'uomo in nero era rischioso, quell'individuo poteva riservare brutte sorprese. Così la lasciammo in camera, facendoci promettere che non si sarebbe mossa.

Da una parte sarei stata più tranquilla a saperla con Jared. Dall'altra Jared aveva escluso categoricamente l'ipotesi di abbandonare me o Christabel da sole con Scott. In fondo lo conoscevamo da appena un quarto d'ora.

La soluzione finale fu lasciare a Christabel il coltello di Scott. Così lei poteva difendersi, e noi potevamo evitare guai, nel caso Scott fosse stato in cattiva fede.

«È visibile?», chiesi a denti stretti.

La porta scorrevole della hall si aprì una volta.

«Penso di sì». Jared serrò la mascella. «Se ne sta in disparte ed evita di dare nell'occhio, proprio come a Londra, anche se vestito così, con questo caldo, non so come faccia».

«Nessuna scatola», notai. «Però tiene in mano qualcosa. Un pezzo di carta, forse. Un altro biglietto?».

La porta scorrevole si chiuse e si riaprì due volte.

«Ora siamo noi ad attirare l'attenzione», bisbigliai. «Dentro o fuori, dobbiamo deciderci».

«Fuori», sbottò Scott. «È l'unico motivo per il quale siamo qui».

«Concordo», Jared non se lo fece ripetere.

Superò l'ingresso e ci costrinse a seguirlo, anche perché il meccanismo incantato della porta iniziava a destare sospetti. Ben due receptionist e una cameriera stavano cercando di capire il perché di quella stranezza.

L'unico collegamento con la verità.

Quel tizio sapeva sicuramente cosa ci stava accadendo, ma iniziavo a perdere le speranze riguardo le sue buone intenzioni. Giocava nell'ombra, e nell'ombra ci stava trascinando, senza possibilità di fuga.

«Se lo attaccassimo?», suggerì Scott mentre ci avvicinavamo.

La strada era parecchio trafficata. Macchine e pedoni si mescolavano in un viavai costante, e il solo attraversamento sembrava un tratto infinito da percorrere.

«A che scopo?», replicai. «L'hai detto tu stesso, senza di lui siamo fregati».

«Appunto, rapiamolo. Costringiamolo a rivelarci quello che sa e cerchiamo di capire come mai siamo finiti in Ecuador».

«Il rapimento è escluso», intervenne Jared. «Penso sia rimasto visibile proprio per questo».

L'uomo in nero era furbo, dovevo riconoscerlo.

Era la dimostrazione perfetta di come una figura anonima riuscisse a passare inosservata. Nessuno badava a lui, in disparte sulle aiuole. Le persone percepivano il suo corpo materiale, qualche bambino si prese anche il disturbo di evitarlo. Ma semplicemente lo ignoravano, come un oggetto fuori posto rispetto alla velocità quotidiana.

Si era fermato.

E chi si ferma viene sorpassato.

«Faith, l'interrogatorio per strada non funzionerà», obiettò Scott. «Questo non sputa parola neanche sotto tortura».

«Quindi anche il rapimento avrebbe pessimi risultati, non credi? Non possiamo attaccarlo, lui è visibile e noi no, questo causerebbe il panico. Una situazione di caos è l'ultima cosa che ci serve».

«E cosa ci serve allora?».

«Vedere», sibilai. «Vedere *bene* chi abbiamo davanti».

Scartai l'ultima coppia di pedoni, e finalmente me lo trovai di fronte. Notai subito gli auricolari alle orecchie, e le lenti doveva averle per forza, perché il suo sguardo non ci attraversava. Tre contro uno, una lieve differenza rispetto al primo incontro.

Ma era stato proprio lui a volerla.

Non dissi una parola, semplicemente allungai la mano nella sua direzione, tenendo il palmo bene aperto. Sapevamo tutti perché era là. Quell'uomo esisteva per consegnare oggetti, coordinate o informazioni. Tanto valeva invitarlo a portare a termine il suo compito, aspettare a mano spalancata ciò che sarebbe sicuramente arrivato.

Voleva giocare? Benissimo.

Ognuno con le sue armi allora.

Serrai le palpebre e memorizzai anche il più piccolo

dettaglio, dai vestiti leggeri al numero di rughe sul suo viso. Seguii la linea ampia della fronte, il naso un po' storto, le labbra sottili. Catalogai l'iride chiara e una cicatrice appena accennata sull'orecchio sinistro. Archiviai spalle e postura, movimenti della testa e del corpo.

Lo impressi come lo sconosciuto che si era preso la memoria di mia madre, e il mondo intero poteva anche ignorarlo, ma io no.

Io lo avrei ricordato fino all'ultimo atomo, tatuato nel sangue come un giuramento fedele.

Puoi mettere a tacere i ricordi, ma non il dolore.

Quello torna, in un modo o nell'altro.

«Coraggio». Scott serrò le nocche. Improvvisamente non sembrava più tanto simpatico. «Ti prendo a botte senza troppi preamboli».

Silenzio. Ci stava ignorando, come da copione. Ci vedeva, ma non ci dava la soddisfazione di rispondere.

Il mondo iniziò ad andare avanti al rallentatore. Era una questione di attimi. Il rumore delle auto, l'odore pungente dello smog. Fumo sulle persone, fumo sulle montagne. La natura pian piano spariva.

«Dimmi chi sei», incalzò Scott. «Perché ci hai ridotti in questo stato? Hai le lenti, ci vedi benissimo, so che hai le lenti».

Anche Jared disse qualcosa.

Ma io rimasi immobile, palmo aperto, in attesa.

*Dammi quello che devi darmi. Sei qui per questo. Dammelo e facciamola finita.*

Urlare non serviva. Memorizzarlo invece sì.

«Hai tre secondi». La voce di Scott tornò nitida. Stava facendo sul serio. «Poi, caos o meno, ti sbatto per terra».

Uno.

L'uomo in nero accennò ai miei guanti. Capii subito e li tolsi, mentre lui mi passava un biglietto. Poi ci rivolse un sorriso vuoto.

Due.

Solo Scott e Jared stavano sul piede di guerra, ma la loro rabbia offuscava la verità principale: il nostro emissario non era uno sprovveduto.

«Inizia il gioco», disse.

Tre.

«Maledizione», inveii.

Linette, Sachi, Denis e Raymond ci guardavano oltre un gruppo di palme, al limitare dello stradone principale. Impossibile dire da quanto ci stessero osservando, ma l'uomo in nero sfruttò proprio quel pretesto per dileguarsi. Tolse il cappello, fece un inchino e ci lasciò boccheggianti di confusione, a chiederci da chi dovevamo fuggire. Perché lui era questo, un messaggero. Consegnava biglietti per poi sparire, sfruttando l'unica cosa essenziale: l'indifferenza degli altri.

«Scappa», soffiò Jared. «Faith, *scappa*».

Era già sulla via opposta, a ridosso di una pista ciclabile piena di pedoni.

Cacciai in tasca il biglietto e distanziai i quattro arrivati, raggiungendo Jared a gran velocità. Scott, dal canto suo, stava travolgendo la metà dei passanti.

«Non urtarli», sbraitai sopra il traffico. «Scott». Afferrai lui e Jared per le maglie, spingendoli lontano dall'hotel. «Andiamocene da qui. Portiamoli via dall'albergo, *via*».

*Christabel.*

Il pensiero andò subito a lei, mentre il cuore martellava furioso.

Era rimasta da sola, dovevamo trascinare i nostri carnefici il più lontano possibile, dovevamo evitare che andassero a prenderla.

I primi mugolii arrivarono da due signore di mezza età, che si trovarono per terra senza causa apparente.

«Dannazione», imprecai nel panico. Dietro di noi, a poche decine di metri, c'era Linette. «Dannazione, dannazione». Spinsi Jared in un vicolo secondario e beccai proprio il mercato di quartiere.

A qualche spanna di distanza, Scott ciondolava col naso all'insù.

«La piccola si è arrampicata sui tetti», ansimò.

«Che?», gridai di rimando. Guardai verso il cielo, ma era un intreccio di tendoni colorati.

«La bambina, quella che strilla sempre», insistette lui.

La più agile e minuta, probabilmente voleva tenderci un'imboscata. Scartai due facchini pieni zeppi di scatole e cambiai tattica, allontanandomi dalle case.

«Lascia che ci segua», decisi, contenendo un'improvvisa ondata di rabbia. «Christabel è da sola, dobbiamo tenerla al sicuro».

«Con calma». Jared rallentò. «Proviamo a confonderci tra la folla, magari li seminiamo».

Anche se l'idea era buona, arrivò tardi. Tempo di individuare un banchetto di vestiti, e Sachi gli fu sopra, piombando dalle grondaie come un corvaccio impazzito.

«Jared!», strillai.

Mi buttai addosso a Sachi, bloccandola per i polsi. Era tremenda, si muoveva come un canarino impazzito, tanto piccola quanto sfuggente. Così affondai le unghie nel suo avambraccio, e stavolta la mia presa fu accompagnata da quella di Scott.

La sollevammo in due e la gettammo lontano, mandandola a sbattere contro un carretto di frutta.

Caddero due cassette di arance e una di banane.

E a quel punto fu il caos per davvero.

Mi travolsero prima il proprietario, poi due passanti, e alla fine rotolai a terra, calpestata da una mandria di scarpe. Soffocai un urlo di dolore e schiacciai la guancia contro il marciapiede, cercando un appiglio qualsiasi.

«Faith».

Arrivò ovattato. Lo percepii da qualche parte, insieme alla mano di Scott, e il secondo dopo stavo correndo in obliquo. Passai le mani sulle orecchie e sistemai gli auricolari, che si erano leggermente spostati. Finalmente tornai a sentire.

«Avanti». Jared afferrò il mio polso, poi quello di Scott, che a sua volta si avvinghiò al mio braccio.

Una catena umana contro l'orda che ci metteva alle strette. La gente correva, urlava, volavano frutta e verdura, ma non vedevo più Sachi e Linette. C'era troppa confusione, ogni volta che urtavamo qualcuno dilagava il panico, suscitando un terrore di massa.

Dov'erano finite?

Stavano tornando indietro? Stavano andando all'albergo?

«Christabel», ansimai.

«Faith, non possiamo farci niente», replicò Jared.

«È da sola, dobbiamo aiutarla!».

«Sì, ma anche noi siamo nei guai, *avanti*!».

«Ci segue quello magro», sbraitò Scott.

Si fermò di colpo, tirando il mio braccio fin quasi a spezzarlo. Oltre un mare indistinto di volti, ne riconobbi uno più noto.

Denis o Raymond che fosse, era uno dei due ragazzi che avevano attaccato Jared sul rullo bagagli.

«Muoviti», strattonai per distanziarlo. «Dobbiamo allontanarci, muoviti!».

«No, aspetta».

Qualsiasi cosa pensasse Scott, la stava pensando anche Jared. Entrambi si scambiarono un'occhiata eloquente.

«Che cavolo state facendo?», tuonai.

«Ha perso i suoi compagni», ringhiò Scott. «Ora è da solo, giusto?».

Serrò le nocche, e Jared con lui.

Il ragazzo magro non se ne rese conto subito. O meglio, se ne rese conto troppo tardi.

Frenò un attimo prima che la folla si aprisse, ma a quel punto era scoperto, e il pugno di Scott lo colpì in pieno naso.

Crollò prima sulle ginocchia, poi supino per terra.

«Al diavolo», sbottò Scott. «Le risposte me le prendo».

# Quattordici

Trascinammo il nostro prigioniero via dalla folla.

Fu una fatica enorme, alla quale pensarono principalmente Scott e Jared. Io ero troppo impegnata a controllare che nessuno ci stesse seguendo. E a chiedermi dove fossero Sachi, Linette e l'armadio vivente.

*Christabel*, continuavo a pensare. *Christabel non è al sicuro*.

Dal canto suo, l'ostaggio improvvisato ci stava ricoprendo di insulti.

«Piantala», intimò Jared, che lo teneva per le caviglie.

Lo tirò fino al limitare di una stradina senza uscita, e là lo buttò tra i bidoni della spazzatura. Un gesto solo, mentre Scott si preoccupava di bloccargli mani e bacino. Sembravano due gorilla contro uno struzzo.

Per una volta stavo dalla parte dei forti.

«Benissimo, faccia da schiaffi», esordì Scott con Jared a fargli da palo. «Fine dei giochi. Sputa il rospo».

«Crepa», attaccò l'altro. «Il gioco è appena cominciato».

«Sbagliato», Scott lo colpì proprio sotto lo zigomo, con un fendente a metà tra un pugno e uno schiaffo.

«*Crepa*».

«Sbagliato di nuovo». Stavolta lo colpì sulla guancia opposta, per non offendere gli equilibri.

«Raymond ti spezzerà in due».

«Lo aspettiamo», s'intromise Jared. «Quindi tu devi essere Denis. Sono quello dell'aeroporto, ricordi?». Indicò il livido sul viso. «Non sai che voglia di ricambiare il favore».

«Stupido Gamma, neanche sai di che parli», ringhiò Denis.

«Gamma?», ripetei sgomitando.

Gli fui sopra un attimo dopo, con tutte le intenzioni di dimenticare le buone maniere. Non c'era più spazio per la paura, soltanto per l'odio. Sì, quello era. Un odio solido, inzuppato di rabbia, con addosso gli stessi vestiti logori che portavo da giorni.

Ero in Ecuador, senza un corpo visibile, senza un'identità tangibile, ad ascoltare gli insulti di un ragazzino altezzoso.

«Giuro che te lo tiro addosso», le parole mi uscirono da sole. Afferrai un tubo tra i rifiuti, e scoprii con gioia quanto fosse seghettato. «Te lo tiro addosso se ora non ci spieghi *esattamente* cosa sta succedendo».

Denis mi sputò in faccia.

Lo fece con una tale strafottenza che il braccio si mosse di riflesso.

«Faith, aspetta!».

Caricai con tutta la forza che avevo in corpo, e sbattei il tubo a un centimetro dalla sua tempia. Il tonfo che seguì lo fece sussultare. Ecco. Proprio la reazione che cercavo.

Serrai le labbra e lasciai intendere che stavo facendo sul serio.

«Il prossimo ti arriva in testa», precisai. «Non sto scherzando».

«Faith, ci penso io», disse Jared. Avvolse le dita attorno alla mia spalla, ma io ero di marmo. Lo percepì dalla rigidità dei miei muscoli.

«Lascia stare, ci penso io», ripeté.

«No», sbraitai. Non lo urlai a lui, ma a Denis. Glielo gridai in faccia, sperando che aprisse bene le orecchie. «Si sono dimenticati di noi. Perché?».

Di nuovo scaraventai il tubo a terra, mancando i suoi piedi di pochissimo. Era una reazione esagerata, fuori dal comune, *estranea a me*, ma non potevo evitarla. La rabbia pompava nel sangue senza più freni, e alla testa saliva un'esigenza malsana. Io non ero così.

«Tutti si sono dimenticati di noi», tuonai. Due, tre, quattro colpi. Denis iniziò a sudare. «Dimmi perché! Perché mia madre mi ha dimenticata? Perché un tizio vestito di nero ci ha portati fin qui? Perché? *Perché?*».

L'ultimo colpo lo liberai sul suo gomito, frenando un attimo prima di fracassarglielo. Si lamentò comunque, ma di certo non gli avevo fatto troppo male.

«Non sto scherzando», ripetei con foga.

«D'accordo!», anche lui rispose gridando.

Era un metro e settanta di misere ossa. La sua pelle scura ricopriva a malapena ciò che restava delle fasce muscolari. Capelli castani, sporchi e arruffati. Occhi arrossati, in continuo movimento, quasi fossero sotto l'effetto di qualche stupefacente.

Stavo minacciando un morto vivente, ma non avevo alternative. Lui e i suoi compagni minacciavano noi.

Una vita per altre vite.

Ero in un branco adesso, e il branco andava difeso.

Sarei stata un animale fino in fondo, combattendo per chi contava davvero.

«Prima regola», tossicchiò Denis. «Non cercare di tornare visibile».

«Parla per te», inveì Scott a mascella serrata.

«Sarebbe inutile». Le sue labbra si piegarono in un sorriso sinistro. «*Lui* non lo permetterà».

«Lui?». Lo strattonai, furibonda. «L'uomo in nero?».

«Chi?», scoppiò a ridere. «E chi sarebbe?».

«Lo sai benissimo di chi parlo. Non sfottere! Il tizio che ci consegna i biglietti, lo stesso che era con noi poco fa».

«*L'uomo in nero*», Denis mi fece il verso. «Un nome stupido per una squadra stupida. Avete paura che vi mangi? Come nelle favole dei bambini?».

«Non sono in vena di ripetere la domanda», ringhiai.

«Il tuo uomo in nero è soltanto un emissario. *Lui* sta molto più in alto, decisamente fuori dalla tua portata». Aveva i denti sporchi di sangue a causa dei pugni di Scott. Riuscii a malapena a trattenere un conato. «*Lui* non ha un nome. Ma puoi chiamarlo l'Illusionista, se vuoi. Decide lui le mete, decide lui i premi. Quel che è mio non è detto che sia tuo. Voi siete solo dei miseri Gamma».

«Perché ci chiami così? Piantala di parlare per enigmi!».

«Tre squadre in tutto, ma non è soltanto una gara. *Lui* vuole dimostrare qualcosa, ma a noi non importa cos'è». Si issò sui gomiti, sfidandomi. «Una palata di soldi, stupida Gamma. Tu neppure lo immagini».

Ancora i soldi. Anche Linette ne aveva parlato in aeroporto, era il motivo per cui ci aggredivano ogni volta.

«Se noi siamo Gamma, tu cosa sei?», intervenne Scott. «Cosa sono questi soldi in palio? E tu cosa vuoi?».

«Noi siamo i Beta», alludeva probabilmente ai suoi compagni di banda. «Gli Alfa stanno a un altro livello, a loro non frega dei soldi. Sono dei poveri montati, ma sconfiggeremo anche loro. L'Illusionista ci ha promesso la gloria. Io *avrò* la gloria».

La sua voce ebbe un sussulto. Sembrava passare da una situazione esagitata a un evidente standby.

«Questo è strafatto», concluse Jared.

«Com'è possibile?», sibilai. «Dimmelo». Le labbra tremarono, ero terrorizzata da ogni risposta. «Dimmi com'è possibile, Denis. Siamo invisibili».

«L'Illusionista sa come fare, lui ci ha spiegato. Te lo ha somministrato», posò un pollice ossuto sulla mia gola, «proprio qui. E alla tua povera mamma», spostò il dito sulla fronte, «lo ha iniettato proprio qui».

«Mia madre...», gemetti. «Lei... si ricorderà ancora di me, *vero*?».

«Magari è questo il tuo premio», stuzzicò Denis. «Chi lo sa. Ma corri, Gamma. Devi correre, o noi arriveremo prima».

Annusò la mia debolezza come un cane con l'osso. Poi sferrò un calcio a Scott, uno spintone a me e si alzò da terra, prendendomi il tubo seghettato dalle mani.

«*Uoh*». Jared sollevò le braccia, prima di distrarlo con un movimento del capo. «Sta' buono».

«Non sapete niente», sbraitò Denis. «Niente di niente, siete stupidi, ignoranti! Lui non l'ha voluto dire a voi, lui non ha voluto».

«D'accordo, ma allora cosa c'entriamo?».

«Io questo non lo so». Denis ciondolò a destra e a sinistra, preso da una malsana ispirazione. «Non lo so e non lo voglio sapere. L'Illusionista lo sa, lui è così che vi vuole. Non dovete sapere niente di niente. Prima regola: non cercate di tornare visibili. Lui me l'ha detto e io faccio quello che lui mi dice». Abbassò il mento, enfatizzando il concetto. «Una barca di soldi. È una barca di soldi e i Beta lo sanno. I soldi sono solo dei Beta». La sua voce si era ridotta a un sussurro.

Jared riuscì a strappargli il tubo dalle mani. Lo nascose dietro la schiena e poi scosse il capo, quasi a dire che con uno così non potevamo cavare un ragno dal buco.

«Io ora me ne vado», gridò d'improvviso Denis, come se a sentirlo ci fosse il mondo intero. Gesticolò, inciampò, si rimise in piedi. «Me ne vado, e tu me la paghi», mi indicò con rabbia.

«Qui te lo ha somministrato», disse correndo all'indietro. Si pigiò sulla gola ancora e ancora. «Proprio qui».

Trattenni il respiro per dieci lunghi secondi.

A essere sincera entrai proprio in apnea. Fu l'unica reazione possibile, almeno fin quando non lo vidi sparire.

«Quello è matto da legare», commentò Scott rialzandosi.

Si tolse la polvere dai pantaloni e ci guardò con una certa perplessità.

«No, è in astinenza», disse Jared. Controllava ancora la strada in cui Denis era scomparso. «Conosco abbastanza bene i sintomi».

«Sei un ex cocainomane?».

«Conosco abbastanza bene i sintomi di *altra gente* con questo problema», sospirò lui.

«Un fondo di verità deve esserci», ragionai. «Ha parlato più volte di questo Illusionista. Gli ha promesso dei soldi, ha assoldato delle squadre che chiama Alfa, Beta, e… che accidenti!», sbottai. «Noi cosa c'entriamo? Perché siamo qui?».

«Lui decide le mete», ripeté Jared. «Lui decide i premi».

Tutti e due si voltarono nella mia direzione.

Puntavano a qualcosa di più di un semplice sguardo.

Volevano il biglietto.

Così affondai le mani nelle tasche e tirai fuori il pezzo di carta, piegato in quattro, stropicciato dopo quella corsa estenuante.

La grafia era la stessa, la scena un déjà-vu.

Chiunque fosse l'Illusionista, aveva le redini del gioco.

Una nuova traiettoria, marcata dalla Rosa dei Venti.

*54°56'0''S 67°37'0''W*
*Torna a vedere*

# Quindici

«Abbiamo perso tempo», tuonai, lasciandomi alle spalle il caos del mercato.

«Perso tempo?», protestò Scott. Teneva senza problemi il ritmo della corsa, con Jared accanto. «*Perso tempo!* Quel tizio era la nostra unica possibilità. E sei stata tu a tartassarlo».

«Quel drogato, supponente e bugiardo ci ha soltanto distratti!», precisai. «Dovevamo seguire gli altri, invece che perderci in chiacchiere. Christabel è da sola!».

«Stiamo andando da lei infatti!», replicò. «E non mi sembra che in quel vicolo tu ti sia limitata alle *chiacchiere*. Qual è il tuo problema? Denis ci ha dato i pezzi di un rebus, ora dobbiamo soltanto provare a metterli insieme».

«Christabel è da sola», ripetei con foga. Frenai davanti all'albergo. A qualche metro di distanza, nel luogo in cui era apparso l'uomo in nero, non c'era più nessuno. «So che sei arrivato da poco, so che non te ne frega niente, ma lei è da sola».

«Faith, magari sta bene», intervenne Jared. Diede una rapida occhiata in giro, indugiando sull'entrata. Aveva il fiatone, eravamo tornati indietro come schegge.

«Ci hanno seguiti», ansimai. «Hanno visto la consegna del biglietto e sicuramente hanno notato l'assenza di Christabel».

«Sì, ma li abbiamo persi tra la folla, e nessuno ci assicura che siano tornati qua. Ora calmati per favore. Diamoci una mossa, ma facciamolo con criterio».

Accolsi di buon grado il suo *criterio*, ma non riuscii comunque a rallentare il passo. Mi girai verso l'ingresso, seguita a ruota da Scott, e attivai per l'ennesima volta la porta automatica. Non fu necessario conoscere la lingua per tradurre le esclamazioni del personale di servizio. Certe espressioni sono internazionali, soprattutto se accompagnate dai gesti.

«Poveracci», commentò Scott, mentre due receptionist si interrogavano su quel continuo disguido. «Stiamo dando spettacolo e neppure possono applaudirci».

«Prendete le scale», ordinò Jared.

Fece un giro su se stesso e controllò la hall in tutta la sua ampiezza. Nessuna traccia di Sachi, Linette o Raymond. Denis, a rigor di logica, poteva ancora essere disperso tra le vie del mercato.

«Io controllo il piano terra e gli ascensori», disse alla fine. «Se Linette o compagni sono qui, si muoveranno per tentativi. Non conoscono la stanza esatta, e questo è un punto a nostro favore».

«Vuoi che ci dividiamo?», mi sorpresi a chiedere.

«Solo per questa volta. Andiamo di fretta», rispose. La seconda occhiata fu per Scott. Impossibile tradurla, ma da quel momento il nuovo arrivato sembrava godere di piena fiducia. «Fai il bravo», aggiunse. «Ci rivediamo qui fra cinque minuti. Non fermatevi a curiosare. Dritti alla camera e poi tornate».

«Fantastico, sembra di stare in un film di spionaggio». Scott era su di giri. Annuì a tutto, mi prese sottobraccio e trascinò la nostra mole su per le scale.

Rimpiansi il suo coltellino da campeggio, ma pregai che Christabel non avesse dovuto farne uso.

La tromba delle scale era deserta, eccezion fatta per il rumore di un'aspirapolvere qualche piano più su. Probabilmente stavano passando i servizi delle pulizie.

Agguantai il polso di Scott e salii con una certa urgenza, controllando ogni curva, pianerottolo e anfratto. Temevo che i Beta, così come amavano farsi chiamare, potessero saltar fuori da un momento all'altro, proprio come nei film dell'orrore, con l'aumento del volume quando appare il fantasma.

In fin dei conti noi quello eravamo: fantasmi.

Con Scott raggiunsi il primo piano, e lasciai che aprisse la porta tra le scale e i corridoi. Mi precedeva di qualche passo, decisamente più allenato di me in quanto a resistenza.

Affinai l'udito, ma non sentii alcun rumore, eccezion fatta per il suono costante dell'aspirapolvere.

«Che numero è la stanza?», bisbigliò lui. Le inservienti non potevano sentirlo, ma qualche componente dei Beta rischiava di essere nei paraggi.

«Centodieci». Feci capolino dalla sua spalla, controllando i dintorni.

«Qui c'è un carrello delle pulizie», disse accennando a una montagna di lenzuola. «Ma nessuno nei paraggi. Siamo all'altezza della camera centouno. È la porta laggiù, vero?».

«Esatto», soffiai. La fretta grattava in gola come la peggiore delle consigliere. Volevo fare velocemente, volevo togliermi dai piedi il prima possibile.

«Se corro la raggiungo in tre secondi e mezzo», aggiunse serio.

«Che razza di calcolo sarebbe? Tieni il tempo quando corri?».

«E non solo quando corro!», scherzò, beccandosi una gomitata tra le scapole. «Tre secondi e mezzo».

«E se in giro ci sono i Beta?», protestai.

«Tre secondi e mezzo».

«D'accordo, ma se l'hanno presa? Se la stanno torturando, se…».

«*Tre secondi e mezzo*», sospirò tra i denti.

«Va bene, vai!», decisi con uno spintone.

Corse lui e corsi io, dietro come un cane legato al guinzaglio. Mi sentivo così stupida, stavamo facendo la maratona per scappare da un nemico del tutto ipotetico. Schizzai verso la stanza, quasi a inseguirmi fosse il diavolo in persona, e quando Scott afferrò la maniglia notai un particolare agghiacciante: la porta era socchiusa.

Lui esitò, ma a quel punto era troppo tardi. Andai addosso alla sua schiena e lo spinsi in modalità ariete da sfondamento, facendo sbattere la maniglia contro la parete opposta.

Scott urlò, qualcuno dentro la camera urlò, e io urlai per riflesso condizionato. A conti fatti venne fuori un coro.

«Christabel!», strillai nel panico.

«Non guardare!», rantolò Scott facendo da scudo. «C'è un considerevole problema, Faith, un *considerevole problema*».

L'unico grido rimasto si rivelò un po' troppo rauco per appartenere a Christabel. Pensandoci bene, la mia nuova amica non parlava neppure spagnolo, e non se ne andava in giro con cadenza piagnucolante. Be', forse la cadenza piagnucolante...

«Non era così». Scott si dimenava, sconvolto.

Indicò una donna di mezza età, bassa e piuttosto tozza, intenta a farsi il segno della croce davanti a un cumulo di lenzuola macchiate di sangue. I suoi occhi vagavano dal letto sfatto alla porta che si era aperta da sola.

Tradussi qualcosa di molto simile a: "fantasma", "giudizio universale", e "salvatemi, per favore", anche se i soggetti dell'ultima richiesta erano meno definiti.

«Non era così», continuò Scott, le braccia al petto. «Voglio dire... bionda, alta, pessimo carattere. Una matita in testa. Questa tizia al massimo se l'è mangiata, Christabel».

«È la donna delle pulizie», esalai dando uno spintone a Scott. Evidentemente era arrivata una prenotazione per la nostra camera e la signora si stava sincerando che fosse tutto in ordine.

Aggirai Scott e feci il giro della stanza, mentre la povera addetta alle pulizie tremava dalla testa ai piedi. Nessuno in bagno, nessuno sul balcone, nessuno e basta.

«Oddio», mi passai una mano tra i capelli. Stavo grondando sudore. «Dove può essere andata?».

«Non è che l'ha messa nel cesto della biancheria?», azzardò Scott.

«Piantala!», gemetti.

«Per sbaglio, eh. Del resto non ci vedono».

«Dobbiamo trovarla», insistetti. «Se l'hanno portata via... non riesco neppure a pensarci». Mi girava la testa soltanto all'idea. Era rimasta da sola per colpa nostra, saremmo dovuti stare fuori solo un secondo, e invece quell'incontro con l'uomo in nero si era rivelato un'imboscata.

«Faith…».

«Come facciamo a trovarla? Non abbiamo uno straccio di pista da seguire».

«Faith». La voce di Scott si fece perentoria.

Era stranamente rigido. Sollevò la mano destra, come a dire di non muovere un passo. Solo allora notai che stava controllando qualcosa, in bilico tra l'ingresso e il corridoio.

«Stai ferma», disse.

C'era poco da preoccuparsi, ero già immobile, pietrificata all'idea di tutti gli scenari possibili: Christabel in fin di vita, Linette armata di ascia, Sachi appesa a qualche lampadario.

Un attimo dopo, la fretta di Scott parve centuplicarsi. Mi agguantò per il braccio e mi trascinò fuori dalla stanza. Nessuna battuta, nessun tentativo di smorzare la tensione. Pessimo segno.

Lasciai la cameriera alle sue preghiere e finii dritta in corridoio, mentre Scott spostava con cautela un carrello delle pulizie. Muoveva freneticamente le labbra, bisbigliando parole che non riuscivo a cogliere. Soltanto sul finale capii che non si trattava di frasi.

Stava contando.

«Nasconditi», ordinò.

«Dove…? Qui?», boccheggiai.

Lui non rispose, si limitò a spingermi dietro al carrello e attese qualche secondo prima di accucciarsi al mio fianco. Le ginocchia protestarono a contatto col pavimento, ma la paura superava di gran lunga il dolore. Da quella posizione non si vedeva niente, solo uno spiraglio di luce tra le ruote del carrello.

«Cosa stai facendo?», rantolai.

«Otto, nove, dieci». Scott posò un dito sulle labbra, e la conversazione piombò nel silenzio. Poi si piegò pancia a terra e sbirciò dalla fessura sotto al nostro nascondiglio.

All'undicesimo secondo, qualcuno uscì dalla camera vicino all'ascensore. Non potevo vederlo, ma a giudicare dai piedi e dai polpacci doveva essere parecchio grosso.

Guardai Scott, terrorizzata. Lui mosse le braccia nel tentativo di mimare un quadrato molto grande, e a quel punto capii a cosa si riferiva. Un armadio. Un grande armadio.

«Raymond», dissi usando solo il labiale.

Lui annuì.

Dannazione. Avevano davvero mandato qualcuno a controllare i piani, e ora il gigante dei Beta ci stava dando la caccia. Fortunatamente era spuntato dopo la scenata con la cameriera, o avrebbe sentito le urla.

Lo osservai con la guancia premuta sulla moquette. Stava ispezionando tutte le stanze, gran parte delle quali erano aperte per il servizio di pulizia. Ancora qualche passo e sarebbe arrivato alla nostra, e a quel punto, dato che la domestica non aveva ritirato le lenzuola sporche di sangue…

«Dieci secondi al massimo», bisbigliò Scott. Raymond era appena entrato nella camera centosette. «Il tempo di perlustrarla e poi uscirà. Dobbiamo trovare una seconda via di fuga».

«E sai dove cercarla?», mormorai.

«Certo che no! Se ben ricordi sono arrivato dal balcone!».

«Be', fantastico allora». Un *toc* piuttosto strano interruppe la discussione. «Cos'è?», tentennai. Anche Scott era in allerta. «Cosa diavolo è?».

Era un suono a intermittenza, come se qualcuno stesse battendo un dito sul muro.

No, non *come*.

Qualcuno *stava* battendo un dito sul muro.

«Matita!», esclamò Scott, voltandosi.

Alla fine del corridoio, Christabel si stava sbracciando per attirare la nostra attenzione. Era nascosta dietro l'angolo, e si sporgeva solo il necessario per farsi vedere da noi. Ma non era sola. Al suo fianco c'era Jared.

«È viva». Tirai un sospiro di sollievo, stritolando per riflesso la mano di Scott.

«Meraviglioso, ma *sette*, *otto*», insistette lui, sottolineando la gravità della situazione.

Raymond uscì un secondo in anticipo, lo stesso istante in cui Christabel e Jared si volatilizzarono, e io tornai con la faccia sul pavimento.

*Ti prego, non superarci*, pensai col respiro corto. *Non superarci, non superarci.*

I suoi piedi indugiarono a qualche metro dal carrello, ancora pochi passi e ci avrebbe sicuramente scovati.

Ma c'era un dettaglio a salvarci.

La camera centodieci. E le preghiere in spagnolo della sua cameriera.

Questo bastò ad attirare Raymond, che entrò di volata nel nostro ex campo base. Non serviva l'immaginazione per indovinare cosa avrebbe trovato, e soprattutto per capire cosa ne avrebbe dedotto. Noi eravamo al sicuro per il momento, ma dovevamo darcela a gambe, perché una cosa era certa: l'armadio dei Beta stava per chiamare i rinforzi. Attesi di vederlo sparire e fui subito in piedi, unghie conficcate nel braccio di Scott e gambe in preda al libero arbitrio.

«Muovetevi, muovetevi», Jared e Christabel si agitarono dalla loro postazione, scuotendo freneticamente le braccia.

Uno.

Schizzai in linea retta senza emettere alcun suono.

Due.

Finii addosso a Christabel, la spostai dietro l'angolo, e le gettai le braccia al collo.

«Stai bene», ansimai abbracciandola. Ne parve confusa. «Stai bene, grazie al cielo stai bene».

Tre.

«L'accordo era di incontrarci giù», protestò Scott a voce bassissima. «È la prima cosa che insegnano: rispettare il piano».

«Christabel stava scappando», replicò Jared. «Dallo stesso tizio che stava salendo da voi. Quindi, se permetti, forse avevate bisogno d'aiuto».

Quattro.

«Era tutto sotto controllo. Sottovaluti i carrelli delle pulizie».

«Sì, ma chi se ne frega adesso!», li spinse via Christabel. «Pensiamo ad andarcene!».

Cinque.

Il grido di Raymond arrivò forte e chiaro. Non era proprio un urlo, più che altro una chiamata a gran voce. Sentii anzitutto il nome di Linette, e una scarica di adrenalina mi attraversò il corpo.

«Hanno trovato la nostra camera», conclusi.

«Seguitemi», Christabel affrettò il passo, svoltò ancora e corse verso l'uscita di emergenza.

Era un portone bianco che si trovava accanto all'ultima camera, proprio dove terminava il corridoio. Dovevamo sbrigarci, prima che i Beta decidessero di ispezionare tutto il piano.

«Siamo arrivati da qua», spiegò Jared, spingendo il maniglione antipanico rimasto accostato. Ci fece passare tutti e tre, rivelando una seconda rampa di scale, molto più asettica di quella ufficiale. «Ho trovato Christabel nella hall mentre fuggiva da Raymond e Linette».

«Ma cos'è successo?», volli sapere.

Saltavo due gradini alla volta, decisa ad abbandonare l'hotel il più velocemente possibile.

«È entrata la signora delle pulizie», raccontò Christabel, l'espressione ancora tesa.

«La signora delle pulizie», ridacchiò Scott.

«Questo qui ancora ve lo portate dietro?», ringhiò lei. Poi continuò a raccontare: «È entrata così, senza preavviso. Si aspettava che la camera fosse vuota, e quindi non ha bussato! Non avete idea degli strilli davanti a quelle lenzuola... Sapevo che non poteva vedermi, ma d'istinto mi sono rintanata in balcone. Da lassù ho visto Linette e quello grosso, Raymond, che si avvicinavano all'ingresso dell'albergo». Sospirò, visibilmente scossa, raggiungendo l'ultimo maniglione antipanico. «A quel punto sono rientrata in camera, ho aggirato la cameriera urlante e sono scappata fuori. È stato tremendo. Mi sono nascosta prima nei corridoi, poi al piano di sotto. Non sapevo dove fossero quei due, ma per fortuna quando sono scesa ho incontrato Jared».

L'uscita di emergenza dava direttamente sulla strada. Aspettammo qualche secondo per controllare che nessuno ci avesse seguiti, poi, molto lentamente, sbirciammo all'esterno.

«Sachi è con loro?», bisbigliai.

«Non credo», Christabel scosse la testa.

«Ci ha attaccati poco prima che catturassimo Denis», ragionò Jared. «Forse ci ha messo più tempo a tornare».

Sbirciai di nuovo fuori dal portone, ma non c'era niente di sospetto. L'uscita dava su un vicolo spazioso, pieno di bidoni della spazzatura, e in lontananza il via-vai di Quito procedeva regolare.

«Cosa facciamo adesso?», gemette Christabel.

Eravamo sudati fradici, una corsa con quel clima torrido equivaleva alla disidratazione.

«Andiamo a caccia di risposte», le mostrai il biglietto con le nuove coordinate. «Sono successe un po' di cose mentre non c'eri».

Jared lanciò un'ultima occhiata al nostro hotel. Probabilmente stava pensando quello che pensavamo tutti: addio campo base.

Dovevamo ricominciare da capo.

«Tu vieni con noi?», chiese a Scott.

«Ho alternative?», fece spallucce lui.

«Buttarti in un fosso, per esempio», si intromise Christabel.

Non c'era molto tempo per gli addii, figurarsi per i benvenuti. Bastava qualche pacca sulla spalla e si poteva fingere un'amicizia di vecchia data. Del resto, quando sei solo, a chi ti aggrappi?

Quando sei invisibile, chi ti rimane?

Mi guardai dietro le spalle, poi raggiunsi gli altri, e tutti e quattro ci allontanammo dall'albergo.

# Sedici

«Le stai inserendo male», Christabel ruotò il foglietto, mordendosi la parte inferiore del labbro. «Prima il 54 e poi il 56».

«Se capissi mezza riga di quello che c'è scritto», brontolai correggendo il testo. «Questo motore di ricerca è incomprensibile».

«Ma sapete leggere?», chiese Scott dall'altro lato della stanza.

Lui e Jared stavano facendo da palo davanti all'ingresso della sala computer. Avevamo trovato un nuovo albergo e là ci eravamo fiondati in cerca di un collegamento Internet. Fortunatamente ormai le catene alberghiere offrivano sempre uno spazio PC, e questo era anche deserto.

«Se volete posso darvi una mano», Scott dondolò da una gamba all'altra. Aveva tante doti, ma non la pazienza. «Mi avete lasciato di guardia, ma non sapete digitare due numeri».

«Taci», sbottò Christabel. «Sei l'ultimo arrivato, stai dove dico io».

«Chi ha preso a pugni il fattone?», replicò a tono. «A quest'ora non sapresti neppure di essere una Gamma».

Avevamo raccontato l'accaduto a Christabel, cosa che aveva contribuito a peggiorare il suo umore.

«Sai che scoperta! Mi ha cambiato la vita, davvero. Se prima avevo due domande, ora siamo a cinquanta».

«Cinquantuno per me», borbottò lui. «La matita e i tuoi capelli. Io ancora non riesco a spiegarmelo».

«Basta un po'», li interruppi. «Ci siamo».

Schiacciai INVIO e restai in attesa, mentre la pagina si caricava con una lentezza esasperante. Ci volle qualche minuto, ma sulla risposta non c'erano dubbi.

Puerto Williams.

Sembrava una macchietta minuscola sulla cartina, e si trovava sulla punta più a Sud del territorio cileno. Sotto, oltre una lingua di mare gelato, c'era solo l'Antartide.

«Ma certo», Christabel alzò le braccia al cielo. «Era ovvio, perché restare a Quito, al caldo dell'equatore, quando possiamo andare ai piedi del mondo?».

Aprii la pagina di ricerca e lessi a voce bassa, nel tentativo di mantenere la concentrazione.

L'uomo in nero ci voleva là, e quindi anche l'Illusionista. Seguendo il ragionamento di Denis, il *gioco* era iniziato proprio a Quito, sulla cintura del mondo. E ora dove ci stava portando?

Lasciai correre i polpastrelli sul mouse, uno, due, tre volte. Oltre la Terra del Fuoco, oltre i deserti di sale, sempre più in basso, Puerto Williams era indicato come il territorio abitato più a Sud del mondo. Escludendo gli sporadici gruppi di case poco sotto, e le distese antartiche, non si poteva scendere ancora.

Misi a confronto i due biglietti e mi concentrai sulla Rosa dei Venti. Un simbolo da marinai più che altro, ma forse ci suggeriva qualcosa.

Posai l'indice sulla x che evidenziava Quito e il pollice su quella di Puerto Williams. Il centro e il suo punto più basso.

«Stiamo andando a Sud», la voce di Jared mi fece sussultare.

Lo guardai di sbieco. Era rimasto soltanto Scott a controllare che nessuno entrasse.

«Stai pensando la stessa cosa?», continuò assorto. Si sedette al mio fianco e iniziò a trafficare coi fogli. «La Rosa dei Venti potrebbe essere una mappa».

«Una mappa?», si stupì Christabel. «Abbiamo le coordinate precise, non la trovi un po' ridondante come idea?».

«Non sono precise. Indicano sempre una città, questo è vero, ma nessun punto in particolare, niente strade o luoghi nello specifico. Siamo stati mandati a Quito senza indicazioni aggiuntive, e alla fine è stato l'uomo in nero a trovarci. Forse è proprio per questo che ci lascia coordinate generiche: vuole dimostrare che in qualunque luogo, piccolo o grande che sia, lui sa sempre dove siamo». Si concentrò, tornando con l'attenzione sullo schermo. «Riguardo la nuova meta, sta cercando di indicarci qualcosa, partendo dal centro…».

«Fino ai suoi punti più estremi», completai per lui.

Jared tenne aperto il biglietto, e io tracciai nuovamente le linee.

«Da Londra siamo passati a Quito», dissi. «Ma a Londra ci hanno solo prelevati, era Quito il punto di partenza. L'inizio del gioco, come lo chiamano loro. Ora noi siamo qua», indicai il centro della Rosa dei Venti, «e Puerto Williams, volendo seguire un percorso immaginario, si trova qua», andai a Sud.

«Nord, Sud, Ovest, Est», elencò Christabel perplessa. Poi sgranò gli occhi. «E questo che cavolo c'entra con la nostra situazione?».

«Scusate», si lamentò Scott a braccia conserte. «Potete alzare la voce? Non sento niente da quaggiù».

«Ok, ragioniamo». Spinsi la sedia fino al centro della stanza, aprendo una riunione dell'ultimo minuto. «Denis ci ha rivelato che l'uomo in nero è soltanto un emissario. Il suo capo si fa chiamare l'Illusionista. Chiunque sia quest'uomo, o questa donna, ci ha somministrato qualcosa per renderci invisibili. Qualche idea?».

«*Somministrato* a noi», specificò Jared. «Ma *iniettato* ai nostri familiari. Ha usato due termini differenti».

«Ti ricordo che era mezzo drogato», obiettò Scott.

«Sì, ma anche la gestualità cambiava. A Faith ha mostrato la gola, mentre parlando di sua madre ha toccato la fronte».

«Testa, memoria», pensai a voce alta. «Gola… voce? Respiro? Cibo? Acqua». L'ultima parola provocò una scarica di adrenalina. «Acqua. *Te l'ha somministrato qui*». Portai una mano alla gola.

«Abbiamo mangiato qualcosa di strano?», Jared si concentrò per ricordare.

«Bevuto», lo corressi, in apnea. Tornai a quel freddo pomeriggio, in attesa del camion dei traslochi. Tornai a una canzoncina senza capo né coda, cantata per una sorella che doveva ancora arrivare. Era successo tutto allora, tra la finestra della mia stanza e il divano del salone.

«Ho bevuto dell'acqua», realizzai. «Prima di diventare invisibile, ho preso un bicchiere e ho bevuto da lì».

«Io una birra». Pian piano anche Jared mise insieme i pezzi. «L'ultima rimasta della mia scorta».

«Facciamo sul serio?», si agitò Scott. «Io stavo bevendo uno schifo di cocktail al frutto della passione. Mi hanno avvelenato con un drink?».

«Bibita energetica prima di tuffarmi», esalò Christabel.

Sbiancò di colpo, e il suo pensiero diventò presto comune. L'Illusionista, o chi per lui, si era preso il disturbo di contaminare le nostre bevande. Ma si parlava di bottiglie del supermercato, birre personali e cocktail da bar. Chiunque ci stesse facendo questo aveva pianificato ogni dettaglio.

Era premeditato.

«Si sono introdotti in casa nostra?», Christabel vacillò. «In piscina, a casa di mia nonna?». Le sue labbra ebbero un fremito.

«Nella stanza di Tommy», anche Jared era di gesso. «E a loro lo hanno iniettato qui».

Non appena le sue dita toccarono la fronte, ebbi un sussulto.

Qualcuno aveva attaccato i nostri familiari, mentre noi eravamo assenti o distratti. Questo significava che i rumori provenienti dal salone erano effettivamente di mamma. Probabilmente dei tizi l'avevano aggredita, somministrandole chissà cosa.

E io non c'ero.

Io stavo guardando l'orizzonte in attesa di un gruppo di stupidi traslocatori.

«Perché?», mormorai. «A che scopo architettare un piano simile? Perché noi?».

«Ricapitoliamo un secondo». Scott mandò al diavolo la postazione e ci raggiunse, occupando una sedia girevole. «Uno sconosciuto decide di renderci invisibili. Così, di punto in bianco. Ed è anche un'invisibilità piuttosto bizzarra, perché non solo il nostro corpo, ma anche i vestiti e le cose a stretto contatto con noi svaniscono», elencò, alzando un dito dopo l'altro. «Scarpe e zaini, per esempio. E anche oggetti di dimensioni modeste, se contiamo che quel martelletto strano della ragazzina satanica non galleggiava a mezz'aria, in aeroporto».

«Abbiamo una sorta di raggio d'azione». Jared tornò sul discorso fatto in treno, e stavolta c'erano quattro teste a ragionarci sopra. «Tutto ciò che sta a contatto con noi non si vede, o avremmo già scatenato il panico. Ma non abbiamo lo stesso effetto sugli oggetti più grandi: sui sedili dell'aereo, per esempio, io e Faith causavamo uno strano effetto ottico. L'ho capito dalla reazione di un passeggero. Doveva essere qualcosa di lieve, come se la stoffa fosse sbiadita, ma il sedile non è scomparso del tutto. Solo in parte».

«La nostra pelle provoca la reazione maggiore», dissi. «Quello che tocchiamo a pelle nuda, scompare. Gli oggetti piccoli o medio piccoli, come alcuni coltelli per esempio, svaniscono del tutto. Più è grande la superficie, più il raggio d'azione si disperde, facendo sparire solo la parte a contatto con noi. Per questo ci hanno dato i guanti: le mani rischiano di causare più problemi, mentre il resto del corpo...».

«Ha i vestiti», concluse Jared per me. «E i vestiti a quanto pare provocano una resistenza maggiore: gli effetti ottici ci sono ugualmente, ma non come a pelle nuda».

«Una cosa semplice, insomma», ironizzò Scott. «E stiamo tralasciando la parte migliore: l'Illusionista, o chi per lui, si prende anche la briga di togliere la memoria a tutti quelli che conosciamo. Disattiva cellulari, account e indirizzi email. Poi lascia un biglietto e ci spedisce fino a Quito, dove, indovina un po'? Ci incontriamo e ci stiamo anche simpatici».

«Parla per te», mugolò Christabel con la testa tra le mani.

«A questo punto scopriamo che esistono altri come noi. Alfa, Beta, Gamma. Alfabeto greco, se non sbaglio. Qualcuno di voi lo ha studiato?».

Christabel alzò mestamente una mano, l'altra ancora impegnata a tenersi il viso.

«Quindi Gamma significa…».

«Più iellati». Christabel non demordeva.

«Matita in testa ha ragione. E infatti, volendo andare a fondo: gli Alfa pare stiano su un altro piano di strafottenza. I Beta si interessano a un fantomatico denaro di cui non sappiamo nulla. E noi, ultima lettera, non sappiamo neanche perché siamo qui».

«Sì, ma questa teoria non ha una conclusione», lo interruppe Jared. Fece correre lo sguardo da noi alla cartina sullo schermo. «Ci stanno mandando in giro per il mondo a fare cosa?».

«Denis ha parlato di premi», replicai. «Magari dobbiamo recuperare quelli. Premi per noi, premi per l'Illusionista, non ne ho idea».

«E i premi di Quito dove sono? Per quale motivo ci hanno fatti venire fin qui? Solo per darci un altro biglietto? Non potevano farci andare direttamente a Puerto Williams?», obiettò Scott.

«Non ne ho idea, ma a questo punto possiamo solo andare avanti», sentenziai.

I biglietti dicevano: torna a vedere.

Forse esisteva davvero un antidoto alla nostra condizione, e se ci avevano somministrato un veleno, il trucco stava nel trovare il suo opposto. La sostanza che ci avrebbe resi di nuovo visibili.

Per il mondo. Nel mondo.

«Quindi andiamo a Puerto Williams?», Christabel scosse il capo. «Voglio dire, è davvero questa la soluzione? Seguire gli ordini di un pazzo senza ragione apparente? Nulla di quello che è successo ha senso, eppure noi andiamo avanti, tralasciando ogni domanda».

In realtà per cento risposte bastava una domanda soltanto. E la domanda era sempre la stessa, da ogni angolazione: perché?

Che cosa era scattato, nella mente di una persona, per spingerla a ridurci così?

*Perché?*

Cosa potevamo offrirgli noi, quattro sconosciuti qualunque, di fronte a un'inconsapevolezza totale?

*Perché?*

È possibile diventare invisibili? Ed è possibile dimenticare chi ami?

*Perché?*

Tornare a vedere. Ma chi ero io? E cosa dovevo vedere esattamente?

*Perché?*

Nord. Sud. Ovest. Est.

Le quattro domande principali, che alla fine si incontravano in un unico punto.

E in quel punto si disintegravano tutte.

Implodevano.

Per poi ricomporsi.

«Be', ormai siamo qui», disse Scott. «Possiamo solo andare avanti».

# Diciassette

«Il trucco è aspettare», concluse Jared dopo una discussione infinita. Poggiò la schiena sul bordo del letto e rovesciò la testa all'indietro.

Avevamo occupato una nuova stanza, sperando che il secondo campo base avesse più fortuna del primo. Se non altro non c'era più il rischio di far trovare lenzuola insanguinate alla prima cameriera di passaggio: la ferita di Christabel, fortunatamente, stava migliorando.

«Mi piace chiamarlo trucco», commentò Scott, mentre cercava di entrare con mezzo busto dentro al frigobar. «In realtà stiamo temporeggiando, ma dirlo così è più da codardi».

«Pensaci un secondo», sospirò Jared. «Punto primo, siamo più di dieci persone che devono arrivare in un unico posto. Può darsi che Alfa e Beta vengano scarrozzati separatamente come da Londra a Quito, ma può anche darsi che l'inizio del gioco cambi le regole».

«E che anche ai privilegiati tocchi l'aereo di linea», borbottò Christabel. Strappò il cerotto con un movimento netto e rinnovò da sola la medicazione al suo taglio. In poco tempo, ogni imbarazzo era svanito.

«Perciò arriviamo al secondo punto», continuò lui. «Ovvero rischiare di trovarsi con gli altri ragazzi sullo stesso volo. Visto l'affetto che nutrono per noi, eviterei questa possibilità».

«Partendo prima avranno un netto vantaggio», mi intromisi. Continuavo a guardare il simbolo della Rosa dei Venti, quasi potesse risolvere uno a uno ogni enigma. «Se a Puerto Williams si nasconde l'antidoto all'invisibilità, stiamo rischiando grosso. Denis, Abigail o Ephraim potrebbero portarcelo via».

«I premi variano però», obiettò Jared. «Ricordi quel che ha detto Denis? Ai Beta interessa il denaro, e Dio solo sa cosa sperano di ottenere gli Alfa».

«Fai troppo affidamento sulle parole di uno squilibrato», replicai.

«Faccio affidamento sul fatto che da morti potremmo ottenere poco. Perciò propongo di aspettare. Lasciamo che partano gli altri, seguiamoli per essere sicuri che se ne vadano, informiamoci su questo *Puerto-coso* e prepariamoci a dovere. Quattro o cinque giorni dovrebbero bastare, anche per recuperare le forze. Vorrei studiare la mente di questo Illusionista, se possibile, e capire come tornare alla mia vita di prima».

«Ma dai», sbottò Christabel. «Ci credi davvero? Voglio dire… ci *credete* davvero? Tornare alla vita di prima. Siamo invisibili, dall'altro capo del mondo, costretti a imitare i boy-scout. Come minimo ci taglieranno la gola al termine del *gioco*, come lo chiamano loro. È ovvio che la faccenda riguarda realtà più grandi di noi».

«Certo non entrerò dalla porta di casa come ci sono uscito», Jared la squadrò di sottecchi, «ma vorrei tornarci, se è questo che mi chiedi. Quindi preferisco credere di rivedere mio fratello piuttosto che immaginarmi sgozzato in qualche vicolo».

«A ognuno le sue illusioni».

«Sei un trionfo di lieto fine», la provocò Scott, che aveva ancora la testa nel frigobar.

«Punto terzo», lo apostrofò Jared. «Non ci troverai nulla, là dentro. Quell'affare è vuoto, lo abbiamo appurato appena entrati, ricordi? Si può sapere cosa stai cercando, fra ripiani vuoti? Forse li riforniscono solo in previsione di una prenotazione. Politica dell'albergo, che ne so. Ma ora è vuoto, Scott».

«Che balordi», protestò lui. «Be', *voi* potevate lasciarmi qualcosa dal vecchio frigobar».

«Neanche sapevamo della tua esistenza».

«Potevate immaginarlo! Alla vostra squadra mancava l'elemento vincente, no?», chiuse lo sportello mettendo il broncio. «Così ora il vostro asso nella manica resterà a stomaco vuoto».

«Quanta fame hai da uno a mille?», mi informai lasciando perdere i biglietti.

«Faith, non incoraggiarlo», replicò Christabel. «Sta solo facendo la vittima».

Sceneggiata o meno, quel problema andava risolto. Tenendo anche conto del viaggio a Puerto Williams, dovevamo rimetterci in forze il prima possibile.

Guardai l'orologio della TV e provai a fare un rapido calcolo. Era notte fonda ormai, il resto del pomeriggio lo avevamo trascorso a studiare mappe e ideare piani. A quell'ora era troppo tardi per cenare e troppo presto per preparare la colazione del giorno seguente. Forse, con un po' di ingegno, potevamo cercare di fare provviste. Non avevamo mangiato nulla per tutto il giorno.

«Che ne dite della cucina?», azzardai.

Scott mi indicò con ammirazione, facendo su e giù con l'indice.

«Lei», annunciò allegro. «Lei sì che ci sa fare».

Lo ignorai, provando a mettere a punto un piano fattibile. Toccava sfruttare i vantaggi dell'invisibilità, e azzerare gli svantaggi causati dal tatto. Il nostro occupare spazio con il corpo rappresentava un ostacolo, in presenza di altre persone.

«Vediamo se in dispensa c'è qualcosa», proposi. «Le cucine saranno deserte a quest'ora, e forse troviamo degli avanzi».

«Io ci sto», gioì subito Scott.

Christabel scosse la testa, ma il suo disappunto generava poco stupore.

Dopo ore spese a parlare di come, dove e perché, l'unica mozione approvata fu quella di andare in cucina a recuperare del cibo. Si trattava comunque di un gran passo avanti, considerato che eravamo quattro teste capaci di ragionare nei quattro modi più differenti.

A volte la collaborazione è un obbligo, altre volte basta la fame a dettar legge comune.

Più eravamo, più rischiavamo di creare scompiglio, così optammo per non andare tutti e quattro. Jared si offrì di accompagnarmi, mentre Scott e Christabel rimasero in camera.

I corridoi erano deserti. Per trovare le cucine ci toccò arrivare fino al ristorante, e da lì esplorare androni bui e carichi di umidità. I tavoli sembravano pietrificati, con le sedie appoggiate a testa in giù, e attorno un silenzio spettrale. Nessun cameriere, nessun addetto ai lavori, solo una scopa abbandonata in un angolo.

Era l'ora in cui il mondo si resetta, in cui tutto appare immobile, calcificato, come nelle fotografie immaginarie che amavo tanto scattare. Là nessuno si curava della nostra invisibilità, nessuno faceva da spettatore alla nostra assurda condizione.

Forse era quella la morte. Una stanza vuota, spoglia, immersa in un presente continuo.

Esistiamo comunque, anche se nessuno ci vede? E in che modo, con quanta intensità?

A San Francisco de Quito, oltre le porte di una cucina spettrale, io ero viva soltanto per Jared Price. E lui era vivo unicamente per me.

Abbandonai la sala da pranzo e mi addentrai nel settore dedicato al personale. Il regno dei cuochi era un labirinto di dispense e fornelli, immerso nella penombra. L'unica fonte di luce arrivava da una finestra con le inferriate, che dava direttamente sulla strada. Aguzzando la vista riuscii anche a intravedere la luna.

«Dobbiamo accontentarci», disse Jared, ignorando la fila di interruttori.

Le lampade al neon avrebbero sicuramente attirato l'attenzione.

Annuii senza aprir bocca, quasi rispettosa verso un silenzio che non volevo infrangere. Quell'aura sonnacchiosa mi trasmetteva un senso di pace, l'illusione che in quel momento non potesse accadere nulla di brutto.

Un po' come quando sei bambino, e il letto sembra il posto più sicuro del mondo. Era una sensazione legata all'infanzia che mi mancava da morire, la certezza assoluta che in alcuni luoghi nessuno possa farti del male.

«Spezie», Jared infilò il naso in un armadietto. «Spezie. E ancora spezie».

Emise un suono molto simile a una protesta, e proseguì oltre. Piatti, pentole e coperchi stavano adagiati in grossi ripiani dedicati, che ancora sembravano emanare vapore. Le celle frigorifere erano chiuse a chiave, e comunque sarebbe stato inutile rubare qualcosa di congelato, non potendo accendere i fuochi per cucinarlo. Così lasciammo il cuore anche sulle confezioni di riso e su enormi sacchi di farina.

Jared frugò con una perizia a dir poco ammirevole, ma alla fine il nostro bottino comprendeva cibi confezionati: formaggi freschi e stagionati, merendine e stuzzichini che ipotizzai essere destinati ai minibar, pane da tramezzini, triste e pigiato in sacchetti tutti uguali. Infine qualche frutto.

Arrotolai tutto nella felpa che mi ero portata dietro e per sicurezza tolsi i guanti. Nel caso fosse esistito un guardiano notturno, ci tenevo a preservare la sua sanità mentale.

«Faith», la voce di Jared mi interruppe mentre cercavo di tenere in bilico un'arancia di dimensioni storiche. «Guarda».

La luna illuminava a metà il suo sorriso. Era una smorfia sorniona, come quella di un bimbo che ha appena scovato le caramelle.

«Cioccolato», annunciò facendo capolino dall'ultima dispensa.

Lo osservai indietreggiare con espressione soddisfatta, mentre esibiva un set di barrette da far venire l'acquolina in bocca. Le mensole alle sue spalle ne erano piene. Cioccolato di ogni gusto e dimensione, e in America Latina quella prelibatezza pareva anche piuttosto famosa.

Non poteva materializzarsi un antidepressivo migliore.

Abbandonai il resto del cibo sul piano cottura e mi preparai a lottare per il bene comune. Quello sì che era un tesoro.

«Avanti», ridacchiai con aria di sfida. «Non provare a tenertelo, Jared».

«Ah, no», gongolò lui, rifugiandosi dall'altro lato del bancone. «Controllo che sia commestibile».

«Controlliamo insieme, tranquillo».

«Fondente ottanta per cento», lesse avvicinando la prima confezione alla finestra. Ne addentò un quadratino, fingendo disgusto. «Terribile, questo te lo sconsiglio».

«Jared Price, c'è gente che uccide per molto meno».

«Fondente con… mirtilli? More? Lamponi?». Altro morso, del resto tradurre la lingua era complicato, soprattutto in penombra. Poi continuò la farsa: «Oddio, non posso credere che lo abbiano messo in commercio».

Scoppiai a ridere e aggirai l'ostacolo, bloccandolo tra il lato destro del bancone e l'angolo dedicato ai fornelli. Per me fu semplice evitare la cappa, ma lui era alto, e chiuso in quel punto rischiava di picchiare la testa.

Rise a sua volta e si piegò in due, assaggiando un'altra tavoletta. A quel punto fece una smorfia.

«Questo è il peggiore. È dolcissimo, *bleah*. No, no aspetta». Provò a difendersi, mentre gli strappavo le confezioni di mano. Due caddero, ma quella che stava mangiando riuscii ad agguantarla. «Aspetta, Faith, ti giuro fa…».

Morsi il quadrato con foga. Anzi, ostentai strafottenza, ed entrambi ci sedemmo per terra. Lui appoggiato al muro e io di fronte, sistemata sui talloni. Ma la vittoria aveva un sapore decisamente nauseante.

«Fa schifo», mugolai sconvolta.

Altro che dolce, era un miscuglio orribile tra latte, cocco, marshmallow e qualcosa che ricordava vagamente il sapore dei datteri. Avevo troppa fame per sputarlo, ma non riuscivo a mandarlo giù.

«Te l'avevo detto», Jared rise di gusto. «È da diabete fulminante, ma chi la mangia 'sta roba?». Guardò a malapena la confezione, ma ad attirarlo era il disgusto con cui stavo cercando di masticare. Non avevo il coraggio di deglutire, e questo mi costringeva a restare a occhi chiusi con le labbra arricciate.

«E adesso che fai?», mi provocò. «L'unica è tapparsi il naso, mia nonna lo diceva sempre».

«Non servirebbe», mugolai con la lingua impastata. «Questo sapore si sente anche senza papille gustative».

«Allora usa il metodo Tommy, lui adora il cioccolato. Se un gusto non va, sostituiscilo con uno migliore. Latte o fondente, Faith la lontra?».

«Quello coi mirtilli», biascicai.

«Non sono certo che siano mirtilli, ho ipotizzato dalle figure. Oddio, sembrerebbe un mirtillo, poi non so. A tuo rischio e pericolo». Spezzò la tavoletta e si fermò a pensare: «Ne sei veramente sicura?».

«Piantala», risi.

«E se questo è peggiore di quello di prima? Poi come la mettiamo?».

Sollevò la mano, ma riuscii comunque a impossessarmi del cioccolato.

Fu una lotta buffa che si spense con una vittoria concessa, e alla fine qualcosa cambiò.

Mentre mi godevo quei meritati mirtilli o lamponi che fossero, lo sguardo di Jared scivolò sulle mie labbra. La risata si interruppe a metà, improvvisamente sospesa.

Non c'era mai nulla di forzato nelle nostre azioni, accadevano e basta. Fu come se di punto in bianco entrambi avvertissimo il desiderio di *vederci*. Guardarci per l'esattezza, come a dire: "Ehi, aspetta un attimo. Io ci sono. Tu ci sei. Noi ci siamo".

Anche in aereo era stato così, mentre lui mi disegnava e io lo fotografavo, con l'esigenza di *sentirci*, come se da un momento all'altro potessimo svanire.

Non sapevo dire se fosse normale. Niente era normale per due persone nella nostra condizione, e questo confondeva anche i sensi. Se prima lo guardavo per cercare conferme, ora lo osservavo per altri motivi. Qualcosa mi attirava in lui, qualcosa che aveva a che fare col mio stomaco, e con una sensazione di smarrimento e di pace. Perché guardarlo mi provocava una reazione, anche se non ben definita.

E in quel silenzio improvviso si stava costruendo uno spazio di parole.

Lasciai i suoi occhi dov'erano, e i miei caddero sulla sua mano libera. Tamburellava le dita sul ginocchio in attesa di un movimento, una direzione, un semplice impulso. Doveva sempre impegnarla in qualcosa, quando era nervoso, così come in aereo aveva tormentato la rete portaoggetti del sedile davanti.

Bastò quel secondo a cambiare le cose, perché il mondo è così: questione di dettagli.

«Tieni», mormorai. Raccolsi l'unica confezione di cioccolato ancora intera e gliela porsi. «La darai a Tommy quando tornerai».

Lui ricambiò con un sorriso. Il suo sguardo salì dalle

labbra ai miei occhi, rivelando una lieve tristezza. Rassegnazione, forse. La stessa che provavo io quando pensavo a mia sorella.

Alla fine, eravamo tutti schiavi del pessimismo di Christabel. Solo che non osavamo dirlo ad alta voce.

«Quando *torneremo*», specificò.

Si mise in piedi con un movimento soltanto, e a quel punto fu il mio sguardo a perdersi altrove: a metà tra il detto e il non detto, tra la certezza di un'emozione e il dubbio del suo contrario, nel tentativo di monitorare il perché di ogni esigenza, senza capire che a volte è il corpo a rispondere per noi, anche nelle situazioni più estreme.

Solo allora notai la mia mano.

Con le dita tamburellanti.

Indecise.

Proprio come le sue.

# Diciotto

Per gran parte della gente, Puerto Williams era la città più australe del mondo. Per noi, era il Sud della misteriosa Rosa dei Venti.

Si trattava di una piccola cittadina portuale, capitale dell'Isola Navarino, nel Cile meridionale, e dalle foto adocchiate su Internet sembrava anche piuttosto carina. La parte che dava sul porto, almeno. Poi c'erano i dettagli meno entusiasmanti, ad esempio il clima. Gennaio era fortunatamente il mese più caldo dell'anno, e la temperatura stazionava attorno ai dieci gradi.

Per i turisti normali era un freddo facile da affrontare; per noi un po' meno, al momento. Eravamo arrivati a Quito vestiti come eschimesi in gita alle Hawaii, e ora dovevamo tornare alle origini. Neve di Londra, umidità dell'Ecuador, vento dell'Antartide. Ci eravamo dovuti procurare di nuovo dei vestiti pesanti.

Spostai il peso da una gamba all'altra e tornai a guardare il tabellone luminoso. Ormai io e l'Aeroporto Internazionale Mariscal Sucre conoscevamo tutto l'uno dell'altra. Senza contare quanto fosse divertente pronunciare quel nome, sembrava un autentico scioglilingua. Per gli amici: aeroporto di Quito.

Jared e Christabel erano andati a fare provviste, mentre io e Scott stavamo in attesa davanti al consueto viavai di aerei. L'idea era quella di monitorare lo spostamento delle altre squadre, per decidere quando partire senza troppi intoppi.

I primi ad andarsene erano stati i Beta, capeggiati da una testarda Linette e da quel fascio muscoloso di nome Raymond. Li avevano spiati Jared e Scott nell'area imbarchi, mentre io e Christabel studiavamo la meta e andavamo a caccia di abiti pesanti.

Solo la squadra Alfa mancava all'appello e, senza l'aiuto di un volo privato, doveva passare per forza di là. Sempre che non fossero già partiti…

«Guarda quella là», ridacchiò Scott con un sorriso sghembo.

Seguii il suo indice fino a una trentenne in minigonna, che si destreggiava su due tacchi quota Everest.

«Come fa a prendere un volo conciata così?», sgranò gli occhi. «Voglio dire, è la scomodità fatta donna».

«Avrà un appuntamento di lavoro», scherzai. «Guarda come controlla il telefono. Sta messaggiando col suo capo».

«Oh sì, ma là davanti c'è anche il blocco dei controlli. Lo vedrà? Oddio…».

«Lo vede», tentennai. «Sì che lo vede». Il suo passo spedito iniziò a farmi dubitare. «No, ci va contro».

«Ci va contro, ci va contro». Scott nascose il viso sulla mia spalla, mentre la donna in carriera finiva dritta sul nastro divisorio dei metal detector.

Scoppiamo a ridere in due, dandoci il cinque per la scommessa vinta.

Era già la decima volta che succedeva, in dodici ore

di appostamenti. Per quanto la gente cambiasse, la scena era sempre la stessa.

Il mondo era distratto, e non solo nei nostri confronti.

C'era qualcosa di fortemente grottesco nello starsene là, al centro di una hall dedicata ai passeggeri, con persone ovunque, annunci pubblicitari, valigie. La vita scorreva alla velocità della luce, girava e girava, mentre noi stavamo fermi.

Ero al centro di una giostra. La sua colonna portante per l'esattezza, il pilastro attorno a cui si muove l'intera struttura. Il contorno sottile, invisibile, che nessuno osserva più.

Ma non ero l'unica.

Perché qualcosa stava cambiando *dentro*, non fuori. Occhi reali, capaci di vedere il mondo reale, non lo osservavano più.

Vagavano distratti, rapiti da schermi che proiettavano solo il già visto.

Ero invisibile quanto la punta innevata delle montagne, quanto l'azzurro intenso del cielo, quanto il nastro divisorio su cui era finita la ragazza.

L'Illusionista aveva davvero creato qualcosa di nuovo?

O si stava basando semplicemente su un processo di alienazione già avvenuto?

«Cinquantadue aerei», disse Scott. Ruotò i piedi a destra e a sinistra, nel tentativo di sgranchire le caviglie. «Nella mia vita, intendo. Ho preso cinquantadue aerei».

«Caspita», esclamai. «E io che pensavo di aver viaggiato tanto».

«Dove sei stata di bello?». Era il solito chiacchierone, ma quel giorno si spinse sulle domande personali.

«Diciamo che mia madre ama i trasferimenti. Inverness, Perth, Edimburgo, Londra. Sono stata anche in Galles, in Irlanda del Nord, e a Berlino per una trasferta di papà. Quando avevo dieci anni sognavo di andare a vivere in Madagascar».

«I miei ci sono stati», rise lui. «Amano viaggiare, non riescono a stare in un posto per più di tre mesi. Principalmente si spostano per lavoro, ma anche quando sono in ferie adorano andare a zonzo per il globo. Li ho seguiti tantissimo, sai? Quand'ero piccolo non contavano l'asilo, la scuola o i pomeriggi al parco con gli amici. Ovunque andassero, mamma e papà mi portavano con loro, dicevano che avrei imparato di più viaggiando, piuttosto che stando fermo. Da una parte penso che avessero ragione, e poi l'idea del distacco doveva essere troppo dolorosa, per loro. Dall'altra però è stato terribile. Non avere radici, intendo... è una cosa che ti segna per tutta la vita, e viaggiando così spesso era sempre la stessa storia: un mese per l'inserimento a scuola, qualche settimana per instaurare rapporti di cortesia, e un altro mese per salutare tutti. È difficile stringere legami, con una vita simile. Non ho neanche imparato lingue nuove. Con l'inglese ci si adatta un po' ovunque...».

«E poi cos'è cambiato? Voglio dire, ora non vivi a Londra?», domandai.

Rise. «Be', ho continuato a viaggiare con loro senza interruzione, ma a un certo punto penso sia stata l'idea del diploma a farli rallentare. Volevano regalarmi un anno di quiete, e Londra è stata il compromesso. Il piano era farmi rimanere dallo zio Duke, nella sua casa vicino Kensington. Ci ero già stato qualche volta, soprattutto durante le vacanze estive. Londra non era certo una novità per me, ma in questo caso ci sarei rimasto per un anno intero: i miei avevano deciso di raggiungermi in primavera. Non vedevo lo zio da un po' di tempo». Mimò la sagoma di una bottiglia e bevve per finta. «Lui alza un po' il gomito, ma mai in modo esagerato».

«A posto», sdrammatizzai. «Quindi siamo due girovaghi, io e te».

«Visto? Per questo ci hanno messo in squadra assieme».

Strizzò l'occhio e io ricambiai. Adoravo l'ironia di Scott, ma entrambi conoscevamo bene il significato di quel termine. Girovaghi vuol dire tutto e niente, vuol dire formarsi per poi scomparire. Nessuna radice, nessun ricordo o certezza, e questo lui poteva capirlo.

«Jared mi ha detto che hai una sorella», azzardò.

«Ahh, bene», lo punzecchiai. «Siete diventati migliori amici?».

«Forse», fece il vago, roteando lo sguardo qua e là. «C'è qualcosa su di lui che vorresti sapere?».

«Niente che non possa chiedergli direttamente». In realtà morivo dalla curiosità di conoscere dettagli personali su di lui, ne eravamo consapevoli entrambi.

«Be', sappi che nel caso puoi sempre comprarmi», rise. «E comunque vado molto più d'accordo con voi che con Chris».

«*Mmm*. Chris. Siamo già ai diminutivi».

«Matita in testa, chiamala come vuoi», sbottò.

«È solo un po' pessimista, ma ha un cuore d'oro. Non fosse stato per lei, Linette mi avrebbe già staccato la testa».

Io e Christabel stavamo procedendo in punta di piedi, ma si era creata una certa affinità. E non si trattava solo di complicità femminile, era più che altro empatia, di pancia, mi piaceva. Certo, nessuno di noi stava nella situazione ideale per fare amicizia, ma quando mai lo ero stata? Arrivavo per poi ripartire, e quel fenomeno si ripeteva ogni volta daccapo.

Pensavo spesso a come nella realtà, da visibili, sarebbe stato conoscere persone come loro.

Vedere Jared Price senza bisogno di filtri.

«Lei con te è gentile», Scott mi riportò coi piedi per terra, «ma io non riesco a comunicare con una persona così diffidente».

«Dalle del tempo, all'inizio non si fidava neanche di Jared».

«Colpa del suo pessimismo», protestò. «La rende cinica e sospettosa».

«Avanti Scott, via quel muso», replicai. «Ci sarà almeno una cosa che ti piace di lei».

«Una c'è», ammise.

Si fece serio, così mi incuriosii. Lo guardai in crescente attesa, mentre una sagoma nota guizzava nel mio campo visivo.

«*Shh*», lo interruppi. I riccioli di Abigail saltarono subito all'occhio e io con loro, perfettamente conscia di ciò che stava accadendo.

Afferrai Scott per un braccio e lo trascinai dietro il tabellone delle partenze, dove ci eravamo appostati. A qualche metro di distanza da noi, Abigail, Ephraim e due ragazzi mai visti stavano passando indisturbati il blocco dei controlli.

I primi due si eguagliavano in tutto. Stessa carnagione olivastra, stessi capelli color del carbone, occhi attenti e decisi. Seguivano i medesimi movimenti, le stesse espressioni, una coppia perfetta di robot ben riusciti. Per la prima volta, all'aeroporto Mariscal Sucre, mi chiesi se fossero fratello e sorella.

La coppia di estranei era altrettanto arcigna. Il primo, alto addirittura più di Raymond, faceva paura solo a vederlo. Il secondo, biondo, raffinato e dal portamento elegante, si comportava come un lord in gita.

«Gli Alfa», ipotizzò Scott. Socchiuse le palpebre e li studiò a fondo. «Certo che partono tardi per essere così sicuri di sé».

«Io la vedo dalla prospettiva opposta», sussurrai. «Partono tardi proprio perché sono *esageratamente* sicuri di sé».

Gli Alfa mi incuriosivano. Abigail ed Ephraim erano stati i primi a minacciarmi, i primi a farmi capire che di quel gioco qualcuno conosceva le regole.

A Denis importavano i soldi, Sachi era una bambina evidentemente piena di problemi, e Linette sembrava parecchio frustrata. I Beta sapevano, ma arrancavano, proprio come noi.

Gli Alfa no.

Loro erano sicuri, arroganti e sfrontati. Indossavano l'invisibilità come una seconda pelle.

Come se l'avessero già sperimentata.

«Prendono il volo delle quattordici», dedussi, ricordando le partenze che avevamo monitorato. «Se ne vanno anche loro».

Abigail disse qualcosa al biondo, e lui rise. Quando si voltò ebbi un capogiro, ma stava semplicemente controllando il tabellone, non poteva vedermi. Non lei, almeno. L'unico a guardare nella mia direzione fu Ephraim: guardò, sorrise e poi se ne andò, scomparendo con gli altri oltre i metal detector.

«Ci ha beccati?», rantolai.

«Senza attaccarci?», Scott tornò a sedersi, ravviandosi i capelli con fare nervoso. «Mi sembra strano».

«E a chi ha sorriso allora?».

«Non ne ho idea», ansimò. «Alleghiamola al resto delle domande, e poi vediamo».

Controllai che nessuno facesse dietro front, ma la folla si era di nuovo compattata. Nessuna traccia degli Alfa, probabilmente diretti al loro aereo.

Presi un bel respiro e mi appoggiai alla grossa vetrata che dava sulle piste di atterraggio.

Stavano partendo tutti. I Beta erano già in volo, e il nostro piano di attesa e monitoraggio si era appena concluso.

«Riguardo a Christabel», disse assorto Scott, «la cosa positiva…».

«Ma ti sembra il momento?», esalai.

«Ha un bel sedere», commentò.

Restai immobile, mentre i nostri sguardi si incontravano a metà strada. Il suo tirato, il mio di rimprovero.

L'aveva detto davvero.

Tutto sommato, visto dalla prospettiva di un uomo… Ma sì.

Lui sorrise e fece spallucce.

# Diciannove

Il pomeriggio del quinto giorno partimmo anche noi.

Lasciammo la stanza senza addii strappalacrime. Nessun legame affettivo, poche smancerie. Un ricordo positivo però rimase: il contenuto della cucina.

Il bottino complessivo comprendeva viveri, zaini, quattro giacconi pesanti e kit di primo soccorso. Tutto rubato, ovviamente. Poi si passava alle armi, e su quelle non c'era niente da scherzare. Le armi erano armi, e grazie al cielo nessuno di noi si era mai trovato nella condizione di usarle. Avevamo rimediato un coltello a testa, presi direttamente dalle cucine dell'hotel, e tre coltellini più piccoli, simili a quello da campeggio di Scott.

Dove finisce l'attacco e inizia la difesa? In un branco ci si aiuta l'un l'altro, e ognuno pensa anche a se stesso. Noi eravamo una squadra creata a forza, uniti da qualcosa che andava oltre la semplice cortesia.

Ci legava il non sapere, la consapevolezza di essere all'interno di un rebus. Ci legavano gli Alfa e i Beta, insieme alla loro voglia di fermarci. Eravamo amici *potenziali* costretti a stare insieme, ma allo stesso tempo si stava creando un rapporto più solido.

E in una direzione o nell'altra ci stavamo trasformando in qualcosa. Assassini, probabilmente, nel momento stesso in cui l'unanimità aveva scelto quattro coltelli, di quattro diverse dimensioni. La scusa era etichettare quel gesto come "legittima difesa", ma in cuor nostro sapevamo che ci avrebbe cambiati. Perché non si reagisce così, da un giorno all'altro, decidendo di fare la guerra. Non ci si rialza mai da alcune esperienze. Non si supera l'essere invisibili, non si supera l'abbandono di una madre, non si supera un bel niente.

Si arriva al punto in cui sei sul ciglio del tuo limite e lo *devi* superare.

Pensavo a questo, mentre mi ritrovavo per l'ennesima volta tra due bagni, incastrata nel vano di un aereo troppo piccolo.

A essere sincera pensavo a tante cose assieme, e nessuna trasmetteva un barlume di speranza. Ero triste, malinconica e avvilita, come alla fine di una seconda infanzia.

Ci sono periodi di transizione nella vita di ognuno, e la mia prevedeva un bonus omaggio. Diventare invisibile mi aveva posta al di là di un muro, e da quel lato mi sentivo in trappola. Minacciata da una seconda ondata di fantasmi.

Odiavo quegli spettri.

I mostri sotto al letto, che da bambino credi di poter sconfiggere con una lampadina, quando sei invincibile, e i problemi cadono sulle spalle di mamma e papà. Da piccolo la morte non esiste, la parola *fine* non esiste.

Poi tutto cambia, e allora arriva la consapevolezza, la paura, la malinconia. E sopra ogni cosa: la perdita del controllo. L'ammettere a se stessi che da un momento all'altro ogni cosa può cambiare. I tuoi genitori non sono invincibili, le malattie esistono, il dolore esiste, e nulla, assolutamente nulla segue la tua volontà.

«Stai bene?», la voce di Christabel si fece largo tra una patina di sogni.

Eravamo spalla a spalla, nella fase di atterraggio all'Aeroporto Internazionale di Ushuaia. Per evitare curiosità indiscrete stavamo tutti incastrati sulla parte anteriore dell'aereo, l'unica a fornirci anche lo spazio davanti alla cabina di pilotaggio, oltre a quello tra i bagni. Se in due era difficile, in quattro era uno spostamento continuo.

Gli occhi di Christabel mi guardavano con rispetto. Sì, era quello: rispetto. Per qualsiasi cosa stessi vivendo, per qualsiasi pensiero mi stesse attraversando.

Annuii senza troppa convinzione. In realtà niente stava andando più storto del solito. Ci eravamo organizzati, e questo sembrava già un passo avanti. Tralasciando il coltello che tenevo incastrato nella cintura, sul resto si poteva sorvolare.

Avevamo un piano, e il nostro piano era di nuovo l'attesa. Volare dall'Ecuador a Ushuaia, e da là scovare il traghetto che ci avrebbe portati sull'Isola Navarino, direttamente a Puerto Williams. Sballottati da una parte all'altra, dentro e fuori. Sembrava di stare in una centrifuga.

Ma cosa potevamo fare? Esisteva il tasto STOP, volendo. Ma dopo, cosa sarebbe rimasto? Niente più esistenza corporea, niente più famiglia, niente vita di prima.

Stop.

Per sempre.

«Credi che cambierà?», mormorai a Christabel. Non riuscivo a vedere fuori dal finestrino, ma le orecchie fischiavano e l'aereo si stava abbassando. «Qualunque cosa sia… credi che cambierà?».

«Sinceramente?», rispose avvilita. «Non lo so».

Eccola lì, la stessa malinconia da impotenza. Una seconda infanzia spezzata.

«Continuo a pensare a mia madre», ammisi. «E a mia sorella. Continuo a ricordarle, un dettaglio dopo l'altro, e la cosa peggiore è sapere che potrebbero scomparire. Non intendo fisicamente, non così». Indicai distrattamente il mio corpo, come a sottolineare la nostra condizione. «Qui». Posai una mano sulla fronte. «*Qui* potrebbero scomparire, come io sono scomparsa per loro».

«Parli della memoria?», sussurrò lei. «Dei ricordi?».

«Se esiste una porcheria in grado di cancellare tutto, allora nulla ha più senso. Se da un momento all'altro mia madre può dimenticarmi, che senso ha lottare? Che senso ha vivere, stringere amicizie, amare? Che senso ha essere una figlia, Christabel? Cosa diavolo rimane, alla fine?».

«Mia nonna ha l'Alzheimer», raccontò. «E tanti problemi di memoria, anche prima che le somministrassero un aiuto in più. A volte tornavo a casa e lei mi prendeva per sua sorella, o ancora peggio per mia madre. Viviamo assieme da quando sono morti i miei genitori, ma dalla morte di una figlia non ci si riprende tanto facilmente. Credo che da quel momento il suo corpo abbia scelto di dimenticare».

«Non si ricordava di te? Anche prima dell'invisibilità?».

«Era confusa, ovattata. Io la aiutavo come potevo, seguivo le lezioni scolastiche con un insegnante privato, a casa, ma non sono mai stata troppo brava nelle altre relazioni sociali. È stata una mia scelta: nessuna classe, nessuna campanella all'intervallo, solo un'anziana da accudire. Dicevo a me stessa che lo facevo per la nonna, ma in realtà lo facevo per scappare. Il punto, Faith, è che la perdita della memoria è come la morte, e questo terrorizza anche me».

Ad ogni esperienza corrisponde una reazione.

C'era un motivo dietro al pessimismo di Christabel, così come c'era un motivo dietro al mio bisogno spasmodico di catturare i dettagli. Si cresce e si cambia, con tante di quelle cicatrici da far paura a chiunque. La verità è che molte di esse le dimentichiamo.

La nostra memoria muore ogni giorno, inconsapevolmente o per scelta.

«L'invisibilità c'è sempre stata», continuò Christabel. «Mi sono sempre sentita inconsistente. Ho anche avuto un ragazzo, sai?». Diventò rossa nell'esatto istante in cui lo disse. «Nathan Williams, conosciuto in piscina un paio di anni fa. È un ragazzo positivo, dinamico, innamorato della vita. Quando stava con me, era così *tanto* da non riuscire a vedere cos'ero io. Sono già stata invisibile, Faith, e da quel giorno anche io fatico a guardare il resto. Nuoto per non pensare, nuoto per disperazione, ha un effetto narcotico su di me, quasi alienante. Io il mondo non voglio vederlo».

«L'alienazione», ripetei piano. «Temo sia quello che cercano tutti».

La verità, forse, era il desiderio di non pensare. Nessuno poteva vedermi, così io guardavo gli altri, e in quella corsa scomposta distinguevo il terrore. La volontà di non fermarsi neppure per un secondo, di concentrarsi sull'inutile per paura dell'utile.

La nostra testa era bombardata costantemente da mille dettagli, di cui nessuno si rivelava davvero importante.

Luci, schermi, suoni, link, impulsi, tecnologia.

Cancellare. Cancellare il resto.

Era questo che faceva, la paura del non controllo? La consapevolezza della morte, l'ansia per l'imprevisto, per il fuori programma. Ci spingeva a voler rimuovere sempre più cose, spaventati dall'idea di doverle perdere?

Non amare neanche una volta per paura dell'abbandono.

Non vivere neanche una volta per paura della morte.

Prima o poi, mamma non mi avrebbe ricordata comunque. Ogni pianto, risata, litigio, erano momenti destinati a sparire. Ma da qualche parte, nel mondo, dovevano restare per forza.

«Dannazione», Christabel sussultò, mentre l'aereo vibrava sotto la spinta del vento. «Ho sempre odiato volare».

Spostai la mano sulla sua e la strinsi.

Poi sorrisi.

Contava come un gesto da amica, *volevo* che fosse un gesto da amica. Al diavolo il branco, eravamo persone. E forse un giorno avrebbero tolto la memoria anche a noi, forse un giorno lo avremmo dimenticato per noia, vecchiaia o scarsa concentrazione.

Ma nascoste nella linea del tempo, Faith e Christabel sarebbero rimaste. Io e mia madre saremmo rimaste, così come io e la mia sorellina senza nome.

Atterrammo quindici minuti più tardi e lasciammo defluire sul bordo della pista i venti passeggeri che ci facevano compagnia. Scott aveva dormito, ma Jared era rimasto sveglio per tutto il viaggio, in una posizione speculare alla nostra. La ruga sulla sua fronte indicava che aveva rimuginato parecchio.

Tornai con la mente alle parole della filastrocca. Fu un'esigenza dettata dal cuore, il tentativo ultimo per ripercorrere la strada di un tempo.

*Nell'erba alta c'è un nascondiglio…*

Si trattava di scendere e scoprire cosa ci aspettava. Capire come prendere una barca, e dove andare una volta arrivati a Puerto Williams.

*Un buco nero nero come la pece…*

Fuori l'aria si fece tagliente; fredda e affilata, come la lama di un coltello che non ero in grado di usare. L'aeroporto si sviluppava in larghezza, circondato dalla maestosità del cielo, così alto e spazioso da sembrare irreale. E noi, quattro puntini invisibili, stavamo al centro di quel mondo, colpiti dalle raffiche del vento. Eravamo gli unici a procedere, defilati rispetto agli altri passeggeri, ignorati da chiunque e cercati da nessuno.

Sentivo i brusii di stupore, le chiacchiere di ammirazione, e poi il *click* delle macchine fotografiche. Immagini, immagini e ancora immagini, quasi fosse necessario mettere subito una certa distanza tra se stessi e il paesaggio, utilizzando obiettivi e schermi come filtro. Un modo come un altro per restarne distaccati.

*E in quel buco tu ti nascondi. Protetta dall'erba, il mondo non ti vede. Il mondo ti ha perso, il mondo non ti vede…*

Arrivati al terminal, Scott e Christabel si allontanarono per cercare un punto informazioni. L'idea era quella di trovare qualche tabellone o brochure scritti in inglese e capire in che direzione muoversi. Era difficile orientarsi in un luogo tanto diverso dalla normalità, e la sensazione era quella di essere una foglia. Una di quelle foglie autunnali, sballottate qua e là dalle raffiche, che non riescono a decollare né a posarsi per terra. Semplicemente, assistono passive al loro movimento, mentre il resto del mondo va avanti.

Fu in quel momento che Jared si avvicinò.

Stringeva tra le mani un pezzo di carta e una penna presi da non so dove.

*E poi a un tratto sbuca un segugio.*

*Io ti cerco, io ti trovo…*

«Stai bene?», chiesi preoccupata.

«Sì», rispose piano. «O almeno credo». Socchiuse le palpebre contro la furia del vento. Stava per dire qualcosa, ma non ci riusciva. Teneva le mani in sospensione, le nocche leggermente serrate, e sembrava in bilico tra due volontà: parlare o tacere.

Sentii una stretta allo stomaco.

In quell'istante, Jared Price acquisì una nuova forma. Non più intrappolata all'interno di una fotografia, ma dinamica, colorata e reale.

«Ho sentito il tuo discorso con Christabel», disse alla fine. «Non volevo origliare, è solo che… è maledettamente difficile farsi gli affari propri in questa condizione». Controllò che non fossi arrabbiata prima di continuare. «Tua madre, sua nonna, Tommy. Io non riesco, Faith. *Non riesco* ad arrendermi all'idea. Ho paura di dimenticarvi, io odio dimenticare».

«Jared…».

«Posso disegnarti una cosa?». Sollevò il foglio e chiese il permesso. Lì per lì non capii, ma quando si avvicinò realizzai che aveva bisogno di un punto d'appoggio.

Mi girai di lato e gli offrii la mia spalla per osservarlo mentre tracciava una serie di linee.

La mia attenzione si spostò dalla penna alle sue dita.

Si muovevano sicure, stavolta, senza timori o esitazioni. Aveva delle belle mani.

La considerazione uscì fuori da sola, sotto forma di pensiero, e quando tornai al foglio notai che aveva disegnato qualcosa.

Era un cerchio un po' traballante, ma l'immagine era chiara: una bussola molto stilizzata, con indicati i quattro punti cardinali. Nord, Sud, Ovest, Est. Sotto, Jared aveva scritto il suo nome in stampatello, anche se l'inchiostro aveva leggermente sbavato sulla lettera D. Era molto diversa dalla raffigurazione elaborata della Rosa dei Venti presente sui biglietti dell'uomo in nero. Anche se il soggetto era simile, quella era talmente perfetta da sembrare irreale, come tutto ciò che riguardava l'uomo in nero e l'Illusionista. Questa, invece, raffigurava un oggetto, sembrava normale, spontanea. *Vera.*

«Tieni», disse risoluto. Piegò il foglio in quattro parti e me lo porse. «Mettilo in tasca, ok? Così starà al sicuro».

*Io ti guardo, io ti vedo…*

«Cos'è?», mormorai. Nascosi un sorriso triste. «Non ne hai abbastanza di bussole?».

«*Questa* è diversa. Faith, questa è importante. Sembra stupido, lo so. Ma per favore, tienila con te. È una cosa che riguarda i miei genitori».

Mi colse in contropiede. Provai ad avvicinarmi, e l'istinto fu reciproco. Alla fine ci trovammo a metà strada, a condividere la pesantezza di un'assenza comune.

Due foglie.

E nessuna direzione.

«Quando ero piccolo, mamma e papà me lo dicevano sempre», sussurrò, «di ritrovare me stesso, intendo. Perché vedi, io ero piuttosto bravo a perdere l'orientamento, per strada e nella vita. Loro mi hanno insegnato quanto sia importante avere un centro, un Nord che sia solo tuo. E ora siamo pieni di coordinate e Rose dei Venti, me ne rendo conto, ma ho bisogno di credere che l'ago di questa bussola, il significato di questo disegno, sia una cosa che appartiene solo a me». Accompagnò le mie dita sul foglio, esattamente sopra la N che indicava il Nord. «Questa sei tu. La tua realtà, la tua vera essenza, il tuo io. Tu sei il Nord. E non importa quanto il cielo possa essere scuro, non importa la luce delle stelle o il mare in burrasca. Tu esisterai sempre, e il tuo ago, la tua bussola interiore, indicherà dove sei». Si fermò, la voce leggermente incrinata. «Per i miei genitori era importante, loro volevano che io mi trovassi, che sapessi chi ero. E ora sono io a volerlo con te. Faith, ho bisogno di sapere che mi ricorderai. Se mai ti iniettassero un siero in testa, so che non sarà questa scritta a farti rinsavire, so che non sarà il mio nome a farti ricordare, ma ti prego… Faith, posso condividere il tuo Nord? Su questa bussola, possiamo essere il Nord *insieme*? Così, quando troverai te stessa… ritroverai anche me. Ovunque, con o senza memoria».

Incurvò leggermente le labbra, e a quel punto lo abbracciai. Affondai il viso nel suo cappotto e strinsi il foglio per riflesso.

*Io ti guardo, io ti vedo….*

Non volevo più un'immagine.

Cercavo lui.

Essenza. Affetto. Memoria.

«Ce la faremo», disse. Le sue braccia mi avvolsero. «In un modo o nell'altro, Faith, ce la faremo».

*E alla fine… Siamo insieme.*

# Venti

Quel paesaggio era irreale. Sembrava una cartolina.

Il battello che da Ushuaia ci stava portando a Puerto Williams galleggiava sull'acqua come se non la toccasse. Sotto di noi c'era il mare profondo e scuro, un intreccio di colori che dal blu si mescolava al nero, per esplodere infine nei toni del verde.

Il cielo era alto, libero, per la prima volta non *limite* ma *espansione*. Guardavi in su, attraverso l'azzurro, ed eri convinto di poter proseguire. Ne seguii i tratti fino a uno stormo di uccelli marini, che girava in tondo sopra la barca: erano così diversi dal piccolo colibrì che avevo visto in Ecuador.

Le montagne circondavano la città portuale come una madre protettiva, rivelando il verde dei boschi e l'ombra di casette gentili.

Si sentiva il Sud. Era una sensazione sulla punta della lingua, enfatizzata dal vento deciso, pungente e spigoloso dell'Antartide.

La sensazione era quella di essersi spinti oltre, almeno per me, che dalla mia piccola casa a Edimburgo scorgevo solo la sagoma dei tetti e la pesantezza delle nuvole. Quel luogo andava oltre le terre sconfinate della Scozia, oltre i palazzi di Londra, *oltre* e basta. E più vedevo, più guardavo con avidità tutto quello che mi circondava, consapevole di quanto fossi invisibile.

C'erano pochi turisti a percorrere la traversata, ma per ognuno di loro noi eravamo aria. Quattro esistenze fumose su cui nessuno posava lo sguardo. Raccolti sul fianco del battello, eravamo il dettaglio mancante di ogni scatto, l'immagine assente sullo sfondo, il ricordo cancellato. Eravamo la verità che tutti cercano di occultare e che, alla fine, occultano davvero.

Di nuovo, in quel mondo frettoloso, percepivo la volontà di mettere filtri. Fotografie, parole, schiamazzi, addirittura telefonate. Ma che razza di linea prendeva ai piedi del globo?

La verità è che la natura di quel paesaggio confondeva, e non solo per la sua bellezza mozzafiato.

Spaventava terribilmente.

Perché la natura è eterna, a differenza nostra. Noi, in qualsiasi momento, possiamo fermarci, soccombere e dimenticare.

«Occhi aperti», disse Jared, le mani strette attorno al parapetto. «Da questo momento in poi potrebbero essere ovunque».

La barca entrò nel porto con una serie di manovre poco aggraziate, sballottando tutti qua e là. Malgrado la nostra angoscia crescente, Puerto Williams sonnecchiava sotto il suo cielo, e nessun losco individuo degli Alfa o dei Beta si aggirava in attesa di ucciderci.

Nessuno, a parte uno.

«Ma come diavolo...», perfino a Scott s'incrinò la voce.

«È una persecuzione», soffiò Christabel. «Peggio

della iella. Quel tizio, quel…». Liberò un suono rauco direttamente dalla gola. «Ci sta monitorando. Ne siamo consapevoli, vero? Lui, o chi per lui, non può sapere sempre dove siamo».

Coppola in testa, scarpe scure, dita intrecciate su un cappotto rétro, l'uomo in nero stava in attesa all'ingresso del porto, pennellata dolente all'interno di un quadro apparentemente perfetto.

Era visibile e, a differenza dell'incontro in Ecuador, attirò lo sguardo di qualche turista, ma nel suo anonimato c'era abilità, qualcosa che, malgrado l'abbigliamento singolare e il mutismo perenne, spingeva la gente a ignorarlo.

Le lenti, però, le indossava. Così come gli apparecchi acustici, necessari per sentire le nostre suppliche. Era una macchina fredda e calcolatrice, ma pur sempre una macchina umana.

«Non agisce da solo», decretai alla fine. L'addetto ai lavori sistemò la scaletta di collegamento, e i pochi passeggeri si ammassarono subito sulla terraferma. «Questo è evidente. Oltre all'Illusionista, dico. Non abbiamo addosso microchip, o almeno credo. Perciò qualcuno deve averci spiati all'aeroporto, per poi riferire su quale battello fossimo».

«Servizi segreti?», azzardò Scott, squadrandolo di sottecchi. «Di cosa stiamo parlando esattamente? Abbiamo un Illusionista come capo banda, un tirapiedi che ci segue dappertutto, e uomini sotto copertura a riferire i nostri spostamenti».

«Servizi segreti?», replicò Christabel. «Parli sul serio? Siamo in un maledetto film di spionaggio? Ma che razza di dipartimento farebbe mai tutto ciò? È un gioco dell'oca senza capo né coda, e ancora non sappiamo come *questo* sia possibile».

Il *questo* si riferiva ogni volta al nostro corpo. Al fatto di essere evanescenti, irreali, e trascurabili. Il motivo scientifico per cui la materia, d'un tratto, può sparire nel nulla.

«Jared, vedi qualcuno?», tagliai corto.

Era inutile discuterne, tanto le risposte non arrivavano mai. I passeggeri stavano scaricando le ultime valigie, e la barca avrebbe lasciato la banchina a breve. Dovevamo sbrigarci.

«Nessun volto noto, almeno nei paraggi». In mancanza di un binocolo, la sua vista fece il possibile.

Scendemmo in fila indiana, ben attenti a non fare oscillare troppo la scaletta. Come sempre, l'uomo in nero ci attese senza dire una parola, e di tanto in tanto lanciò anche qualche occhiata all'orologio da polso.

«Vai di fretta?», ringhiò Christabel.

Il vento caparbio le scompigliava i capelli, ma la matita, stoica, continuava a resistere.

«Abbiamo un pugno in sospeso noi due», si fece avanti Scott. Gonfiò il petto con fare minaccioso, ma la risposta fu un semplice biglietto di carta.

Sembrava di parlare con una marionetta. I fili di quell'individuo erano impostati sugli stessi gesti di sempre. Espressione neutra, sorriso di cortesia, consegna dei messaggi. Certo, da una parte non poteva mettersi a conversare col nulla, a quel punto sì che avrebbe destato sospetti, per quanto, anche consegnare biglietti al vento…

Ma dall'altra era meticoloso, calcolato… spaventoso.

Afferrai il biglietto al posto di Scott e serrai le labbra. Lo aprii così, davanti ai suoi occhi, mentre Jared continuava a guardarci le spalle. Puerto Williams non sarebbe stata la replica di Quito, non eravamo così sprovveduti. Nessuna squadra Beta a interrompere l'incontro.

La grafia, sempre la stessa, stavolta aveva qualcosa di nuovo:

*Cerro Bandera*
*– 3 ore*
*Per la soluzione, il premio*

«Queste non sono coordinate», obiettai. Tremavo dalla testa ai piedi, freddo e rabbia messi assieme. «Cosa dobbiamo fare? Devi dircelo», alzai la voce fino a urlare. «Cosa vuoi da noi?».

L'uomo in nero spostò guanti e maniche, guardando di nuovo l'orologio.

«Lo prendo a pugni», decise Scott.

«No aspetta, Scott! *Scott!*», Jared lo trattenne per la vita, per quanto fosse difficile contrastare i suoi muscoli. «Non ci dirà niente, fermati, per la miseria».

«Meglio un muto morto che un muto vivo», si ribellò lui.

«Vuoi piantarla? Scott».

«Ma tu da che parte stai? Ci porterà alla tomba, questo bastardo, e tutto per colpa nostra che lo assecondiamo!».

«Il biglietto ha un senso», sbraitò Jared. Lo strattonò per il giaccone. «Sta'… fermo! Il messaggio ha un senso».

Senza fare una piega, l'uomo in nero tamburellò tre volte sul quadrante dell'orologio. Poi tolse il cappello, salutò, e imboccò la via principale, che dal porto saliva verso la città.

«Sta andando via», tuonò Scott. Si liberò dalla presa

di Jared e iniziò a gesticolare. «Lo lasciamo scappare? Di nuovo?». Puntò il dito contro la sagoma in lontananza. «Ma dico, siete scemi? Qui dobbiamo mettere ai voti delle priorità, va trovata una soluzione».

«Vuoi stare zitto?», Jared era furioso. «Abbiamo già discusso su questo punto, ammazzarlo di botte non porterebbe a niente, non è lui l'anello debole!».

«Te la stai facendo sotto?».

«Ma quanto sei ottuso? Cosa credi di risolvere, sentiamo! Non dice una parola, non è lui che comanda. Questo comanda», mi tolse il biglietto sventolandolo in aria. «L'Illusionista comanda, prendi a pugni lui se proprio ci tieni. Stupido idiota».

«Abbiamo finito?», gridò Christabel. «Ne ho abbastanza della vostra lotta al testosterone. Che cosa significa?». Afferrò il foglietto per ultima, quasi completando il giro dell'amicizia. «L'hai capito, giusto? Fantastico. Che accidenti vuol dire?».

Eravamo bravissimi a ideare piani nelle camere d'albergo, ma delle autentiche frane nelle decisioni sul campo. Appuntai questo problema alla categoria "miglioramento" e urlai a mia volta, decisa a rendere onore ai toni alti della conversazione.

«Non sono coordinate», ripetei.

«Perché stai gridando?», protestò Scott.

«Perché urli tu», lo rimbeccai. Istintivamente salii sulle punte. Tra lui e Jared dovevo fare l'equilibrista per guardarli negli occhi.

«E allora facciamo pace», sbraitò lui.

«D'accordo», gridai.

Acquietati gli animi, tornai a impossessarmi del biglietto, che ormai era quasi carta straccia. «Ricordate la

Rosa dei Venti? Il nostro centro, il nostro punto di partenza, era Quito. Stiamo seguendo una mappa immaginaria che ci ha portati fin qui, nel punto abitato più a Sud rispetto a dove eravamo. L'uomo in nero non vuole mostrarci nuove coordinate, ma un punto da raggiungere all'interno della città».

«Lui decide le mete, lui decide i premi», insistette Jared. «L'Illusionista ci sta indicando il *premio*. Ascoltatemi, dannazione». Indicò la prima scritta. «So cos'è Cerro Bandera, l'ho letto su Internet quando abbiamo fatto le nostre ricerche. *Quello* è Cerro Bandera».

Indicò la montagna che si affacciava su Puerto Williams. Non era altissima, ma suggestiva, e interamente ricoperta di vegetazione.

«Cerro Bandera, meno tre ore», lesse concitato. «Per la soluzione, il premio».

«La montagna», ragionai con lui. «Abbiamo solo tre ore per... arrivare alla montagna. Alla cima della montagna? Per la soluzione e il premio».

«Ovvero: per avere la soluzione, dovete prendere il premio». Jared ci guardò con una certa urgenza. «Capite adesso? Puerto Williams è una sorta di prima tappa, e lassù possiamo scoprire cosa ci è successo».

«Al diavolo», si lamentò Scott. «Saranno almeno tremila le risposte che cerco».

«Una basta, per iniziare».

«Concordo», gli fece eco Christabel. «Ma dobbiamo stabilire un piano».

«Santo cielo», sospirò Scott. «Non c'è tempo per...».

«No, ha ragione», lo interruppi. «Sapete bene chi troveremo lassù. Sono arrivati prima, e hanno avuto più tempo per organizzarsi. Non credo che il nostro premio sia uguale al loro, ma di una cosa sono certa: questo conto alla rovescia è stato regolato anche sulle nostre tempistiche».

Ci stavano aspettando, era evidente. Chiunque avesse ideato la gara, voleva che noi ne fossimo parte attiva.

«Cosa facciamo se incontriamo gli Alfa e i Beta?», domandò Christabel.

«Ci difendiamo», concordammo all'unisono.

«E cosa facciamo se troviamo l'Illusionista?».

La vera domanda era: lo prendiamo a botte come Scott vuole fare con l'uomo in nero?

Nessuno rispose, ma automaticamente le mani di tutti andarono ai coltelli.

# Ventuno

Non fu semplice trovare le indicazioni per il sentiero.

Puerto Williams era un'incognita per noi, nessuno sapeva dove andare o come arrivarci. Ero così lontana da casa che a volte, se ci pensavo troppo, mi girava la testa.

Quel mondo era straniero. L'aria, il vento, il colore degli alberi: nulla corrispondeva alla realtà che conoscevo io, come se d'un tratto anche il resto fosse diventato invisibile.

Avevamo tre ore per raggiungere il premio, e il cartello che stabiliva l'inizio della passeggiata indicava un tempo di percorrenza di poco superiore. Dovevamo sbrigarci.

«D'ora in poi è meglio non parlare», sussurrò Jared.

L'idea fu condivisa, perché quel sentiero portava dritto nelle fauci del nemico. E nessuno sapeva dove si nascondessero le altre squadre, tantomeno dove fosse l'Illusionista. Conoscevamo sempre e solo l'essenziale.

Seguire i biglietti. Cambiare zona. Cercare il premio.

Cosa ci spinge esattamente ad andare avanti? Perché nella vita di tutti i giorni servono sempre motivazioni di spessore, mentre quando uno è nei guai basta anche la più piccola speranza?

Mi aggrappavo al nulla e ne ero consapevole. Ma

quel nulla sembrava così solido, essenziale, da bastare per una vita intera.

Affondai la mano in tasca e cercai il foglio di Jared. Ne seguii i contorni coi polpastrelli, controllando che fosse sempre lì. La paura di perderlo superava di gran lunga quella di non ricordare più nulla. Riversavo in quell'oggetto il significato di un Nord condiviso, tracciandolo come una linea immaginaria, tatuata nel cuore.

Resta. Restiamo. Per non dimenticare mai.

Andai avanti così, con un piede davanti all'altro, seguendo salite e discese di una strada tortuosa. L'erba lasciò il posto ai ciottoli, poi al fango, e infine ai sassi. Era un terreno sempre diverso, in costante mutamento, e i parallelismi con la nostra condizione si sprecavano.

La parte peggiore fu il bosco. Là sotto, circondati da tronchi nodosi, anche respirare sembrava un rischio estremo. Era una vegetazione mai vista prima, composta da alberi che ricordavano i faggi, con le foglie verdi e dentate; di tanto in tanto spiccava qualche strana bacca, simile a una noce piatta o a qualche genere di frutta secca. Camminavamo in fila indiana, diligenti come bambini in gita alle elementari. Christabel stava in testa al gruppo e, dopo due ore buone, era anche l'unica senza il fiatone. Ricordai le sue allusioni al nuoto e pensai che a volte lo sport può fare davvero bene.

«Questa è l'ultima», ci ammonì Scott estraendo una bottiglia di plastica.

Assurdo, stava facendo l'inventario come una Giovane Marmotta.

«Io mi chiedo», borbottò Christabel a bassa voce, «cosa del concetto "è meglio non parlare" non ti sia sufficientemente chiaro. E poi tu non eri quello che faceva arrampicata? Stai entrando in iperventilazione, tieni almeno la bocca chiusa».

Durante la scalata, Scott aveva rivelato un'autonomia di circa dieci minuti. Per nove riusciva a stare zitto, anche se a fatica, ma allo scoccare del decimo, puntuale come un orologio, doveva dire qualcosa. Qualsiasi cosa.

Gli sorrisi. Era il mio compagno di passeggiata, avevamo la stessa andatura. Bevvi un sorso, rificcai la bottiglia nel suo zaino e lo spronai ad andare avanti.

«Non abbiamo abbastanza acqua», si lamentò a denti stretti. «E comunque non sto ansimando, sono solo fuori allenamento. Questa strada non finisce mai».

L'ultima cernita di bottiglie d'acqua era stata fatta a Ushuaia prima di partire. E tutto grazie a Jared, che in Ecuador si era ricordato di rubarle, delle bottiglie d'acqua, dandoci così la possibilità di bere.

«Non c'era tempo per riempire le bottiglie», bisbigliai. «Siamo già in ritardo sulla tabella di marcia».

«Sì, ma moriremo di sete», sussurrò di rimando.

«Questa è una frase da Christabel», replicai. «Non sei tu quello ottimista?».

«Cosa è una frase da Christabel?». La Christabel in questione frenò, e anche in quel caso ci volle almeno un minuto per raggiungerla.

«È bello essere ascoltati», borbottò Jared da sotto la sciarpa. «Il mio suggerimento di non parlare aveva un senso, sapete? Perché siamo in uno stramaledetto bosco di cui non sappiamo assolutamente nul...».

«*Cosa è una frase da Christabel?*». Niente da fare. A ognuno le sue priorità.

«Parlavo di pessimismo e ottimismo», spiegai tenendo i toni bassissimi.

Le foglie scricchiolavano sotto ai piedi. Era un déjà-vu della foresta di Biancaneve, dove ogni ramo sembrava un braccio pronto a colpire. Cercai la luce del sole, ma trovai solo un cielo argentato, che rifletteva i colori della vicina Antartide.

«L'acqua è l'ultimo dei nostri problemi», ringhiò Christabel. Agguantò lo zaino di Scott, come a marcare il concetto. «Abbiamo più probabilità di morire assassinati che disidratati».

«Pessimismo», calcai di nuovo la mano.

Anche gli alberi scricchiolavano. Erano suoni sinistri, improvvisi, che facevano venire la pelle d'oca.

«Dovevamo riempire le borracce», insistette Scott. «Prima di iniziare la salita. Continuo a dire che in questa squadra vanno decise nuove regole. Fosse per te, ogni minuto è buono per avere iella».

«Infatti è così. La vita me ne dà costantemente conferma».

Le diede conferma anche quel giorno, perché al coro di scricchiolii si aggiunse un rumore nuovo, marcato, e tremendamente costante per essere naturale.

«*Shh*», disse Jared.

Stavolta nessun suggerimento, era un ordine.

«Cos'è?», si allarmò Scott.

«Il vento?». Christabel era dubbiosa.

No, troppo vicino. Conoscevo quella cadenza, aveva qualcosa di familiare. Uno, due, uno, due. Tre, quattro, tre, quattro.

«Passi». Indietreggiai.

Oltre la curva, qualcuno stava venendo verso di noi. E non c'era tempo per nascondersi, solo per sperare che fosse un turista qualsiasi, un escursionista incapace di vederci. Ma Christabel aveva ragione: la iella sa essere tremendamente crudele.

«Tu guarda», si illuminò la prima sagoma.

Riconobbi subito i suoi rasta, e anche i denti storti. La Linette dell'aeroporto, quella che avevamo ritrovato anche a Quito, si materializzò anche lì, nel punto più sperduto del mondo. Al suo fianco, con movenze nettamente più scoordinate, c'era Denis.

Entrambi tenevano in mano un cesto pieno di foglie, bacche e piccoli frutti. Probabilmente stavano facendo rifornimento. E gli altri due dov'erano? Già in cima? Erano talmente sicuri di farcela da essersi divisi?

«Ce n'è voluto di tempo», continuò Linette.

Il suo sguardo scivolò subito sul coltello di Jared. Lui e Scott non ci avevano messo un secondo a estrarlo. I miei occhi, invece, erano puntati su Denis, che non la smetteva di fissarmi.

Istintivamente cercai la protezione del tronco più vicino. Denis mi inquietava, non riusciva mai a stare fermo, e sicuramente si era legato al dito le mie minacce nei vicoli di Quito.

«La cima è piuttosto in là, sapete?», disse Linette. Finse indifferenza e scavò nel cesto, alla ricerca di qualche bacca. Poi ne mangiò una, rigirandola tra le dita sporche. Parlava, ma non la smetteva di controllare le nostre armi. «E cosa sarà mai il vostro premio?».

«Quella», si agitò Denis indicandomi.

«Che c'è?» chiese lei infastidita. «Sì, sono gli stessi da cui ti sei fatto fregare. Tranne una, la bionda era a nanna quel giorno».

«Quella la voglio morta».

«Non è il caso, Den, non adesso», lo fermò. «E poi

piantala di portare rancore, immagino siano stati i due bodyguard laggiù a riempirti di botte».

«Sì, ma lei mi ha *sfidato*». Denis fece schioccare la lingua. Si muoveva come una iena attorno alla carcassa. «L'ho guardata negli occhi, quando mi parlava. *Lei* batteva con quel tubo, *lei* mi ha sfidato. Io lo so che vuole la guerra».

Di fatto però erano in minoranza, e i nostri coltelli incutevano parecchio timore. Probabilmente anche Linette era armata, ma nessuna traccia di Sachi e Raymond. Soprattutto di Raymond, il loro asso nella manica.

«Io quella la voglio morta», ripeté Denis.

«Faith, vattene», Jared mi spinse indietro, oltre l'albero a cui ero attaccata.

«Solo per capire», si fece avanti Scott rivolto a Jared. «È ancora sotto i magici effetti della droga, secondo te? Sei tu l'esperto».

«È sotto i magici effetti del rancore», rispose Jared.

E proprio di quello si trattava. A Denis non importava la maggioranza numerica, tantomeno le armi. Lui ricordava un episodio soltanto, e in quell'episodio c'ero io, a minacciarlo con un tubo di metallo.

«Lascia perdere», lo implorò Linette. «Denis, *lascia perdere*».

«Io quella la voglio morta!».

«Denis!».

Lui non ascoltò. Si buttò addosso a Jared con la furia di un ciclone, a testa bassa, colpendolo al centro esatto dello sterno. Ragionava come un cavallo imbizzarrito, non c'erano regole nei suoi movimenti, nessuna esitazione. Per arrivare a me, doveva liberarsi di lui. Era un toro davanti al colore rosso.

*Io* ero il colore rosso.

Jared finì a terra, Scott si buttò su entrambi, e Linette lasciò cadere il cesto, improvvisamente nel panico.

In quella frazione di secondo, mentre Christabel mi trascinava via, colsi la differenza.

Linette non era Abigail. Sul suo viso apparve qualcosa di nuovo, qualcosa che aveva a che fare col dubbio. E anche con l'affetto.

«Denis», strillò.

Prese lo stesso coltellino dell'aeroporto e si lanciò ad aiutare il compagno.

«Faith, vattene!».

Ancora la voce di Jared. Nella mischia, lui e Scott avevano la meglio, e forse riversavano sull'avversario tutte le botte risparmiate all'uomo in nero.

Ecco fatto. In quel momento la sintonia dei due Gamma era alle stelle.

«Va' via, vattene!», gridò ancora.

Ma andare dove, per la miseria?

Quando Linette si unì all'azzuffata, lasciai cadere lo zaino, e l'istinto fu quello di intervenire. Al diavolo, eravamo in maggioranza, non potevamo soccombere. Ma più mi avvicinavo, più Denis perdeva la testa.

«Faith, segui la strada», tagliò corto Christabel. Mi afferrò per un braccio e mi trascinò lontano.

«Cosa fai?», sbraitai divincolandomi. «Christabel. *Christabel!*».

Che cavolo, non ero l'agnellino sacrificale da proteggere, là tutti volevano sopraffare tutti.

«Segui la strada». Le sue labbra schioccarono. «Faith, quel ragazzo è impazzito. Sei tu a scatenare la sua furia, vai via».

«Jared e Scott», ringhiai. «Dobbiamo aiutarli, cosa stai facendo?».

«Linette non vuole combattere! Sei il tasto ON di Denis, è questo che Jared sta cercando di dirti. Segui la strada, sparisci dalla sua vista per un attimo». Si voltò, a solo qualche metro si stava scatenando l'inferno.

«Io a te ti ammazzo», urlava Denis tra un pugno e l'altro. La cosa stava diventando seria. «A te ti ammazzo!».

«Là», indicò Christabel spingendomi via. Era sulle spine, e allo stesso tempo cercava di chiedermi scusa. «Il percorso è segnato, Faith, ti raggiungo tra un secondo. Prova a sparire dalla sua vista, magari si calma».

Mi arrabbiai.

Fu la prima reazione sensata.

Mi infuriai da morire, ma ascoltai il suo consiglio. Se quel maledetto Denis non sapeva rinsavire da solo, allora non avevo alternative. Il colore rosso doveva sparire. Di nuovo.

Al diavolo.

Seguii la strada da cui erano comparsi i Beta, superai la curva e poi salii ancora e ancora, fino ad arrampicarmi su due massi appuntiti. La foresta si diradava per poi ricomporsi, e le ginocchia iniziavano a protestare.

Non sapevo quanto lontano fosse il concetto di *vattene*, ma la rabbia mi spinse ben oltre. Distanziai gli altri e a uno a uno li maledissi, per colpe non meglio definite.

Alla fine volevo solo maledire me stessa per non essere rimasta.

Ero invisibile anche da quella prospettiva?

Invisibile nelle azioni, invisibile nell'utilità?

Denis le aveva meritate quelle minacce, ed ero stata

fin troppo caritatevole. Lui conosceva cose a me nascoste, lui me lo doveva!

Mi fermai col cuore in gola. Decisamente, mi ero allontanata troppo, da qualche parte, verso un *su* a caso, fin troppo distante.

Il fiato grattava nel petto, insieme all'orgoglio e a una sensazione più strana. L'improvvisa volontà di diventare qualcosa di diverso da quello che ero.

Più cattiva.

Fu allora che qualcuno urlò.

«Oddio», rantolai.

Il pensiero andò subito a Denis, ma la voce mi era sembrata troppo vicina per essere la sua.

Eppure nessuno mi stava seguendo, e perfino i rumori della rissa erano spariti da un po'. Solo vento, umidità e tensione.

Il grido fu seguito da un tonfo, e la terra parve vibrare.

Abbandonai la strada battuta e creai un varco tra la vegetazione, terrorizzata all'idea che Jared, Christabel o Scott si stessero trascinando dietro l'intera squadra Beta.

Qualcun altro stava facendo a botte.

Incontrai la loro furia quasi per caso, ma in quel momento, lenti a contatto o meno, per loro ero il minore dei problemi.

Là, da qualche parte vicino alla punta agognata di Cerro Bandera, due colossi si stavano fronteggiando tra i rami.

Uno era Raymond, la carta vincente dei Beta.

L'altro era Ephraim, il mio incubo peggiore.

# Ventidue

Lì per lì restai paralizzata.

Il primo istinto fu quello di tornare indietro, recuperare gli altri e darcela a gambe fino al porto. Poi c'era l'altra Faith, quella stanca e arrabbiata, che non vedeva l'ora di sfogare la sua frustrazione su qualcuno. E che sapeva, nella parte più remota del cuore, che da quel gioco non sarebbe uscita vittoriosa.

Così avanzai come una furia, le orecchie in ascolto e la mano sul coltello. Non conoscevo un modo giusto per usarlo, ma ipotizzai che non ci fosse molta differenza pratica nel puntarlo contro una carota, una zucchina o un essere umano. I cuochi sarebbero stati ottimi assassini, per non parlare dei macellai.

Ephraim e Raymond neanche mi notarono. Il primo accusava una serie di pugni, sdraiato a pancia in su nel terriccio. La sua gamba era incastrata tra una radice e un masso, motivo per cui Raymond stava avendo la meglio.

Poco più in là c'era un coltello, abbandonato nell'erba verde, che probabilmente apparteneva al disarmato Ephraim. Era una lama rifinita, non un rozzo strumento da cucina, e questo sottolineava ancora una volta i vantaggi degli Alfa.

Ma nessuna arma è utile a venti metri di distanza. Soprattutto se la tua gamba è bloccata e non riesci neppure a ruotare il bacino.

Questo lo sapevo io e lo sapeva Raymond, che non perse neppure un secondo. Anche il suo coltello era caduto, ma non troppo lontano, e questo gli permise di riprenderlo e impugnarlo a due mani.

Fu una questione di secondi.

Cinque passi per me, un'unica affondata per lui.

Non mi importava nulla di Ephraim, era uno sconosciuto crudele e calcolatore, che mi terrorizzava tanto quanto Abigail. Ancor meno avvertivo affinità con Raymond, compagno di un drogato e di una bimba pazzoide. Ma dovevo segnare un limite tra me e loro, una linea di demarcazione che indicasse chi ero *io* e chi erano *loro*.

Non sarei stata spettatrice di un omicidio, non quel giorno. Io ero Faith, avevo una sorella in procinto di nascere, credevo nei dettagli, nelle fotografie e nel riscatto. Credevo di poter cambiare una volta per tutte, e fermarmi, instaurare dei legami, una vita reale.

Tenevo in tasca una bussola con un Nord condiviso, e in quel Nord non c'era spazio per l'indifferenza; solo per la reazione.

«No», ringhiai, afferrando un ramo nodoso e pesante.

Fu difficile sollevarlo, considerando anche che in una mano stringevo il mio coltello, ma l'adrenalina fece miracoli. Lo portai fin sopra la testa e, proprio mentre Raymond si voltava a guardarmi, lo scagliai contro la sua nuca con una forza tale che alla fine si sbilanciò il ramo e mi sbilanciai io, finendo dritta per terra.

Sapevo poco di anatomia umana, ma quando Raymond non si rialzò fui scossa da un'ondata di panico.

Dove lo avevo colpito esattamente? Quanta forza avevo messo nelle braccia?

Indietreggiai all'istante gattonando, mentre Ephraim si liberava dal peso morto dell'avversario. Tornò seduto, rubò l'arma di Raymond e staccò con rabbia la radice che lo teneva bloccato.

Mi alzai in piedi, ginocchia tremanti e coltello stretto in pugno. Il ramo, per mancanza di forze, rimase a terra.

Lo sguardo vagava dal viso di Raymond al suo petto, nel disperato tentativo di coglierne il respiro.

Provai a calcolare quanti passi mi separavano dal sentiero principale, ma non sarei stata abbastanza veloce. Così agguantai anche il coltello di Ephraim, a pochi passi da me, e decisi per la mossa più ridicola: minacciarlo con due armi, di cui una era sua.

Lui non si alzò neppure. Rimase a gambe incrociate accanto al corpo del Beta, squadrandomi da sotto in su. Il suo viso dondolava tra perplessità e ammirazione.

«Caschetto!», si stupì alla fine.

«Non ti avvicinare», risposi.

«Non mi sto avvicinando», disse serafico.

Provai a nascondere il tremito alle mani. La presa sui coltelli era così instabile che anche il vento rischiava di portarmeli via.

«Mettilo giù», ordinai, indicando la lama con cui si era liberato.

«Questo?», Ephraim sollevò il coltello di Raymond. Lo fece ruotare tre volte e poi lo poggiò a terra. «Fatto».

«Bene», replicai tra i denti. Controllai a destra, a sinistra, e iniziai ad allontanarmi. I piedi già puntavano la via da cui ero arrivata, ansiosi di tornare dagli altri e terrorizzati all'idea di scoprire cosa fosse accaduto.

Gli Alfa erano in circolazione, e contro di loro non bastavano i pugni di Jared e Scott.

«Da quanto siete arrivati?», chiese Ephraim mettendosi in piedi.

«Ti ho detto di non avvicinarti», ringhiai.

«Non mi sto avvicinando», ripeté. Alzò le mani sopra la testa con fare strafottente e rimase in bella mostra. Forse era l'altezza, o forse erano il fisico e la sicurezza con cui si poneva, ma aveva la capacità di farmi sentire minuscola. Ero terrorizzata dagli Alfa.

«Sai», continuò tranquillo, «ci sono diverse scommesse su di voi. Io ad esempio pensavo non sareste venuti».

«Scommesse?», esitai. «E che genere di scommesse sarebbero?».

C'era la concreta possibilità che stesse solo cercando di distrarmi, ma in quel momento ricordai la corda di Jared, il doppio binario a cui sono legati vittima e carnefice. Se uno tira, l'altro cade. E io potevo giocarla a mio favore, cercare di estrapolare da quel ragazzo le informazioni che cercavo.

«Non sono affari tuoi», Ephraim sorrise. «Però mi hai appena fatto perdere dei soldi».

«Neanche questi sono affari miei», sbottai a tono.

«Touché. A pensarci bene non abbiamo affari in comune, io e te. Ad esempio non dovrebbe importarmi il fatto che con quei coltelli non ci taglieresti neppure il pollo».

«So usare i rami, se t'interessa».

«Eccome!», rise. «Ottimo spirito di adattamento, non me lo sarei aspettato neanche da un boscaiolo».

Faccia tosta.

Era facile per lui, ma io ero stufa di avere a che fare

con giochetti simili. Stufa marcia di adattarmi alla semplicità sonnacchiosa di quella gente, che *sapeva* alle mie spalle, che *conosceva* rischi e regole, che se ne strafotteva di mia madre, delle mie lacrime, della *nostra* solitudine.

«Vuoi fare una domanda», stuzzicò Ephraim. «Avanti, falla. Ma sceglila bene, caschetto. Non arriveranno tutte le risposte, da me».

«Credi davvero che io… voglia farti una domanda?». Imitai la sua voce odiosa. «Una domanda? Lo sai cosa mi è successo. Sai benissimo perché sono invisibile, perché mia madre mi ha dimenticata, sai dove andare e ti nascondi dietro armi che *altri* ti hanno dato». Strinsi le nocche, decisa a minacciarlo fino in fondo. «Tanto qualcuno ti ha già spiegato, qualcuno ti ha già detto quello che dovevi sapere. Perciò va' all'inferno, Ephraim, se questo è il tuo vero nome. Va' all'inferno e restaci, perché io non voglio risposte da te».

«Strano», commentò lui. Si fece improvvisamente serio. «La fase isterica dovresti averla passata da un pezzo. Non state al passo con le aspettative, voi Gamma».

Serrai le labbra e ingoiai il resto dell'imprecazione.

Fiato sprecato in ogni caso.

Potevo tirare la corda da una parte o dall'altra, ma quale spiegazione mi avrebbe appagata? Quale diavoleria, di uno stratagemma tanto contorto?

«Vuoi uccidermi?», domandai. «O *devi* uccidermi? Non so neppure che verbo usare».

«Volere no, manco ti conosco. Per l'amor del cielo, nulla di personale».

Ephraim avanzò, e io sfidai le ginocchia a restare dov'erano.

A qualche metro di distanza, il corpo di Raymond iniziava a dare qualche segnale di vita.

«Diciamo che *potrei* ucciderti», disse lui. Si chinò senza smettere di guardarmi, e raccolse il coltello di Raymond. In assenza del suo, era meglio che restare disarmati. «Ci terrei a far capire a una certa persona che voi non siete la strada giusta. E uccidervi sarebbe un buon metodo per convincerlo».

«La strada giusta per cosa?».

«Ah, adesso le fai le domande».

«La strada giusta per cosa?», insistetti.

«La strada giusta e basta». I suoi occhi si fecero sottili. Chiunque fosse "la persona", aveva su di lui un certo ascendente, perché la discussione lo coinvolgeva parecchio.

«Io cosa c'entro?», sussurrai. «Noi Gamma, o come ci chiamate, cosa c'entriamo?».

«In effetti, niente. A mio parere, assolutamente niente. Avevo deciso che se aveste continuato il gioco vi avrei eliminati subito, per mettere in luce questa evidenza, ma ora sono costretto ad attendere». Si fece pensoso. «Non solo mi hai fatto perdere dei soldi, ti sei anche presa la briga di salvarmi la vita».

«Io non ti ho salvato un bel niente», precisai. Be', a essere onesta, cambiando prospettiva... sì. Lo avevo fatto, ma non l'avrei mai ammesso davanti a lui. Non sarei mai, *mai* stata spettatrice passiva di un omicidio.

«Hai tramortito il barile, qui, e involontariamente mi hai anche aiutato. Avrei un buco in mezzo agli occhi a quest'ora, se non fosse stato per te».

«Fantastico, allora ripaga. Perché sono invisibile? Dimmelo».

«Una moneta d'oro vale più di una di bronzo. Ti sei guadagnata una possibilità». Fece roteare di nuovo il coltello, per poi assicurarlo alla cinta. «Prego. Scappa pure».

«Non me ne vado senza una risposta. Mi accontento del bronzo. Dimmi perché sono invisibile! Chi mi ha fatto questo?».

«Sbrigati», gli occhi di Ephraim luccicarono. «Potrei ripensarci, e *lei* non sarebbe così buona».

«Lei chi?», soffiai.

«Sbrigati, Faith Meyers, che dalla Scozia è arrivata in Inghilterra», provocò. E per la miseria, andò anche a fondo, «con una madre incinta e nessun padre all'orizzonte».

«Come cavolo...».

«Ti importa davvero così tanto di questa invisibilità che non sai gestire? Ti importa così tanto di capire chi muove i fili? Parli di non essere vista. Tu, che puoi nasconderti da tutti e non sai passare inosservata nel bel mezzo di un aeroporto. Là, dietro a quel tabellone, col tuo amico Scott. Al Mariscal Sucre c'erano i LED luminosi sopra le vostre teste».

«Come fai a sapere chi sono?», sputai.

«Oh, ma quante domande. Tante, troppe domande. Ti perdi nel tuo labirinto, caschetto, per questo voi Gamma non valete niente. State a rincorrere le briciole come... topolini. Ma stai tranquilla», il suo sguardo pietoso fu l'ennesimo schiaffo. «L'invisibilità di cui chiedi ti divorerà per intero, un pezzetto dopo l'altro, il tuo corpo come antipasto e il cervello come dolce. Non serve trovare il burattinaio, *Faith Meyers*: impazzirai prima».

«Ephraim».

La seconda voce fece precipitare il mio cuore sotto ai piedi.

Non l'avevo neppure sentita arrivare.

Abigail.

«Caschetto!», si stupì anche lei.

«Visto?», sospirò Ephraim. «Ti avevo avvisata. Mia sorella rischia di non essere tanto buona».

Sorella. Allora avevo indovinato, quando i loro gesti apparivano riflessi allo specchio. Stessa strafottenza, stesse parole.

«Così sei arrivata», canticchiò Abigail. «Che bello, stavamo giusto rivedendo le tempistiche. E tu ci stai rallentando». Tirò fuori una pistola di piccolo calibro, ma con grazia, quasi fosse un mazzo di fiori. «Vedo che te la sei passata bene, Ephraim», alluse al corpo ancora incosciente di Raymond. «La tua ora senz'arma rischia di portarti alla fossa».

Ora senz'arma?

Cercai di restare in piedi malgrado i tremiti alle ginocchia. Aveva una pistola. Un'arma vera, funzionante, che probabilmente sapeva anche usare. Non si sopravvive a una consapevolezza così. Ero ufficialmente *niente* in confronto a loro.

«Bene, caschetto», Abigail tolse la sicura. «Vediamo di finire questa pagliacciata».

«Non si può fare», intervenne Ephraim. Sembrava che stessero parlando del tempo. Soleggiato? Ah no, cara, rischio nuvole. «Mi sono indebitato».

«Ephraim, taci per favore. Nessuno voleva arrivare a questo, ma è l'unico modo».

«Seriamente, Abby. La nanetta qui mi ha salvato la vita».

«Seriamente, Ephraim». Lei alzò gli occhi al cielo. «E chi se ne frega».

«Sono un uomo d'onore». Sorrise, strappandole via la pistola. «E poi, se non erro, la tua ora con arma è appena finita. Decido io se è il caso di uccidere».

«Non farmi incazzare».

«Calmati, sorella. Non abbiamo l'obbligo di farli fuori, lascia che ci pensino da soli. Arriveremo all'obiettivo comunque. Una vita per una vita: caschetto è libera».

Bene. Era ufficialmente giunto il momento di ascoltare l'inno allo "scappa, cretina di una Faith" che le mie gambe stavano intonando per me.

Il volto di Abigail divenne livido.

Impossibile dire se fosse più furiosa per la presa di posizione di Ephraim o per la delusione di non vedermi morta.

Lanciai un'ultima occhiata a Raymond, che si stava trascinando via. Con un po' di fortuna si sarebbe salvato anche lui.

Altro giro, altra corsa.

«Avanti», mi spronò Ephraim. «Torna alle tue domande, caschetto. Torna a nuotare in tondo nella tua piccola boccia».

La mia piccola, stupida boccia.

Volevo odiarlo, ma l'odio non arriva mai al destinatario. Torna indietro al mittente, col doppio del dolore.

Non ci fu bisogno di ordinare altro al mio corpo. Quando mi voltai, i piedi si mossero da soli e, sconfitta, me ne andai.

# Ventitré

La vegetazione era un intreccio di rami, radici e fronde spelacchiate.

Lunghe braccia rugose che si annodavano per poi lasciarsi, creando vere e proprie barriere architettoniche. Ponti, volte, tetti e palazzi. Apparivano per poi svanire, insieme al terriccio fangoso, all'erba e ai sassi.

Corsi a perdifiato lontano da Ephraim e Abigail, corsi via dalla strada per evitare che mi seguissero, e solo dopo qualche minuto tornai sul sentiero tracciato. Le caviglie cedevano e i muscoli protestavano, ma non importava.

Il tempo era diventato un macigno, la spada di Damocle sopra le nostre teste, e in quella corsa all'oro rischiavamo di uscire perdenti. Nessuna risposta, costretti a girare in tondo fino alla prossima meta, proprio come aveva detto Ephraim.

«Dannazione!».

Pestai un piede a terra e cercai di orientarmi. Il tempo stringeva, chissà se ormai era già scaduto. Fino a un attimo prima la cima e il traguardo erano lì, più avanti, e contro ogni logica ora gli davo le spalle. Ero scesa, perché nel generico *giù* c'erano i miei amici, ma non riuscivo a trovare lo spiazzo in cui avevamo incontrato Denis e Linette. Non riuscivo a riconoscere le curve, l'altezza, gli odori.

Scivolai sui sassi fino alla svolta più vicina, poi cambiai idea: se c'era una direzione in cui tutti potevano andare, era proprio la cima. Ammesso che quei "tutti" fossero ancora vivi.

Ordinai ai polmoni di resistere e mi voltai di scatto, arrampicandomi di nuovo verso la vetta. Quando un'ombra si allungò oltre gli alberi, memore dell'incontro con Linette, preparai il corpo a reagire. Ma fu un accorgimento stupido, perché quella volta a percorrere il sentiero era solo una coppia di turisti. Mi superarono entrambi, senza fare una piega, mentre io ansimavo a pochi centimetri dalle loro teste, con le braccia rigide e le gambe pronte a scattare. Stavano scendendo verso la città.

«Dannazione», ripetei.

Era assurdo incontrare la gente in quel modo. Sentivo le loro voci, il chiacchiericcio sommesso: erano là per esplorare la montagna, ignari della lotta che stava per svolgersi in cima. Ignari di me. A tratti provavo rancore, a tratti semplicemente invidia. Mi sentivo così lontana da due persone così vicine.

Tornai sui miei passi, scacciando l'ennesima ondata di brividi. Il passaggio dal clima torrido di Quito al freddo secco dell'Isola Navarino continuava a farsi sentire. Camminavo e correvo a fasi alterne, ignorando il dolore alla gola, le fitte al fianco, e sopra ogni cosa la rabbia. La sensazione bruciante di essere presa in giro, la voglia di reagire con calci e pugni.

Assicurai il coltello di Ephraim allo zaino e tenni il mio a portata di mano: poco saggio sfrecciare in salita con una lama tanto esposta, ma non c'era tempo per le precauzioni. In un modo o nell'altro sarei morta comunque, si trattava solo di scegliere il come.

Quando le nuvole inghiottirono il sole, l'Antartide sputò fuori tutto il suo gelo. C'era un'aria marmorea, tagliente e crudele. Iniziai a espirare calore, e il resto lo concentrai sulle gambe, intente a reggere l'intera tensione.

Alla terza curva mi scontrai con qualcuno, e cacciai un urlo.

«Faith!».

Chiunque fosse aveva già il mio coltello alla gola.

«Faith!».

Scott sgranò gli occhi, e io con lui. Eravamo la goffa caricatura di un affondo a rallentatore.

«Ricordi, vero?», disse incoraggiante. Provò a spostarmi il braccio, ma ero cristallizzata in quella posizione. Mai avuta così tanta forza nei muscoli. «Stessa squadra, amiconi per la pelle?».

«Gli altri», esalai.

«Parliamo senza questo, va bene?». Al quinto tentativo riuscì a prendersi il coltello. Lo allacciò ai miei pantaloni, sfoderò un sorriso tirato e poi mi trascinò in salita. «Dov'eri finita, accidenti? Sono quasi sceso a valle per cercarti».

«Ho fatto una deviazione», ammisi.

«Eh certo, sei donna. Uno si aspetta che voi facciate A e invece passate direttamente alla Z».

«Gli altri», ripetei col fiatone. «Scott, gli *altri*».

«Partiamo dalle notizie belle o brutte?».

«Ci sono gli Alfa qua attorno, quindi nessuna notizia sarà peggiore della mia».

«Faith!», Christabel sbucò dagli alberi, provocandomi l'ennesimo infarto.

Sia lei che Scott erano ridotti piuttosto male. In più, Christabel non aveva il suo zaino, il che mi faceva pensare male circa l'andamento dello scontro.

«Stai bene?», si preoccupò lei.

In fin dei conti ero quella che stava meglio di tutti.

«Cos'è successo?», chiesi col cuore in gola. «Che fine ha fatto Jared, perché non è qui?».

«Ha legato Denis a un albero, ma più su. Hai mancato il punto di ritrovo di almeno dieci chilometri».

«I dieci chilometri di Christabel sono due metri», precisò Scott mentre riprendevamo a correre.

«Perché sei uscita dal percorso?», ansimò Christabel. «Mi hai fatto prendere un colpo, non sapevamo dove cercarti».

«Ok, ascoltatemi, dobbiamo raggiungere la cima», spiegai. «Ho trovato Ephraim e Raymond nella radura, gli Alfa sono in giro e noi dobbiamo anticiparli».

«E se il premio fosse una trappola?», sbottò Scott, e dal tono esasperato capii che aveva già esposto l'idea a Christabel e Jared. «Diamo per scontato che sia la soluzione, ma l'Illusionista è un pazzo, questo lo sappiamo. Chi ci assicura che non sia un tranello?».

«Gli Alfa non vogliono ucciderci», tagliai corto. «Non per motivi personali, almeno». Serrai la mascella, mentre insieme a Christabel e Scott tornavo al punto di partenza. «Devono dimostrare qualcosa, o meglio: Ephraim vuole dimostrare che siamo inutili».

«A che serve dimostrarlo? Mi sembra ovvio!», ironizzò Christabel.

Là, dove lei mi aveva fatto allontanare, la lotta si era interrotta. Denis stava accucciato per terra, piegato in due come un pollo disossato. Jared lo aveva legato stretto al tronco più grande, mentre Linette si era guadagnata un triplo nodo ai polsi. Non aveva neanche un livido, e questo sì che marcava la differenza tra noi e loro.

Sachi la notai per le strilla. Anche lei era legata, ma quella non era una bambina; più che altro una scimmia urlatrice. Si contorceva tra gli spasmi, buttandosi a terra e pestando i piedi.

Ringraziai silenziosamente Christabel e la sua decisione di essersi procurata delle corde così lunghe prima di partire. Le nostre idee a mente lucida restavano le migliori.

«Tutto a posto?», chiese Jared.

Su una spalla teneva il suo zaino e sull'altra il mio, mentre con le mani libere tentava di riparare come poteva quello squarciato di Christabel. Qualche coltellata era stata un po' troppo zelante. Scott rispose per me, ma Jared attese che fossi io ad annuire. Fu l'unica persona in grado di calmare il mio respiro.

«Dobbiamo andare». Lasciai correre lo sguardo su ogni componente dei Beta. «Subito».

«I soldi sono nostri», sibilò Linette. «Non provare a toccarli, bastarda. I soldi sono nostri».

«Me ne frego dei tuoi soldi», replicai gelida.

L'adrenalina, o forse solo l'incoscienza, mi spinsero ad avvicinarmi. Ero così stanca che neppure le minacce riuscivano a scalfirmi.

«Faith, lascia perdere», suggerì Jared.

E io invece insistevo. Il pesce rosso stava diventando uno squalo, e prima o poi quella boccia sarebbe andata in frantumi. La rabbia grattava nel petto senza più direzione, cercava un posto dove raccogliersi, picchiare ed esplodere.

«Che devi farci, eh?», provocai. Estrassi il coltello di Ephraim e lo misi in bella mostra. La differenza tra la sua arma e le nostre era evidente, ormai. «Farti dare una lama come questa? Comprarti i favori dell'Illusionista? Tornare visibile? Che devi farci coi tuoi stramaledetti soldi?».

Linette mi sputò in faccia.

Era aggressiva, ma anche straordinariamente fiera. Troppo orgogliosa per difendere una motivazione futile come quelle proposte.

«Io non ascolto *lui*», gridò Sachi accanto a lei. Si morse le labbra con foga, sporcandosi il mento di sangue. «Io me ne vado, io vado via». Si divincolò, tirando calci a una persona immaginaria. «Liberami, voglio andarmene. Liberami, liberami».

«Taci», sbraitò Linette.

«Tu fai tutto quello che ti dice, ma a *lui* non importa! Voglio tornarmene a casa! Voglio tornarci adesso, liberami!».

«Sachi, lo sai perché lo facciamo». La strigliata di Linette non ammise repliche. «Perciò stai zitta, una volta per tutte. Non c'è un posto dove tornare, stupida ragazzina».

I suoi occhi fulminarono Jared, per poi posarsi nuovamente su di me. Alle sue spalle notai uno fruscio, e le foglie si spostarono in maniera innaturale. Forte del coltello di Ephraim, non ci pensai due volte ad affiancarlo col mio. Lunghezze diverse, ma quelle lame erano la mia unica speranza di vita.

«Via», Jared raccolse le nostre cose. «Raggiungiamo la cima. Adesso».

Raymond fece il suo ingresso, ancora spossato dal ramo che gli avevo tirato in testa. Trascinava la gamba destra, e quando vide lo stato dei suoi compagni non ne parve affatto felice.

«Tu», mi ringhiò addosso.

«Lei?», esclamò Scott con voce stridula. «Faith, ma che problemi hai con questi tizi?».

Prima Denis, ora Raymond.

La capacità di inimicarmi i Beta rasentava il prodigio.

«Ok, andiamocene», tagliai corto.

Ci pensò Scott a tenere a bada Raymond che, dopo la lotta con Ephraim, mostrava evidenti segni di cedimento. Aveva un brutto taglio all'altezza del sopracciglio destro, e una delle due gambe poggiava a terra in modo strano. Osservai la linea della sua coscia e mi fermai al ginocchio, nello stesso punto in cui stava guardando Scott: l'osso della rotula non sembrava messo troppo bene. Si era trascinato dai suoi compagni, ma di certo era in pessime condizioni per muoversi. Tantomeno per correre.

Scott lo tenne a distanza col coltello bene in vista, dando il tempo a me, Jared e Christabel di raccattare le nostre cose. Si allontanò per ultimo, controllando che Raymond non avesse intenzione di seguirci o attaccarci. Ma l'asso nella manica dei Beta si limitò a un grugnito rabbioso e sconfitto.

«Muoversi», ordinò Scott.

Si girò solo quando fu certo che Raymond sarebbe rimasto fermo. Poi, fra le minacce dei Beta, abbandonammo ciò che restava di un gruppo disastrato e corremmo via. Li avrebbe liberati, ma intanto noi ci saremmo presi il nostro vantaggio.

Era una gara per le risposte ormai, un'azzuffata tra cani famelici. E, pian piano, iniziavo a capire: c'era un motivo dietro l'aggressività di ognuno, ma era sempre diverso. Nessuno voleva ucciderci, tutti volevano fermarci, per conseguire uno scopo di cui non afferravo l'origine. L'obiettivo, alla fine, qual era?

Gli alberi lasciarono il posto a piccoli arbusti, e la vegetazione si diradò gradualmente, come un corpo senza più forma, come una speranza senza più appigli.

Come il mio cuore, senza più pollice e indice a formare un rettangolo.

Niente più fotografie.

Niente dettagli.

Stavo scomparendo un pezzo alla volta, sempre più su, fino alla cima del nulla.

*Chi sei, Faith Meyers? Cos'è questa rabbia che ti divora da dentro?*

Il corpo non c'era, e qualcosa nel mio cuore stava mutando. Qualcosa di complicato e oscuro, con le unghie e coi denti.

## Ventiquattro

A un certo punto, senza preavviso, il respiro rallentò. Dopo una salita fatta di corsa, i polmoni tornarono a pompare aria, con un ritmo largo e scandito. Il corpo a modo suo si era arreso, superando quel limite che divide la fatica dalla resistenza, mettendo a tacere i muscoli, i dolori, e con loro qualcosa di più sottile: l'istinto di autoconservazione.

Cerro Bandera si risolse lassù, in una vetta priva di alberi, senza nascondigli o scusanti. E il cielo, quel cielo freddo che ci stava ignorando, altro non era che l'ennesimo coperchio, la scatola dentro la scatola, lo schermo attraverso il quale filtrare la vista.

Il gioco di luci e di ombre, o forse soltanto di specchi.

«Siamo in tempo?», azzardò Scott.

La strada svaniva nell'erba. Eravamo sulla cima ormai, troppo esposti per sperare di apparire da un momento all'altro con l'effetto sorpresa. Avevamo rallentato i Beta, ma non potevamo arginare i vantaggi degli Alfa. Prima di fare il nostro ingresso, dovevamo assolutamente elaborare un piano, accurato o suicida che fosse.

«Tre ore sono passate da un pezzo», disse Christabel, sbirciando l'orologio da polso.

«Faith era assieme a due Alfa», intervenne Jared, «nello stesso momento in cui noi eravamo con Denis. Per quanto veloci, non sono dei robot, è impossibile che siano arrivati così in anticipo».

«Infatti anche loro devono essere più o meno qua», concluse Scott. «Insieme alla pistola di cui ci ha parlato Faith, sempre che sia una soltanto. Come pensiamo di fare?».

«Interveniamo», decisi.

Istintivamente presi il coltello di Ephraim. Al di là della manifattura, volevo ripagare gli Alfa con la stessa moneta.

«Altre opinioni?», sbottò lui. «Più sensate, magari?».

«Là c'è il nostro premio», ringhiai. «È l'unica occasione per venire a capo di questo rebus. E *non c'è più tempo*, Scott! Non so di che premio si tratti, non so a cosa serva, ma dobbiamo andare *adesso*. Se qualcuno arriva prima di noi, siamo fregati. Dobbiamo arrivare per primi».

«Ok, concordo sull'andare di fretta. Ma ci serve un piano, per la miseria! Quando ti ho conosciuta avevi più sale in zucca».

«Quando mi hai conosciuta speravo ancora di tornare a Londra, entrare in casa e trovare mia madre ad aspettarmi».

«Scott!», urlò Christabel.

Lo strillo arrivò un attimo prima che Scott crollasse a terra a peso morto, come se un macigno venuto da chissà dove lo avesse appena colpito.

In realtà il macigno aveva un corpo e probabilmente anche un nome. Alto, biondo, faccia pulita da lord.

Su di lui si allungava un'ombra decisamente più inquietante dello stesso gigante che avevo visto al Mariscal Sucre, grande due volte Raymond.

Erano insieme.

«Ehi!», Jared sferrò una gomitata alla schiena del biondo, trascinandolo lontano da Scott.

Ma non era lui il problema. L'enorme componente degli Alfa impugnava una pistola identica a quella di Ephraim e Abigail.

Se la passavano l'uno con l'altro, o erano semplicemente due modelli uguali? Che senso aveva tenere una sola arma quando godevano di ogni vantaggio?

Il ragazzo con la faccia da lord si divincolò dalla presa di Jared. Non fu difficile, dato che l'attenzione di tutti era rivolta alla pistola che il suo compagno teneva in mano, brandendola con fare minaccioso.

«Non c'è bisogno, Barrett», lo fermò il primo, per poi rivolgersi di nuovo verso di noi. «E *voi* che ci fate ancora qui?», disse con un sospiro. Il suo viso ricordava vagamente quello di un riccone viziato. Aveva un timbro calmo, strascicato, da dare sui nervi. «Non vi siete stufati?».

«Sebastian», scandì Barrett con voce baritonale. «Sparo?».

«Ma che ne so, pensavo si sarebbero suicidati giorni fa».

«Chiedi ad Abigail», decise abbassando l'arma.

«Uoh, ma che dici? Abigail cosa? Non è che devi prendere ordini solo da lei, uomo di latta».

Sebastian si inalberò. Il tempo necessario perché Scott si affiancasse a me.

«Vai», sussurrò. Poi si rivolse anche a Jared. «Andate».

«Non se ne parla», dissi tra i denti. Ci tenevano sotto tiro con una pistola, non si esce di scena da una situazione così.

«Concordavo sulla fretta, ricordi?», bisbigliò. «Il *premio*, Faith. Dov'è finito il tuo cuor di leone? Fino a un attimo fa sembravi Terminator».

«Voi!», sbraitò Sebastian portandosi le braccia al petto. «Basta confabulare. Siete così rumorosi da contrastare il normale ciclo delle *fasi* a quanto pare. Toccherà sprecare un proiettile».

«Abigail non la pensava così», intervenne Scott, buttando fuori la sua faccia tosta. Era un buon ascoltatore, e la mossa non fu del tutto stupida. Fece presa su Barrett, che al nome di Abigail si immobilizzò. «Quando ha incontrato Faith non le ha sparato. Probabilmente lei tiene ai suoi proiettili. A differenza tua». Approfittò del risentimento di Sebastian per sibilare verso di noi: «Muovetevi. Li tengo occupati io, voi andate alla cima. Prendete il premio, maledizione».

«Ha ragione», sussurrò Christabel. «Dobbiamo dividerci, è l'unico modo. Resto io con lui».

Improvvisamente eravamo diventati esperti in decisioni dell'ultimo secondo.

Due contro due, forse affrontare gli Alfa separatamente non era una cattiva idea. Ma pistola contro coltelli…

«Ho detto basta confabulare!», sbraitò Sebastian. «Tu!». Indicò Scott con una smorfia sinistra. «Cerca di non fare il furbo».

«Io aspetto Abigail», concluse Barrett. Se aveva un cervello, era nelle mani della sorella di Ephraim. «È lei il caposquadra».

Abbassò la pistola nell'esatto istante in cui Scott corse in avanti. Partì in modo così repentino che nessuno ebbe il tempo di fermarlo, e per quanto fosse "fuori allenamento" dimostrò ancora una volta di sapersela cavare piuttosto bene quanto ad agilità. Barrett ci mise qualche secondo a rendersene conto, e Scott uno in meno a travolgerlo con una spallata.

O meglio, a schiantarsi contro un muro. Perché quel tizio non aveva pelle, solo cemento.

«Scott!», strillai.

*Dannato cocciuto che non sei altro!*

«Vai!», Christabel spinse via me e Jared. «Andate, *adesso*! Ci sono io, Faith. Ci sono io!».

Andai a sbattere contro Jared, mentre Sebastian srotolava una serie d'insulti. La pistola cadde, e a quel punto la velocità vinse contro la stazza. Scott afferrò l'arma sotto il naso di Barrett, schizzò verso la discesa e corse via. Ebbi un tuffo al cuore quando il gigante lo seguì, e un altro quando Christabel tentò di atterrare Sebastian. Aveva forza da vendere, Rapunzel, ma dannazione, che cosa stavamo facendo?

«Muoviti», Jared mi afferrò per le braccia.

«No. Jared, non possiamo. No».

La sua mano strinse la mia e mi portò lontano da lì.

Quel giorno di gennaio, in cui la vita veniva messa in secondo piano, in cui il premio diventava l'unica scelta possibile, la vecchia Faith avrebbe scelto un fermo immagine, ma la nuova Faith voleva soltanto sdoppiarsi per reagire a entrambi gli attacchi. Lasciai Scott e Christabel con un senso di nausea, terrorizzata all'idea di non rivederli più a causa della memoria perduta, dell'invisibilità o di uno sparo, ma l'epilogo era sempre lo stesso.

Non vedere mai più.

E alla fine mi allontanai davvero, seguendo la spinta della disperazione. Stanare. Scoprire. Pretendere.

Le mie risposte.

Oltre il sentiero trovammo la cima, meta agognata di un percorso a ostacoli. Abbandonai la mano di Jared e mi spinsi più avanti, ai lati di un grande spiazzo erboso. Da lassù si dominava la valle, la vista mozzafiato su Puerto Williams e l'Isola Navarino, il freddo del vento, il blu del mare e il verde dei monti. Un miscuglio di aria e natura, con il fantasma del Polo Sud a fare da sfondo.

Poi, al centro di quello spiazzo, la bandiera del Cile. Sventolava come una X a indicare il punto d'arrivo, ed era accompagnata da due sagome familiari.

Jared impugnò subito il coltello, io aguzzai la vista. Abigail ed Ephraim stavano facendo un falò. O almeno così sembrava, data la quantità di fumo. Bruciavano qualcosa che si trovava alla base dell'asta, accanto a un pacchetto di carta, per il momento ancora intonso.

Inizialmente non capii, poi il cuore mancò un battito.

Soldi. Stavano bruciando dei soldi.

«Il premio dei Beta», esalai. «Stanno bruciando i premi!».

«Faith, aspetta!».

Niente da fare. Gambe, caviglie e muscoli si mossero da soli. Iniziai a correre nell'esatto istante in cui lo pensai. Se i soldi appartenevano ai Beta, allora quel pacchetto solitario doveva essere il nostro. Gli Alfa erano arrivati per primi e sicuramente si erano già impossessati del premio.

Puntai Ephraim, perché era quello con l'accendino. Al di là del fatto che rischiava di dar fuoco a tutta Cerro Bandera, dovevo fermarlo prima che danneggiasse la *mia*, di possibilità. Lo colpii in pieno petto, mettendomi su un fianco. Abigail scoppiò a ridere, ma le passò subito, perché Jared mi aveva seguita. E anche piuttosto in fretta.

«Attacco combinato», la sentii dire. «Alzi le mani su una signora, come ti permetti?».

Non riuscii a seguire la loro azzuffata, ma non mancai di pensare alla mia. Scott e Christabel stavano tenendo alla larga metà del problema, e io non sarei stata da meno.

Salii sulle punte e mi arrampicai su Ephraim, cercando di raggiungere il suo braccio. Lui si divertì a sollevare la mano, mettendo l'accendino fuori portata. Bene, gioco duro. La mossa seguente fu estrarre il coltello.

«Toh, ma questo lo conosco», scherzò lui. «È mio».

Non aveva una pistola. Lo realizzai immediatamente, quando avrebbe potuto spararmi ma non lo fece. Il ragionamento era corretto: una sola pistola per gli Alfa. Gli invincibili, equipaggiati Alfa, avevano un'ora di arma a testa.

«Butta l'accendino!», ordinai dietro la lama. Dannazione, il braccio tremava. «Buttalo».

Con lo sguardo andai a Jared. Abigail era veloce, e cosa peggiore sia io che lui eravamo impegnati a tenerci d'occhio l'un l'altro.

«Attenzione, caschetto», sorrise Ephraim. «Mai guardare altrove».

Mi afferrò il polso e strinse con forza disumana. O magari normale, ma certo non ero abituata ad avere un nodo scorsoio a bloccare la circolazione. Serrai la mascella e lo sfidai. Non potevo lasciare il coltello. Mai, per nessuna ragione al mondo mi sarei fatta fregare così. Con la mano libera fece scattare la fiamma, e a quel punto la lotta si spostò sul mio viso.

Jared provò a raggiungermi, una, due, tre volte, ma a ogni tentativo Abigail lo fermava.

L'unico modo per proteggere il pacchetto era spostarlo coi piedi, così lo allontanai con dei piccoli calci, pregando che non fosse nulla di fragile. Dovevo impedirgli di distruggerlo.

«Decidi», disse Ephraim, portando la fiamma accanto al mio naso. Mi pietrificai dalla paura. «O do fuoco al premio, o do fuoco a te».

In quel momento qualcuno sparò. Si udì forte e chiaro, con tanto di eco.

«No», gemetti tra le labbra.

Scott. Christabel.

Le uniche persone a vedermi. Le uniche persone a sapere. L'unica memoria in un mondo che mi aveva scordata.

Fu come un fulmine a ciel sereno, un cambiamento repentino e definitivo. Come quando ti svegli e, semplicemente, sai che non stai più sognando. Il giorno, l'ora, il secondo in cui comprendi che morirai. E tutto acquista nuove sfumature, tutto si logora, ceneri nere su un letto di foglie.

In quel momento capii.

Non avrei mai, mai visto nascere mia sorella.

Mai.

Spezzai in due la vecchia Faith per far uscire quella nuova. Più brutta, rovinata e furiosa.

Agguantai la mano di Ephraim e chiusi le dita sulla fiamma, ustionandomi. Non me ne fregava più niente. Al diavolo lui, al diavolo il dolore, al diavolo il destino. Il calore sciolse la pelle, scendendo fin dentro alle ossa.

Fu là, a Cerro Bandera, che emersi.

Nascendo dal baratro.

«Dai fuoco a me», sputai.

# Venticinque

Tirai un calcio allo stinco di Ephraim e lo costrinsi ad allentare la presa, recuperando così la mia sul coltello. A quel punto fu solo questione d'istinto. Affondai, e la prima cosa che trovai fu la sua spalla.

Lo sorpresi, in negativo e in positivo assieme.

Di certo riuscii ad allontanarlo, con una ferita e il sangue a inzuppargli la maglia.

L'accendino cadde, si spense, e il resto dei soldi finì di bruciare. Tra tutto quel fumo trovai il nostro pacchetto, quello che speravo essere la nostra soluzione, e mi allontanai. Anche Jared tentò di defilarsi, per quanto i due fratelli ci dividessero ancora.

Il palmo della mano bruciava da morire. Provai ad aprire e chiudere le dita, ma il dolore aumentava.

«Sei contenta?», mi sfidò Abigail ignorando Jared e prendendo le difese del fratello. Avanzò con cipiglio deciso. «Sei contenta del tuo premio?». Quando fu vicina, mi rivolse un sorriso sghembo. «Sai qual è la prima cosa che ci hanno insegnato? Trovare sempre l'anello debole». Mi guardò come si guarda un pulcino sotto la pioggia battente. «Da oggi mi sa che non sei più tu l'anello debole di te stessa. Forse lo è qualcun altro».

A quel punto si voltò, sorridendo a Jared.

Infilai rapida il pacchetto nella giacca e provai a fermarla, ma era già su di lui. Scelse esattamente l'unico Nord che non doveva toccare. E lo fece con eleganza, nessun pugno volgare o affondo di spalle. Lo agguantò al braccio, piegandolo in maniera innaturale, e poi lo colpì agli occhi.

«No!», sbraitai.

Fu una lotta al rallentatore. Abigail non aveva intenzione di ferirlo, si limitava semplicemente a premergli pollice e indice contro le palpebre. Per quanto fossero chiuse, e per quanto Jared tentasse di ribellarsi, lei non concedeva tregue.

Un secondo sparo echeggiò sull'altura, troppo distanziato dal primo per farmi temere il peggio. Se la pistola fosse stata in mano di Sebastian, allora Scott e Christabel sarebbero morti insieme. Due spari, uno in fila all'altro, senza pause.

Quindi chi stava sparando a chi, dopo una lunga tregua? Chi si stava ribellando?

Abigail si voltò e allungò la vista, in allerta.

«Lasciali al loro premio», disse. «Ce ne andiamo».

Buttò Jared a terra, e io riuscii finalmente a intromettermi. Li raggiunsi senza più ostacoli, complice l'improvviso disinteresse degli Alfa.

«Ma dai, Barrett e Sebastian sanno cavarsela da soli», Ephraim alzò gli occhi al cielo. Nel mentre, si tamponava la ferita alla spalla. «È più divertente con caschetto. Sa usare il mio coltello meglio di me».

«Non sarebbe accaduto se l'avessi fermata quando potevi».

«Brutta cosa essere in debito», ghignò lui.

«Avanti», il tono di Abigail non ammetteva repliche. «Conosci quanto me il contenuto del loro premio. Lascia che lo guardino, lascia che si tranquillizzino». Indicò distrattamente il pacchetto. «Avevi ragione tu: comunque vada, siamo in vantaggio. *Lui* lo sa. Tra qualche settimana impazziranno comunque».

Ephraim sbottò, visibilmente deluso. Indugiò prima su di me, poi su Jared, ci pensò su e infine seguì la sorella.

Sostenni l'affronto a testa alta. La mano pulsava, ma non lo diedi a vedere. Attesi solo che fossero lontani, come sempre quando le nostre strade si incontravano. Pregai che i miei amici se la dessero a gambe, e il minuto dopo tornai al presente.

«Jared».

Fu impossibile nascondere il sollievo. Era ferito, ma nulla di grave, stava bene. Controllai viso, gambe, braccia: fu come respirare dopo una nuotata in apnea.

Ma c'era qualcosa di strano in Jared Price.

Qualcosa di tremendamente sbagliato.

«Jared, cos'hai?», chiesi nel panico.

Provai a toccarlo ma lui si scostò.

«Cosa ti ha fatto, cos'hai?».

Tremava. Non lo avevo mai visto tremare, non così tanto, almeno.

«Jared...», mormorai.

Stavolta la reazione fu netta. Buttò avanti le mani e mi spinse via. A caso, senza una direzione precisa.

«Non toccarmi», disse. Teneva la testa bassa. «Non... ti vedo. Faith, mi sono cadute le lenti».

Quel poco che era rimasto del mio stomaco si accartocciò di nuovo. Abigail si divertiva a giocare con gli apparecchi altrui, era il suo modo per rimarcare la nostra debolezza. E, per quanto fossero resistenti le lenti a contatto, due dita negli occhi non aiutavano affatto. Troppa pressione e troppa lacrimazione, alla fine si erano staccate.

«Ok». Trattenni il fiato, per poi ingoiare altra aria. «Ok, troviamo una soluzione».

«Temo che non ci sia soluzione».

«Certo che c'è, devo solo… solo…», mi guardai attorno, totalmente in preda al panico.

Solo che cosa?

Là c'erano erba, fumo e nuvole. Un nulla solido a divorarci entrambi.

«Faith, non ti vedo», Jared iniziò a inspirare a scatti. «Non riesco a vederti, non… ti vedo».

Il cadavere della vecchia me si pietrificò da qualche parte nel luogo in cui l'avevo nascosto, perché si ricordava di mia madre, dell'indifferenza, e di quell'invisibilità tatuata addosso come condanna.

E poi c'era la nuova Faith, a Cerro Bandera, nel Sud del mondo, a lottare coi demoni.

Con una bussola in tasca.

«Chiudi gli occhi», decisi. Lo toccai di nuovo, e quando provò a scostarmi opposi resistenza. «So che fa male, per cui chiudi gli occhi», insistetti. «Sarà più naturale non vedermi».

Passai le braccia attorno alla sua vita, puntai i talloni e feci leva con tutta la forza che avevo per tirarlo su. Lo sollevai di qualche centimetro, e al resto ci pensò da solo, rimettendosi in piedi. Schiavo di un equilibrio precario.

Il Jared che ricordavo a memoria.

«Ritrovati», mormorai. Cercai un sasso appuntito e lo usai come matita. La terra, il mio foglio bianco. «Ritrovati».

Tracciai un cerchio partendo dai talloni di Jared. Un gigantesco cerchio che ci conteneva entrambi, inciso nel terriccio scuro. E là dove si trovava lui, disegnai una gigantesca N.

Il Nord.

«Ritrovami», dissi alla fine.

L'Illusionista giocava seguendo delle regole, e per la seconda volta la mia speranza fu riposta in lui. Gli permisi di tirare ancora la corda, per farmi cadere e al tempo stesso salvarmi. Perché ai Beta interessavano i soldi, e il denaro li attendeva davvero. Perché gli Alfa erano avvantaggiati, ma non così tanto da avere una pistola ciascuno. Perché noi Gamma eravamo impauriti e all'oscuro, i più deboli di tutti. Bisognosi di una marcia in più.

Perciò, se il ragionamento non falliva...

«Ti prego», sussurrai aprendo il pacchetto. «Ti prego, ti prego, ti prego».

Ai miei piedi caddero tre cose: un pacchetto tondo che ignorai all'istante, una piccola scatola di apparecchi acustici, e una confezione di lenti a contatto.

Abigail *sapeva.* Abigail giocava. Era esattamente questa la sua crudeltà.

«Sì», esultai.

Le estrassi immediatamente, correndo da Jared.

L'Illusionista ci voleva *vivi*.

«Mettile», sussurrai.

Seguii la linea del suo braccio fino alla mano. Gliele passai con delicatezza, mentre lui stringeva ancor di più le palpebre, poi mi allontanai. Spaventata, distrutta, andando al Sud di una bussola disegnata per terra.

In attesa.

E così, come Jared Price era apparso ai miei occhi

nel bagno di un Internet point, Faith Meyers apparve ai suoi, con la bandiera del Cile a fare da sfondo. In mezzo a tutto quel fumo, mentre lui si sforzava di muovere un corpo che non poteva vedere e di indossare lenti che riconosceva solo al tatto.

Jared, che era comparso quando io ero svanita.

Portai le mani al petto e mi piegai in due, provando a calmare il respiro, mentre grazie alle sue lenti io tornavo ad avere una forma.

Lui sgranò gli occhi. E per prima cosa mi cercò. Anzi, mi divorò tutta, un pezzetto dopo l'altro, quasi a dire: esisti. Poi notò il disegno tracciato per terra, la N su cui l'avevo posizionato. Infine la carta stracciata ai miei piedi, i tre premi sparsi per terra, il cielo feroce che ci stava schiacciando.

Non so come, ma l'attimo dopo era là, davanti a me, a sollevarmi di peso, lasciando che i miei piedi poggiassero sui suoi, scarpe sopra scarpe, ad annullare l'altezza che ci aveva sempre divisi.

Non ebbi il tempo di dire niente.

Lo sentii vicino, esageratamente vicino, ma alla fine le sue labbra le cercai anch'io. L'ultimo appiglio per mettere in chiaro i contorni.

Trovai la sua bocca a metà strada, e lo baciai.

O forse lasciai che mi baciasse, impossibile dire chi avesse iniziato. Fu un contatto profondo e straordinariamente voluto, qualcosa di così forte da strappare via il fiato. Labbra contro labbra, col desiderio di andare avanti, scoprire oltre, sfiorare anche il resto.

Ma la realtà è la realtà, e quel bacio sbiadì come noi.

«Faith!», urlò qualcuno da non so dove, «Jared!».

Ci staccammo all'istante, mentre parole non dette vagavano sulla punta della lingua. Ma fu un sollievo, perché entrambi distinguemmo le voci di Christabel e Scott.

«State bene?», ansimò Scott raggiungendoci di corsa.

Sollevai gli occhi su Jared, e lui ricambiò.

Fu uno sguardo intenso tanto quanto il bacio che lo aveva preceduto.

«Oddio», Christabel si piegò sulle ginocchia, era stravolta. «Grazie al cielo, grazie al cielo».

L'attenzione cadde sulla confezione rotonda ai suoi piedi, l'unico premio non ancora svelato.

«Siete feriti?», chiesi subito. Notai del sangue sulla spalla di Scott. «Vi hanno sparato?».

«Solo di striscio. Io sono più veloce di un proiettile, baby».

«Dove sono Abigail ed Ephraim? Stavano venendo da voi!».

«Dopo, *dopo*», tagliò corto Scott. La delusione si dipinse sul suo volto. «E il premio? Non dirmi che sono due auricolari e qualche lente in più».

Scossi il capo, mentre Jared raccoglieva la confezione per me. Da una parte ero terrorizzata; dall'altra, straordinariamente decisa.

La aprii io per tutti, così come era stato per le seconde coordinate. Solo che stavolta non si trattava di numeri, fogli ed enigmi. Il contenuto di quel premio era solido, e anche preciso.

«Cos'è?», rantolò Scott.

Un'unica risposta, finalmente.

Rigirai l'oggetto tra le mani, e rimasi in apnea.

«Un DVD», risposi.

# Ventisei

Quattro ore più tardi eravamo di nuovo in città.

L'oscurità aveva inghiottito ogni cosa, alberi, radici, cielo e montagne. Perfino quel confine invisibile che indicava l'Antartide era svanito nell'ombra.

La discesa si rivelò quasi più complessa della salita. Erano complici diversi fattori: stanchezza, adrenalina, paura. Non sembrava più di *scendere*, ma solo di *precipitare*. Camminavamo come automi, schiavi della fretta e della curiosità, di quella voglia graffiante di sapere, scoprire, vedere. L'idea stessa di una risposta, di una soluzione, ci aiutava a sconfiggere il dolore, la pelle ustionata della mia mano, le ferite di Scott e Christabel, il naso malridotto di Jared.

Conobbi il mio corpo una seconda volta e lo salutai come complice, perché entrambi andavamo nella stessa direzione spinti da sentimenti paurosi, a cui non volevo dare un volto né un nome.

Sebastian e Barrett, a detta di Scott e Christabel, avevano sparato una volta sola. Dopo una violenta colluttazione, Sebastian era tornato in possesso della pistola, e il primo colpo per poco non aveva preso Scott, lasciandogli una striscia di fuoco sulla spalla sinistra. Ma le sorti dello scontro si erano ribaltate, perché Barrett sembrava pendere dagli ordini di Abigail, e questo lo aveva indotto ad abbassare la guardia. Pessima idea. Il momento di distrazione aveva permesso a Scott di destreggiarsi coi pugni, e a Christabel di rubare la pistola, svuotando il caricatore.

Il secondo colpo fu uno sbaglio. Nessuno di noi sapeva maneggiare un'arma, tantomeno capire come smontarla. Prima di arrivare al caricatore, Christabel era passata dal grilletto, ed ecco spiegato il secondo sparo. Grazie al cielo la canna della pistola era rivolta verso il basso. E fortunatamente per loro, Scott e Christabel erano già lontani al ritorno di Ephraim e Abigail.

Allungai le dita della mano, e la pelle viva mandò una fitta di dolore. Bruciava, come il resto delle emozioni.

Avevo percorso quella strada per ore, a ritroso, un piede davanti all'altro, accompagnata dai racconti di Scott e Christabel, da un DVD di cui non sapevo l'origine, dalla voglia di battermi, ribellarmi, scalciare. Si stava facendo tardi ormai, l'ora di cena era passata da un pezzo, ma nessuno di noi se ne era lamentato. E quando tornai a valle, Puerto Williams era sprofondata nel silenzio.

Assomigliava a uno di quei presepi da esposizione, illuminati dalle luci artificiali, e pieni di persone che non esistono.

Era sceso il vento, insieme a una notte stellata, con una luna lattiginosa a fare da sfondo. Ma anche quel coperchio sembrava improvvisamente carta da parati. Uno spettatore come tanti, insensibile e spocchioso, deciso a vedere quello che voleva, e a ignorare ciò che lo tediava. Un cielo inutile come i miei ricordi.

Eravamo feriti, assetati e senza più forze. *Distrutti* sarebbe stata la parola adatta, non fosse che mancava il tempo anche per la stanchezza. In quel momento non contava più una camera libera, con lenzuola e materassi comodi. Contavano il premio, il DVD, le risposte. Contava il respiro, più simile a uno spasmo, che ci separava dalla verità.

Contava un maledetto computer, ma fu impossibile trovare un Internet point, e ancor meno un negozio aperto, a quell'ora. Eravamo lontani dal concetto di capitale o metropoli moderna. Là il mondo girava a un ritmo tutto suo, e dovevamo accontentarci.

Così, dopo aver girato mezza città e gran parte della baia, la nostra strada incontrò quella di un albergo dalle pareti azzurre. A prima vista sembrava una casa, di quelle basse e squadrate, che si trovano anche nei paesi nordici. Ma l'insegna parlava chiaro, e si rivelò l'unico punto in cui dar voce alle nostre domande.

Spiai l'orologio di Christabel: era tardi, ma non *così* tardi. Fortunatamente per noi l'entrata era ancora aperta, e questo ci permise di sgattaiolare all'interno. Nessuna porta scorrevole, solo un doppio portone da maneggiare con cura.

Il receptionist ci dava il fianco, mezzo addormentato alla scrivania dell'ingresso. Stava guardando un video sul tablet, che teneva a volume bassissimo. Fu sufficiente quella distrazione per far passare inosservata l'apertura delle porte e, anche in quel caso, ci accontentammo di uno spiraglio minuscolo, quel che bastava per far entrare testa e spalle.

Una volta all'interno, cercammo disperatamente qualcosa che potesse esserci utile.

«Qua c'è un portatile», avvisò Jared.

Lo raggiunsi, evitando accuratamente il suo sguardo. I pensieri erano troppo affollati, ma gran parte di quella confusione apparteneva a ciò che era accaduto tra noi.

«Dobbiamo spostarlo», ragionò Christabel.

Il PC stava tra il monitor principale e l'agenda del receptionist, sommerso da alcune scartoffie.

«Credi che sia suo?», bisbigliò Scott indicando l'uomo. Si ostinava a sussurrare, un'abitudine difficile da far andar via.

«Penso di sì». Girai il computer tra le mani. «La batteria è al massimo, se lo stacchiamo possiamo contare su qualche ora di autonomia».

Se il DVD conteneva un filmato o una registrazione, non potevamo rischiare che l'audio si sentisse. Dovevamo trovare un luogo più appartato.

«Di sopra ci saranno le camere», disse Jared. Staccò la presa del PC e lo mise sottobraccio. «Il volume si sente in reception quanto ai piani superiori. Fuori invece non c'è anima viva».

«Non so tu, ma io sto congelando», Christabel ebbe un fremito. «Possiamo evitare?».

«No», tagliò corto lui.

«Fantastico», le sue labbra si piegarono in una smorfia delusa.

Cercai un'alternativa, ma era inutile. L'unico posto lontano da orecchie indiscrete stava all'esterno, e noi avevamo bisogno di tutta la tranquillità possibile. Chiusi il giaccone fin sotto il mento e tornai fuori. Era troppo buio per stare a sindacare su quale strada scegliere, così ci spostammo sul retro dell'albergo, in una piazzola dedicata alle biciclette. Là c'era un lampione dalla luce a intermittenza, e solo il rumore del vento a farci compagnia.

A quel punto estrassi il premio. Controllai che non ci fossero crepe o ammaccature, e attesi che il computer si accendesse. Mai come quella sera la rotellina di caricamento sembrò andare così piano.

«E se quello che troviamo non ci piace?», tentennò Scott, mentre lo schermo gli illuminava il volto.

«Perché?», replicò Christabel. «Credi davvero che siano buone notizie? Hai visto dove siamo? Hai visto *come* siamo?».

Li lasciai ai loro battibecchi e passai le dita attorno alla tastiera, in cerca del vano CD. Quando lo sportellino si aprì, ebbi un fremito.

«Lo faccio?», domandai sospesa, con il DVD stretto in mano.

«Lo facciamo insieme», disse Jared.

Poggiò le dita sulle mie. Un'unica spinta, forse un po' troppo incerta, per inserire la risposta alle nostre domande, oppure la conferma ai nostri incubi.

Il computer, come da copione, ci mise qualche secondo a caricare. Al suono del vento si unì il ronzio dei marchingegni intenti a leggere il nuovo contenuto.

Poi si aprì la schermata video e si fermò sul primo fotogramma, in attesa che qualcuno avviasse il filmato.

«Ma che diavolo…», imprecai.

Lì per lì non indovinai subito l'inquadratura. Proveniva da una videocamera, probabilmente appoggiata su un piano rialzato, o su qualche oggetto a fare da base. Ma c'era qualcosa di insolito, una sorta di lente aggiuntiva inserita tra lo schermo e il resto dell'immagine, che rendeva i riflessi tremolanti.

Cercai immediatamente altri dettagli. Vidi una gabbia, posizionata su un tavolo di metallo, all'interno della quale erano rinchiusi sei topi. La videocamera puntava esattamente su di loro, e su un timer che stava agganciato accanto alla vaschetta dell'acqua.

Socchiusi le palpebre, cercando di mettere a fuoco proprio i numeri del timer.

*Giorni: 25*
*Ore: 12*
*Minuti: 3*
*Secondi: 11*

Il filmato era accompagnato da un ronzio, simile a quello del giradischi quando finisce la musica, e qualsiasi cosa riguardasse i topi stava andando avanti da venticinque giorni e qualche ora. Ma non era l'unico particolare; anche i ratti si comportavano in maniera insolita. Cinque di loro stavano in gruppo, impegnati a sgusciare una manciata di semi. L'ultimo invece giaceva sul lato opposto della gabbia, e il suo respiro andava al doppio della velocità. Attraverso quella lente, il suo corpo appariva tremolante, simile a un ologramma. C'era qualcosa di strano in lui, qualcosa che lo rendeva diverso. Nessuno lo vedeva. Nessuno, tranne noi.

Fu a quel punto che subentrò la voce. Un cambiamento repentino che ci fece sobbalzare tutti e quattro.

*Nell'inconsistenza del nulla,*
*anche il sicario più abile cede alla pazzia.*

Chiunque fosse, aveva un timbro profondo.

Volevo abbassare il volume, ma restai semplicemente pietrificata. Provai a cercare una fonte, un cambio di inquadratura, ma la videocamera restò fissa sui topi, e su quel sesto esemplare abbandonato e in preda a una crisi di nervi.

*Buongiorno, squadra Gamma.*
*Se state ascoltando questo messaggio, significa che siete riusciti ad arrivare in tempo. Me ne rallegro.*
*Poche menti confidano in voi, ma ogni gioco ha bisogno delle sue pedine più deboli.*

La respirazione del topo rallentò, mentre gli occhi si dilatavano, due spilli color sangue che non la smettevano di roteare. Fece un balzo verso l'acqua, poi tornò indietro e si mise di fronte alle sbarre, dando le spalle ai compagni.

Il modo in cui guardava la gabbia, lo smarrimento con cui occupava gli spazi, facevano intendere che non era consapevole dell'ambiente circostante.

*Il mio nome non è essenziale,*
*ma le presentazioni sono d'obbligo.*
*All'occorrenza, dunque, potete chiamarmi Illusionista.*
*Spero che possa bastarvi, squadra Gamma.*
*La sabbia scorre nella clessidra del nostro gioco,*
*esattamente come scorre nella clessidra della vita.*
*Non ho tempo io, e non ne avete voi.*
*Perciò ascoltate con attenzione,*
*perché parlerò una volta soltanto.*

Il topo solitario colpì le sbarre della sua prigione. Andò a sbatterci contro più volte prima di realizzare che non poteva arginarle, e solo a quel punto le morsicò. Denti contro ferro, mentre il respiro rallentava, e gli occhi diventavano sempre più folli.

A quel punto notai le ammaccature. Erano lungo tutto il fianco della gabbia, con piccoli solchi e sangue rappreso. La scena che stavamo vedendo si era già svolta, e chissà quante volte ripetuta. Non era la prima volta che il topo si dimenava, non era la prima volta che mordeva le sbarre.

Non riusciva… a percepire.

*Le vostre giovani menti non capiranno interamente*
*quanto segue, ma cercherò di essere esaustivo.*
*In fondo è il vostro premio, e voi chiedete spiegazioni.*
*Non è così?*
*Vi è stato somministrato per via orale un siero neonato*
*su cui sto lavorando.*
*Il suo nome è NH1,*
*ed è in grado di alterare i corpi su cui agisce.*
*Vi sto parlando di passi da gigante, che la scienza ha fatto*
*dopo innumerevoli studi e ricerche.*
*Sacrifici che io ho portato avanti con devozione, cercando*
*il tassello mancante di un disegno più grande.*
*Ma sarò più specifico.*
L'NH1 *agisce sul vostro corpo lavorando su un aspetto*
*tanto semplice quanto complesso: la deviazione della luce.*
*Come forse saprete, in natura riusciamo a vedere quello*
*che ci circonda grazie al movimento dei fotoni, o meglio*
*grazie al modo in cui vengono riflessi dal corpo materiale,*
*rivelandoci così l'oggetto.*
*Questo ci permette di prendere consapevolezza di quel che*
*abbiamo attorno, di vedere i colori,*
*di avere una forma per gli altri, e anche per noi stessi.*

*Esistono tuttavia alcune eccezioni.*
*Prendiamo il semplice esempio del vetro:*
*la conformazione di un materiale tanto affascinante*
*fa sì che le particelle di luce*
*non vengano rifratte dalla sua superficie,*
*bensì la attraversino,*
*rendendo ciò che abbiamo davanti trasparente,*
*al limite dell'invisibile.*
*Altro discorso riguarda fenomeni come i buchi neri,*
*la cui massa è in grado addirittura di attrarre i fotoni,*
*annullando così gli effetti delle particelle luminose*
*e creando il buio completo,*
*l'assenza di luce, l'assenza di materia.*
*L'assenza.*
*Voi non siete vetro e non siete buchi neri,*
*ma da questi misteri prendete l'origine.*
*Con l'NH1 ho ideato un siero che permette*
*al vostro corpo di deviare la traiettoria dei fotoni,*
*rendendo il corpo stesso un isolante naturale.*
*Proprio come l'acqua del ruscello*
*aggira la roccia posta lungo il suo corso,*
*la luce vi evita, girando attorno a voi.*
*Siete assenza,*
*non inglobate nulla,*
*nulla vi attraversa.*
*Nessuna rifrazione. Nessun rimbalzo.*
*Agli occhi del mondo voi non esistete.*
*Siete invisibili.*

Le gengive del topo iniziarono a sanguinare. Aveva il muso sporco di sangue e mordeva così forte le sbarre da agitare la gabbia intera. I suoi compagni alzarono lo sguardo a causa delle vibrazioni, ma non capivano cosa le provocasse, così tornarono a mangiare.

Fu a quel punto che il sesto esemplare impazzì del tutto. Lasciò perdere il ferro e iniziò ad autoinfliggersi altro dolore. Nello specifico, andò a sbattere contro la gabbia. Una, due, tre volte, deciso a spaccarsi la testa.

*L'NH1 non agisce solo su di voi.*
*Il suo effetto si trasmette a ciò con cui siete in diretto o ravvicinato contatto.*
*Questo include i vostri indumenti,*
*compresi gli strati a loro più vicini,*
*e ogni oggetto che andate a maneggiare.*
*Un vostro tocco a mano nuda, o a pelle esposta, può rendere evanescente un frammento di palazzo, le fronde degli alberi, o la zona circoscritta del sedile di un autobus.*
*Per questo è stato necessario trovare dei trucchi.*
*Immagino abbiate scoperto a cosa servono gli strumenti che vi sono stati forniti. Piccoli oggetti che hanno richiesto anni di lavoro e di perfezionamento.*
*Lenti a contatto in grado di smascherare gli effetti dell'NH1. Apparecchi acustici che vi permettono di sentirvi l'un l'altro, perché il siero agisce anche sul suono.*
*La vostra voce, infatti, è stata leggermente modificata.*
*Spostata di tono, per l'esattezza.*
*Ora comunicate su un'altra scala, molto più simile a quella degli ultrasuoni.*
*Onde assolutamente sconosciute all'orecchio umano, e nessuno è in grado di sentirvi.*
*Infine i guanti.*
*Sono stati realizzati con un materiale speciale,*

*resistente agli effetti del siero*
*più di qualsiasi stoffa o vestito.*
*Vi permettono di toccare oggetti e superfici*
*senza farli sparire.*
*Utile, non credete? Evitare il panico dilagante, lo stesso*
*panico che all'inizio pensavate potesse salvarvi,*
*ne sono sicuro.*
*Ma ora siete più cauti, squadra Gamma.*
*Non è così?*
*Ora indovinate la direzione giusta.*

Il topo cadde sulla schiena, poi rovesciò la testa e iniziò ad annaspare. Emetteva uno squittio sinistro, un lamento impercettibile in punto di morte.

Venticinque giorni, dodici ore, sei minuti, undici secondi. Alla fine, morse l'unica cosa che aveva sotto mano. Se stesso.

*Ricordate bene quanto segue.*
*Il mio gioco funziona a premi,*
*e voi avete un unico compito: vincere.*
*Questo video è la vostra spiegazione, e il prossimo regalo*
*potrebbe contenere una sorpresa ancor più speciale.*
*Non siete solo invisibili,*
*il mondo vi ha anche dimenticati.*
*Ne sapete qualcosa, vero?*
*Le vostre famiglie, le persone a voi più vicine, gli amici.*
*Nessuno si ricorda di voi.*
*Siete stati quattro elementi particolarmente facili da arginare,*
*con la complicità di alcune esperienze comuni, e di un siero*
*della memoria piuttosto efficace.*
*Un siero che spesso amo accompagnare all'NH1,*

*proprio per eliminare la parte*
*più scomoda della presenza materiale: il ricordo.*
*Alcuni ricordi, volendo essere precisi.*
*Quelli che riguardano l'elemento da cancellare.*
*La nostra mente ragiona a scompartimenti, lo sapevate?*
*Basta trovare il cassetto giusto, e tutto si può eliminare.*
*Voi non esistete, squadra Gamma.*
*Non esistete nella mente dei vostri cari,*
*non esistete in rete,*
*non esiste nulla che possa ricondurre a voi.*
*Io vi ho fatti sparire.*
*Io detto le regole per farvi tornare.*

Si può divorare il proprio corpo con tanta perizia? Si può resistere al dolore con tanta devozione, per il terrore di soccombere alla pazzia?

Il topo si morse, ancora e ancora, preso da una disperazione tanto sconosciuta quanto familiare. Staccò uno dopo l'altro frammenti di carne, arrivando fino all'osso, quasi a dire: "Esisto. Esisto". Questa materia è reale.

Il timer si fermò all'ottavo minuto, nell'esatto istante in cui la cavia morì.

*Certo, come ogni esperimento, anche questo ha*
*i suoi effetti collaterali se non si agisce in tempo.*
Tic tac, *squadra Gamma.*
*Ma non disperate, vi è un antidoto per ogni dolore,*
*e io sarò felice di darvelo.*
*Posso restituirvi quello che vi è stato rubato, posso farvi*
*tornare alla vita di prima, con le famiglie di un tempo.*
*Agite nell'ombra. Agite per me.*
*E alla fine tornerete a essere visti nel mondo.*

*Tornerete a essere ricordati.*
*È quello che volete, giusto?*

Il video prese a traballare, mandando una serie di segnali a intermittenza. Diedi un colpo al computer, ma niente da fare, lo stavamo perdendo. Lo zoom si concentrò sulla carcassa del topo, morto dissanguato. Deglutivo e deglutivo, sforzandomi di non vomitare.

*Fate quello che vi chiedo. Fatelo bene.*
*E guadagnatevi il resto.*

«No!», imprecò Scott, mentre la schermata si spegneva.

Si udì un ronzio, un altro ancora, poi il vano CD si aprì da solo, restituendo il dischetto. Provai a reinserirlo, pigiai il tasto di avvio, litigai col programma, ma niente da fare. Il DVD era inutilizzabile, non funzionava più. Restava solo la schermata del desktop, con un bel panorama cileno a fare da sfondo, e la voglia incontrollabile di spaccare il computer.

Questo eravamo? Corpi nell'ombra che qualcuno aveva indotto a respingere la luce?

*Mamma.*

Dannazione.

*Mamma.*

A volte la realtà sa essere più terribile di qualsiasi congettura.

## Ventisette

«Non se ne parla!», esplose Christabel facendo su e giù dai gradini.

Eravamo tornati dentro e avevamo rimesso il computer al suo posto. Jared si era ostinato a conservare il DVD, per quanto fosse evidente che non avrebbe mai più trasmesso quel video.

«Allora cosa proponi?», attaccò Scott. «Il disfattismo non serve a nessuno, e qui abbiamo bisogno di soluzioni. Prospettiva. Ottimismo. Vocaboli con cui da piccola hai rotto il sacro vincolo dell'amicizia».

«Sai dove te lo puoi mettere l'ottimismo, Scott Jenkins?».

«Oh», provai a rompere la tensione. «Di cognome fai Jenkins?». Scott non aveva mai accennato al suo cognome. Non a me almeno, ma a quanto sembrava con Christabel ne aveva parlato eccome.

«La volgarità aiuta», si illuminò lui. «Hai bisogno di essere volgare? Va bene. Basta che poi ragioniamo come persone adulte».

«Sai dove te la puoi mettere la volgarità?», sbraitò Christabel.

«È recidiva», Scott si voltò verso di noi, stringendosi nelle spalle. «Ma non capisco se è un bene o un male».

«Ok, basta», li interruppe Jared. «Di questo passo non andiamo da nessuna parte».

Rimase seduto sui primi gradini del pianerottolo, accanto a dove stavo io. Nessuno si era premurato di controllare le stanze libere, eravamo troppo su di giri. Così utilizzavamo le scale dell'hotel come quartier generale, fermi alla postazione "moquette slavata" tra i piani tre e quattro. Almeno là dentro faceva più caldo.

«Sei d'accordo con Scott?», Christabel serrò le labbra. Il video l'aveva sconvolta parecchio. «Avanti, Jared, idolo delle folle. Sei d'accordo con lui?».

«Se qualcosa ti dà fastidio, parla liberamente», gli occhi di Jared si fecero sottili.

«L'abbiamo sentito tutti, giusto?», ansimò lei. «Quell'uomo ha già detto abbastanza, per quanto mi riguarda. Ho nel corpo un siero sperimentale di cui non conosco assolutamente nulla, e qualcuno ha iniettato a mia nonna una porcheria che le sta divorando il cervello. Ci hanno preso i telefoni, chiuso la casella email, monopolizzato gli account. Stiamo girando come dei… cretini! Su e giù per il mondo, seguendo i loro ordini. Io non sono un cagnolino ammaestrato!».

«Christabel, non avevi alternative», provò a calmarla Jared. «Nessuno di noi ne aveva».

«No! *No.* Io sono stufa anche di te e della stellina da sceriffo con cui ti fai bello. Ti sei eletto a capogruppo, ma io neanche ti conosco! Io qua non conosco nessuno, e sono stufa di giocare alle Giovani Marmotte. Non siete miei amici, non siete gli amici che mi sono scelta, quindi basta dare ordini».

«Non ci sono state elezioni a quanto ricordo», la voce di Jared diventò tagliente.

«Christabel, l'Illusionista è un bastardo», intervenne Scott. «Nessuno lo sta giustificando. Ma l'hai detto tu stessa: hai sentito cosa ci hanno fatto. Dietro di lui c'è evidentemente un gruppo di persone che glielo permette. Cosa possiamo fare contro un siero del genere? I cellulari non sono stati disattivati dall'angelo delle compagnie telefoniche. Avranno un hacker, avranno gente esperta che, non so come, è stata in grado di farci svanire dalla rete». Si interruppe, per poi affrontare il punto di cui tutti avevamo paura. «Hai visto il video? Hai visto quel topo, hai capito cosa gli è successo? Se questo siero ha degli effetti collaterali, se siamo condannati a impazzire, dobbiamo sbrigarci a trovare un rimedio».

«Credi che faremo la fine di quella cavia?», tentennai. Era evidente che il topo fosse sotto l'effetto dell'NH1. I suoi compagni di gabbia non lo vedevano, così come lui non vedeva se stesso.

Per questo si mordeva, per questo si… divorava.

Per prendere coscienza del suo corpo.

Eravamo destinati al suo epilogo?

«Io non lo so», ammise Scott. «Ma so quello che ho visto, e di certo l'Illusionista ha scelto bene il video da proporci. "Tic tac", ha detto. Ci sta sfidando ad andare avanti, a conquistare l'antidoto, perché in caso contrario saremo noi a uscire di senno».

«Torniamo agli effetti collaterali», Jared si rabbuiò. «Quali sarebbero, esattamente? Nel video sembrava che il topo fosse impazzito».

«Di certo non stava troppo bene». Scott aggiunse il carico da novanta. «Forse è qualcosa che interferisce con la nostra mente. Pensiamo agli altri, qualche idea? Il tizio dei Beta è sicuramente il più svitato».

«Denis», specificai.

«Esatto! Abbiamo sempre pensato che fosse un mezzo drogato. E se invece ad aizzarlo fosse proprio l'NH1? Se a lungo andare rischiassimo di diventare tutti come lui?».

«Questa è un'ipotesi, Scotty, non ne siamo sicuri».

«Io dico che quel video era un avvertimento, e l'avvertimento è ben chiaro. Dobbiamo recuperare l'antidoto».

«No, dobbiamo scappare», balbettò Christabel.

«Scappare dove?», si risentì lui. «Ti ricordo che un tizio vestito di nero è sempre un passo avanti a noi. Sa dove aspettarci, sa dove trovarci. Chris, è il momento peggiore per dividerci. Vuoi fare la fine di quel topo?».

«La tua soluzione», lo aggredì, «è fare quello che ti chiede l'Illusionista. Seguire le sue coordinate, rincorrere specchietti per le allodole. La *vostra* soluzione, a quanto ho capito».

«Ha il siero della memoria. Christabel, ragiona. Ha sotto tiro le nostre famiglie, ha l'antidoto all'NH1. L'unica speranza per averli anche noi è assecondare il suo gioco».

«Ma davvero ci credi, Scott?».

Non avevo mai visto Christabel tanto affranta. La potenza del suo dolore eguagliava quella della mia rabbia. Due sentimenti diversi che ci divoravano allo stesso modo.

Stavamo affondando.

«Non rivedrò mai la nonna». La sua voce si spezzò, ma la cosa più straziante fu vedere che cercava il mio sguardo. «Tu lo sai, Faith. Sai cosa voglio dire».

Certo che lo sapevo.

E, seduta su quella moquette sudicia, non ero capace di contraddirla.

Nessuna nonna, nessuna sorella, nessun Tommy. Anche i genitori girovaghi di Scott potevano esplorare il mondo con un pensiero in meno.

Punto. A capo.

«Esatto», disse Christabel, interpretando il mio silenzio. «Non voglio strisciare per un uomo così. Non seguirò gli ordini di chi mi ha portato via tutto».

«Infatti devi combattere», sussurrai.

Reagire. Prenderlo a pugni.

«Sono stanca», singhiozzò. Poi si coprì il viso con le mani, troppo orgogliosa per mostrare le lacrime. «Sono solo una roccia aggirata dal fiume, uno stupido oggetto che la luce ripudia. Sono stanca».

Quando si voltò, nessuno ebbe cuore di fermarla, e non per cattiveria o disinteresse, ma perché nessuno poteva dar conforto a quel dolore.

Era un male che ti dilaniava il cervello, come la certezza della morte per un condannato. Ovunque Christabel guardasse, non c'era via d'uscita.

La squadra Gamma non aveva alternative. E in quel momento capii che forse, a modo loro, neanche i Beta ne avevano. Forse quei soldi erano davvero essenziali per loro.

Lei se ne andò, lasciandoci a combattere coi nostri silenzi. Sentii i suoi passi lungo il corridoio del quarto piano, e poi il rumore si acquietò. Nessuna stanza per noi, quella notte. Solo pavimenti sudici e decisioni da prendere.

«Sentite, io...», iniziò Scott sulle spine.

«Vai da lei», completai subito. Non ero l'elemento migliore per consolarla, e neppure Jared, a cui spettava l'ingrato compito di capitano negligente.

«Non so se riuscirò a convincerla».

«Non devi convincerla», precisai. «Chi di noi lo è? Sappiamo benissimo che quei premi sono soltanto carote. Devi farla sorridere». Esitai, per poi continuare: «Sei l'unico che sa farlo, Scott».

Lui ne fu grato, e gli spuntò una rughetta espressiva tra le sopracciglia. Scott era una persona solare e, quando scomparve dietro a Christabel, aveva la schiena dritta e il passo deciso. Fino all'ultimo.

«Non possiamo neanche obbligarla», disse Jared, perso nei suoi pensieri.

Eravamo rimasti in due, uno accanto all'altra. Da qualche parte, tra il corrimano e le pareti stinte, sentivo il suo profumo. Ma era lontano, un ricordo distorto, differente da quello che avevo sentito durante il nostro primo volo, tra Londra e l'Ecuador.

Quante parti di Jared Price stavano sbiadendo? E quante avevo *bisogno* che restassero?

«Dividerci è la soluzione peggiore», replicai. «Dobbiamo trovare un punto d'incontro, o da soli saremo ancora più vulnerabili».

«Possiamo arrivare al capo della matassa, ma non so se e quando riusciremo a uscirne».

«Questa non è una novità», deglutii. Avevo già fatto i conti coi miei demoni, se era questo che si stava chiedendo. «Non vedrò nascere mia sorella. Non rivedrai Tommy, e la nonna di Christabel morirà senza nipoti. È chiaro, Jared».

«È chiaro, Faith», la sua voce ebbe un fremito, «ma possiamo disturbare abbastanza da mettere i bastoni tra le ruote. Arrivare dove vuole lui e raccogliere il maggior numero di informazioni».

«Ancora con queste informazioni?».

«La faccenda è ancora piena di buchi. A chi potrebbe interessare testare un siero simile? E perché? Non abbiamo nessun collegamento con le forze dell'ordine, i servizi segreti o qualche setta satanica. L'Illusionista sta sperimentando qualcosa, e per qualche assurdo motivo noi gli serviamo. Mancano diversi tasselli al puzzle. Ad esempio non c'è una spiegazione agli account bloccati, ai vestiti, alle foto e ai ricordi scomparsi. Come sono riusciti a farlo? Siamo invisibili al mondo, ma per chi ci ha cancellati siamo visibili eccome. Dovevano conoscere piuttosto bene le nostre identità, se poi sono riusciti a distruggerle. Ci hanno studiati per eliminare le nostre tracce. Possiamo arrivare a capo della matassa», ripeté convinto. «Forse non rivedrò Tommy, ma morirò sapendo cosa sta succedendo. Questo me lo devo».

«Il siero della memoria», la domanda mi terrorizzava. «Pensi davvero che lui abbia l'antidoto?».

«Sì», rispose Jared.

«Pensi davvero che lo darebbe alle nostre famiglie, se lo prendessimo?».

«Cosa ti serve alimentare, Faith? La tua rabbia o la tua speranza?».

«La mia rabbia», sputai fuori.

«Allora la risposta è "non lo so"», disse. «Non credo nelle buone intenzioni di quell'uomo. Ma sono d'accordo con Scott, non possiamo ignorare il contenuto del video. L'Illusionista ci ha spiegato gli effetti dell'NH1, e cosa più importante ci ha mostrato il decorso del siero su un topo. Se il rischio è fare la sua fine, se gli effetti collaterali sono quelli, siamo costretti a recuperare l'antidoto».

«Venticinque giorni», mormorai, alludendo ai numeri sul timer. «La cavia ci ha messo venticinque giorni a morire. Se il nostro limite è lo stesso, abbiamo perso in partenza».

«Non ne sarei così sicuro. Il video mostrava gli effetti su un topo, noi siamo persone: forse possiamo sperare in tempistiche più lunghe».

«Ma il finale è sempre lo stesso, Jared». Serrai la mascella. «Il finale è impazzire. Per poi divorarsi».

Feci per alzarmi, ma lui mi trattenne. Sentii le sue dita attorno al braccio, e la mente tornò a Covent Garden, quando mi aveva trovata.

«Il finale lo scrivi tu», disse piano. «E questo deve bastarci per reagire». Esitò, per poi riprendere le fila di un altro discorso. «Grazie per aver disegnato quella bussola, a Cerro Bandera».

Restai così, a ciondolare a mezz'aria, metà seduta e metà in piedi, mentre il corpo si divideva in due parti. Difficile scegliere quale ascoltare, ora che una Faith era morta e l'altra stava lottando per sopravvivere.

«Prego», scelsi alla fine.

Il vero problema di quei giorni era il ripensamento. Il continuo, lancinante bisogno di tornare sui propri passi, rivedere le decisioni. Avevo un disperato bisogno di chiarire con Jared, ma anche un disperato bisogno di chiarire con Faith. C'era troppa confusione, troppo disordine.

«Quello che è successo dopo...», aggiunsi. Tornai seduta e lui mi lasciò. «È stato dettato da cosa?».

Apparve sorpreso. Lì per lì pensai che non avesse capito la domanda.

«Noi ci siamo baciati, Jared», sussurrai.

«L'ho notato, sì».

«E ha significato qualcosa? Voglio dire, era la foga del momento, la gioia del tornare a vedere, l'adrenalina?».

«Pensi che sia questo?», chiese. «O *preferisci* che sia questo?».

«Ho *paura* che sia questo», ammisi.

Faticavo a interpretare i miei sentimenti per Jared. Lui era il solletico al centro dello stomaco, la sensazione di pace che mi ricordava casa. Era la persona che avevo fotografato centinaia di volte, quando ancora amavo farlo. Era un volo preso all'ultimo, la lotta furiosa dentro un Internet point, il dolore della perdita e la forza di rialzarsi. Era lenti, guanti e auricolari, lo scoglio attorno a cui l'acqua girava. Luce e assenza di luce.

Jared Price mi piaceva. Questo riuscivo a capirlo, era una sensazione incastrata al centro del cuore. Nella vita di tutti i giorni non ci sarebbe stato altro da aggiungere.

Ma quella non era la vita di tutti i giorni, e noi ci conoscevamo da così poco.

Lui era apparso quando io ero svanita, l'unica mano in mezzo all'indifferenza totale. Perciò il dubbio restava. *Provavo qualcosa* per Jared Price o *avevo bisogno* di Jared Price?

«Faith», cercò di scuotermi lui.

«Non voglio essere il tuo appiglio, Jared, e non voglio che tu sia il mio. Non credo in questo tipo di amore. Quello che ho fatto a Cerro Bandera l'ho fatto col cuore, e io in quel Nord condiviso ci credo. Ma obiettivamente non sappiamo nulla l'uno dell'altra».

«Infatti vorrei conoscerti», disse ancora. «Per quel che può valere, sarebbe bello... starti vicino».

«Non farlo se sono foga del momento, adrenalina e gioia di tornare a vedere».

«*Faith*».

Mi prese il viso tra le mani, e quel gesto mandò il mio corpo in subbuglio.

«Non so più cosa sia vero», mormorai.

Lui si avvicinò; lentamente, sfiorandomi prima la punta del naso. Là si fermò per qualche istante, come a suggellare un patto che andava contro la maledetta adrenalina, la maledetta foga e la stramaledetta gioia di tornare a vedere.

Fu quella la parte speciale.

L'attesa, il suo respiro nel mio. La voglia di sentire quel tocco, ma doverlo aspettare. Il tempo che intercorre tra il dubbio e la certezza, tra il bisogno e la calma.

La distanza finale la colmò un passo alla volta, fino a quando la sua bocca trovò ancora la mia, e stavolta le nostre labbra si mossero in sincrono.

Piano piano, mi avvicinai. O meglio, mi abbandonai. Le sue mani scivolarono sul mio collo per poi tornare su, al viso, alla fronte, ai capelli. Mi disegnò ancora, e a quel punto cercai di più, cercai il bene che gli volevo, il solletico allo stomaco, la sensazione di pace. Dischiusi le labbra e lasciai che quel calore si intensificasse, provai altro, trovai il nuovo, e per ogni esitazione lui mi aspettava.

Fu un bacio lungo, traballante e sincero.

L'unica luce in grado di colpirmi, vedermi e tornare al mittente.

«*Questo* è vero», disse Jared.

Poggiò la fronte sulla mia, stringendomi forte.

«Faith, non mi spaventa quello che non vedo. A Cerro Bandera è stato orribile, e all'idea di dimenticarti mi esplode la testa. Ma quando ho riaperto gli occhi, non ero semplicemente felice di vedere. Io ero felice di vedere *te*. Non sei un appiglio, io… preferirei di gran lunga affogare. E potrei fare a meno di vederti, potrei benissimo essere in questo casino da solo. Ma non posso negare il fatto che quando ti guardo… sto bene. Faith, questo è vero. Tu per me sei vera. Mi spiace che sia ora, mi spiace che sia presto, mi spiace che sia avventato! Ma questo non vuol dire che non sia reale».

Le sue dita tamburellarono di nuovo.

Amavo così tanto quel gesto da imitarlo per riflesso. Solo che stavolta non separai i nostri spazi. Avvolsi la mano attorno alla sua perché, se era una paura, allora l'avrei condivisa, e non per essere un'ancora, un appiglio o una colonna, ma per affetto. Per non perdersi.

Come le lontre.

# Ventotto

Tirai su il cappuccio e attesi che la strada fosse libera.

Una coppia di escursionisti attraversò la via in diagonale per poi scomparire verso la baia. Erano i primi della giornata e i soli ad avventurarsi sotto un cielo plumbeo, che non preannunciava nulla di buono.

Era il nostro decimo giorno a Puerto Williams, e io dovevo fare l'inventario.

Controllai che il marciapiede fosse deserto, poggiai lo zaino a terra e passai in rassegna le provviste. Maglioni, bottigliette, barrette energetiche, frutta secca, zucchero, una corda, tre scatole di cerotti, il coltello di Ephraim, spray al peperoncino gentilmente fornito da Scott. E infine guanti, lenti, auricolari, biglietti con vecchie coordinate.

C'era tutto. Quasi tutto. Il resto dipendeva dal ragazzo che stava uscendo dal negozio di fronte.

«Presi», disse con atteggiamento furtivo. Guardò a destra, a sinistra, in alto, in basso. Cosa diavolo poteva esserci in basso?

«Scotty, non abbiamo tutto il giorno», sospirai.

«Sto facendo un sopralluogo», spiegò. Mi raggiunse

in quattro balzi, sventolando il libro con cui ci torturava da giorni. «*Manuale della spia*, capitolo 5, parte seconda. Mai spostarsi senza controllare i dintorni».

«Compresi i tombini?». A volte mi pentivo della nostra incursione in libreria. L'idea era stata di trovare qualche cartina geografica, ma Scott aveva rubato l'intera sezione "spionaggio dalla A alla Z", trovando per giunta edizioni che non fossero in spagnolo. Cosa ci facessero manuali simili, in un emporio di libri a Puerto Williams, restava un mistero.

«Dubito che l'Illusionista si nasconda laggiù. A meno che non sia un pagliaccio di nome It, e cerchi di comprarti con un palloncino».

«Alla fine mi ringrazierai», replicò lui. «Porteremo a termine il nostro piano grazie a questi manuali».

Mi sfuggì un sorriso.

Il nostro piano.

La nostra idea, più che altro. Un tentativo improvvisato per capire chi ci stava seguendo. Non servivano libri a riguardo, ancora un'ora e la realtà si sarebbe rivelata da sola.

«Coraggio, James Bond», scherzai. «Fa' vedere cos'hai rubato».

Scott rispose con un'occhiata tronfia. Controllò che i dintorni fossero ancora liberi e buttò lo zaino accanto al mio, esibendo i suoi ultimi acquisti.

«Medicinali», elencò. «Ibuprofene a volontà, tante garze, disinfettante e retine elastiche per essere chic. Ma soprattutto questa per te». Tirò fuori la crema per le ustioni e la aprì senza troppi preamboli.

Era da giorni che la cercavamo, e la ferita alla mano non riusciva a guarire.

«Il traghetto è tra un'ora, dobbiamo sbrigarci», protestai. «La metto durante il viaggio».

«Sei seria? A Puerto Williams le distanze sono quelle delle città Lego. La baia è a soli cinque minuti da qui».

Mi prese la mano e tolse con cura la garza che la avvolgeva. La benda si attaccava sempre alla pelle viva, e quella era senza dubbio la parte peggiore.

Digrignai i denti mentre staccava un lembo dopo l'altro, e sperai che la crema facesse presto il suo effetto. Ormai muovere il palmo era diventato tremendamente doloroso.

«Guarda che roba», esultò Scott. Dal tubetto fuoriuscì una sostanza che ricordava tanto la schiuma da barba. «Devi tenerla un po' su e poi coprire il tutto. Me l'ha spiegato la farmacista».

«Dubito che tu abbia parlato con la farmacista». Cercava di fare lo spiritoso per distrarmi.

«Ok, tentiamo un'altra cosa. Se vuoi ti massaggio dolcemente la mano e fingo di essere Jared».

«Scott», ringhiai.

«Va bene, lasciamo stare». Chiuse il tappo, fece spallucce e infilò il resto nello zaino. Poi controllò il nuovissimo orologio da taschino che aveva rubato. «D'accordo, Bond girl. Possiamo assecondare la tua ansia femminile e iniziare a muoverci».

Scott era contemporaneamente il migliore e il peggiore compagno di provviste che si potesse desiderare.

Dopo dieci giorni di rifornimenti, cure e pianificazioni potevo dire di essermi affezionata. Ci eravamo aperti parecchio l'uno con l'altra, e questo gli permetteva di sapere bene cosa provavo per Jared. Anzi, gli permetteva di navigare con me nel mare contorto di sguardi, esitazioni e non detti che io e Jared ci scambiavamo ogni giorno.

Mi sentivo come un'adolescente al primo appuntamento. No, io *ero* un'adolescente al primo appuntamento. Solo che con l'NH1 in corpo, una madre senza memoria e il mondo da girare è difficile camminare mano nella mano. Tantomeno uscire a cena o decidere di fare cose come... stare insieme.

Avevo un'agenda, e quell'agenda prevedeva di fare provviste, essere lungimirante e seguire l'Illusionista senza assecondarlo. C'era spazio per Faith invisibile e per Jared invisibile, ma le due cose assieme si combinavano a fatica.

Mi mancava quella sera in albergo. Mi mancava quel bacio. Ma giorno dopo giorno la lista delle assenze si allungava sempre di più, e io iniziavo ad avvertire l'esigenza di cancellare tutto quel dolore.

Trovammo Christabel alla biglietteria del porto, come da programma.

Indossava un giaccone pesante e teneva i capelli schiacciati sotto al cappuccio. Nella mano destra stringeva il dépliant con gli orari dei traghetti, anche se noi avevamo già deciso quale prendere.

La scelta finale spettava a lei: seguirci o non seguirci. Era stata parecchio criptica nell'ultimo periodo, ma sempre collaborativa.

Si era impegnata a seguire il piano, e probabilmente voleva aspettare di coglierne i frutti.

«Preso tutto?», chiese. La sua borsa conteneva altrettante provviste.

«Penso che a Quito non ci servirà fare la spesa», commentò Scott. Poi la guardò con una punta di rammarico.

«E tu? Torni in Ecuador con noi o resti qui a fare la guida turistica?».

La battuta entusiasmava poco anche lui. Sapevamo tutti che l'abbandono di Christabel avrebbe segnato la sua fine.

Fra l'altro, dubitavo che l'Illusionista facesse prigionieri con la prospettiva di una ribellione interna, e dividersi restava la soluzione peggiore. Ma Jared aveva ragione, non potevamo obbligarla. Se voleva morire per protesta, aveva il diritto di farlo.

Io sarei morta in piedi, prendendo a pugni quel calcolatore bastardo.

«L'attracco è là in fondo», disse lei. Ignorò completamente la domanda di Scott. «Faith, ti senti bene?».

Pensare al mio rancore aveva sempre qualche effetto fisico. Sentii le guance bollenti e capii di essere rossa in viso.

«A posto», la tranquillizzai. «Passiamo al capanno blu e torniamo a Ushuaia. Sono stufa marcia di questa città».

Il capanno blu era una casetta portuale bassa e quadrata, sul cui tetto Jared aveva messo radici, armato di binocolo. Ci voleva qualcuno di vedetta alla baia, e lui si era offerto volontario. Da quella postazione, il secondo giorno dopo lo scontro aveva visto la squadra Alfa partire. Nessun uomo in nero per loro, nessun biglietto aggiuntivo. Semplicemente si erano imbarcati, ridendo e scherzando come al solito, vincitori di un premio a noi sconosciuto.

Poi, avvistati sempre dal capanno blu, ventiquattr'ore più tardi e trascinando un'urlante Sachi, erano salpati anche i Beta.

Stravolti, disperati e pieni di botte.

Nessun "ridendo e scherzando".

«Come pensavo», Jared saltò giù dal tetto, atterrando a ginocchia piegate. Non era un'altezza esagerata, ma supposi che le sue caviglie non ne furono felici. Diede un'occhiata alla mia mano e sorrise: «L'avete trovata», disse riferendosi alla crema.

«Ne ho prese cinque confezioni», specificò Scott.

«Oddio, spero che guarisca prima», rantolai.

«Il "come pensavo"...», ci interruppe Christabel, che fu la prima a tornare verso la baia, in direzione del punto d'attracco, «si riferisce a *lui*?».

Jared non fece una smorfia. Senza dire nulla, si limitò a infilare il binocolo in tasca e a condurci al molo, verso il traghetto che galleggiava sulla superficie dell'acqua.

L'argento usciva dalla bocca del cielo per rimbalzare nel mare, riflettendosi all'infinito in un gioco di specchi.

«Eccolo là», grugnì Scott.

L'uomo in nero, stretto nel suo cappotto scuro, ci aspettava davanti al punto di ancoraggio per la salita e la discesa dei passeggeri. Non c'erano spettatori in quel momento, a parte l'equipaggio della barca, indaffarato a sistemare gli ormeggi. Solo due turisti leggevano una guida al di là delle vetrate, seduti sui divanetti interni. Nessuno sguardo per noi, come al solito. Ma, cosa essenziale, nessuno sguardo per lui, che era visibile.

«Conosceva il giorno», ragionai a voce bassa. Eravamo ancora abbastanza lontani, non poteva sentirci. «Conosceva l'orario di partenza».

Il piano, l'idea e il tentativo erano stati molto semplici. Dato che l'uomo in nero anticipava ogni nostra mossa, avevamo deciso di metterlo alla prova. I dettagli del viaggio erano stati pianificati in modo differente, evitando accuratamente di discutere dei nostri preparativi per strada. Nessun commento fuori luogo, nessuna discussione in merito a quando lasciare Puerto Williams e per andare dove. O meglio, le discussioni c'erano state, ma in luoghi prestabiliti. Ne avevamo parlato all'interno dell'hotel, protetti da quattro mura, nella stanza libera in cui ci eravamo appartati, dove avevamo scritto l'idea su un foglio, per poi leggerla mentalmente e metterla in pratica. A quel punto, dopo cenni d'assenso, a voce alta era stata annunciata la decisione di tornare a Quito, in Ecuador. Non sapevamo ancora nulla della meta successiva, ma Puerto Williams era una città troppo piccola per restare: l'obiettivo era fare rifornimento, mimetizzarsi tra la folla e provare a rendere la vita difficile ai nostri pedinatori. Non solo agli Alfa e ai Beta, ma anche all'uomo in nero, all'Illusionista e a chiunque collaborasse con lui. Eravamo già stati a Quito, e questo ci avrebbe dato qualche vantaggio per muoverci liberamente. In più l'aeroporto Mariscal Sucre, a differenza di quello di Ushuaia, ospitava molti voli internazionali, ed era un ottimo punto di partenza per gli spostamenti futuri. In un momento di debolezza, avevamo anche pensato di tornare a Londra. Ma era stato solo un attimo, e nessuno di noi si era deciso a concretizzare il pensiero. Londra era casa, e proteggeva ricordi così dolorosi da spaccare in due il cuore. Come se non bastasse, attirare i nostri nemici nella città dove vivevano le nostre famiglie sarebbe stata una decisione egoista e suicida. La seconda pagliacciata si era svolta nel piccolo emporio dei libri, dove tra le cartine geografiche avevamo trovato anche le brochure dei traghetti. Là, sempre a voce alta, avevamo specificato il giorno della partenza. Ricordavo distintamente i presenti: il proprietario, un uomo barbuto sulla cinquantina, e due signore dai lineamenti duri, probabilmente del posto. Nessuno apparentemente capace di vederci o sentirci.

Infine, la terza messa in scena era avvenuta di notte, davanti alla farmacia chiusa. Con il silenzio come compagno, avevamo deciso a voce alta anche l'orario della partenza.

Quindi camera, libreria e stradina notturna.

Tre posti diversi, tre informazioni differenti.

E ora l'uomo in nero ci aspettava al porto, in perfetto orario, nel giorno corretto.

«Ci pedinano», conclusi per tutti. «E non in maniera leggera, ci pedinano con uno schema preciso».

«Capisco per il terzo indizio», sussurrò Scott mentre ci avvicinavamo. «Di notte qualcuno poteva anche essersi nascosto in giro. E riesco a immaginare un ascoltatore mimetizzato in libreria, ma la camera d'albergo?».

«Forse c'erano delle cimici», ipotizzai. «Ci controllavano, magari hanno registrato intere conversazioni».

«Sapevano in che stanza eravamo, allora», sbottò Christabel.

«Non agisce da solo». Socchiusi le palpebre. Dovevo terminare quel discorso e dovevo farlo in fretta. Temevo quasi che l'uomo in nero potesse andarsene, portando via con sé tutte le risposte. «Sarebbe troppo esposto, ormai sappiamo com'è fatto. Ha dei collaboratori con lui, uomini dell'Illusionista che seguono ogni nostro passo. Controllano che non usciamo dagli schemi».

«E come pensiamo di fare?».

«Dobbiamo stare attenti, ci hanno fregati con la stessa moneta. Siamo invisibili, ma siamo noi a non vedere. Per tutto questo tempo qualcuno ci è stato col fiato sul collo, seguendo ogni parola, decisione e litigio. Qualcuno mimetizzato tra la folla dei fortunati, tra innocenti passanti o turisti spaesati. E noi, idioti, non ci abbiamo fatto caso. Per salvarci non serve neutralizzare l'NH1, non adesso almeno. Siamo noi a dover aprire gli occhi. Noi a dover *vedere*».

«Credi che questa scoperta faccia la differenza?», bisbigliò Christabel.

«Credo che, prima di arrivare al burattinaio, la marionetta debba riconoscere tutti i suoi fili».

E tagliarli.

Chiusi la bocca non appena l'uomo in nero fu a portata d'udito. Non poteva concedersi troppi movimenti, l'attenzione del pubblico andava e veniva. Così si rifugiò nella sequenza di sempre: si guardò attorno, controllò l'ora, e ci consegnò il nuovo biglietto. Fu un gesto unico, senza fronzoli inutili, e stavolta non ci regalò neppure il sorriso di cortesia.

Forse, aspettare dieci giorni in quel buco di Puerto Williams gli era pesato. Chissà che vita aveva, al di fuori del nostro stupido gioco. Magari possedeva un attico in qualche posto esotico, con una moglie di vent'anni più giovane e sette camerieri ai suoi piedi.

Presi il biglietto e restai a fissarlo. Ci eravamo accordati anche su quello. Nessuno schiamazzo, nessun battibecco o richiesta. Se ne sarebbe andato nel silenzio, schiavo della moneta con cui ci pagava. E da quel momento in poi avrei scovato ogni suo tirapiedi, ombra o pensiero.

Ne sembrò felice. Orgoglioso, anche. Prima di sparire le sue labbra ebbero un fremito di sorpresa.

«È stata una buona idea?», Scott si mangiò le parole,

mentre il nostro unico contatto risaliva la via principale, mescolandosi tra le case.

La sua andatura era costante, non si guardava mai indietro. Fra i vari piani formulati, avevamo preso in considerazione l'idea di seguirlo, di pedinarlo per scoprire con chi si incontrava, su che macchina saliva, e chi, nel labirinto di quelle coordinate, si premurava di tornare a prenderlo.

Poi avevamo deciso di non tirare la corda fra noi e l'Illusionista, non ancora. Correvamo il rischio di strozzarci prima del tempo. Saremmo stati al gioco, *nel* gioco, e poi avremmo pensato a come reagire.

«Abbiamo un punto d'inizio», risposi a Scott. «Da adesso in poi, le informazioni essenziali ce le passeremo via scritta. Vediamo se possono monitorare anche quelle. Proviamo ad afferrare le redini».

«E il biglietto?». Jared indicò il foglio di carta che tenevo tra le mani.

Lo aprii un pezzetto alla volta, ma lasciai che fossero loro a leggerlo. La mia testa, nel frattempo, era impegnata altrove. Studiava le mosse successive e si pregustava ogni forma di rabbia. Rancore. Vendetta.

*1°17'22''N 103°51'00''E*
*– 672 ore*

* * *

«Faith».

La barca dondolava su e giù, mentre osservavo l'acqua dal parapetto di prua. Il mare, pian piano, stava cambiando colore.

Seguii i contorni dell'orizzonte e ritrovai la linea sfocata di Puerto Williams, l'ansa della sua baia, qualche spruzzo di colore a ricordarne le case. Era un puntino lontano ormai, sempre più invisibile.

«Faith».

Alzai la guancia dal corrimano ed espirai una nuvoletta d'aria condensata. Jared mi aspettava all'altro capo del traghetto, chiamandomi con insistenza. A furia di star fuori rischiavo di prendermi un raffreddore.

«Scott sta cercando di rubare il caffè». Sollevò il collo del giaccone, rabbrividendo. «Vieni?».

«Arrivo subito», promisi.

Alle sue spalle, i vetri appannati lasciavano intravedere la sagoma di Scott e i capelli spettinati di Christabel.

Tirai l'ennesimo sospiro di sollievo, felice che alla fine avesse deciso di seguirci. Probabilmente la riflessione era stata sofferta, e poco c'entrava con affetto e speranza. Ma era con noi, e questo rendeva reali le possibilità dei Gamma. Soprattutto permetteva a me di avere un'amica.

Qualcuno che… frenasse la sensazione contorta che mi stava oscurando.

«Nell'inconsistenza del nulla, anche il sicario più abile cede alla pazzia», sussurrai.

Giorno dopo giorno, le parole del video acquistavano una forma più definita.

Fu facile affondare la mano in tasca e trovare il mio vecchio cellulare. Continuavo a portarmelo dietro, anche se era spento, ammaccato e defunto. Lo rigirai tra le dita e lo guardai come si guarda un estraneo.

Aspettai un sentimento, un impulso, una scarica d'affetto che non arrivava. Un legame che riconducesse *me* a *lui*, che lo rendesse in qualche modo familiare.

Poi serrai le labbra e lo lanciai in mare.

Osservai il mulinello d'acqua che lo inghiottiva e, mentre quella parte di vita affondava, qualcosa emerse dentro di me.

Qualcosa di forte, stabile, rassicurante.

Abbandonai il corrimano e tornai all'interno.

La vecchia Faith, ovunque fosse, taceva.

## *Scott*

Qualche volta mi capitava di pensare a zio Duke.

Non sempre, solo nei momenti più storti. Pensavo al mezzo sorriso con cui mi salutava ogni giorno, alcune volte accentuato dall'alcol, altre quasi sincero. Se ne stava seduto su una poltrona vecchia come lui, e alle sette di sera sorseggiava sempre un bicchierino di scotch. Adorava essere brillo, ma non si spingeva mai oltre. Probabilmente gli restava un briciolo di senso del dovere nei miei confronti. Chissà. A questo punto forse non lo avrei mai scoperto.

Pensavo anche ai miei genitori, è ovvio, ma con loro la faccenda era diversa. Non c'era mai stata routine o quotidianità. Ero sempre venuto in secondo piano rispetto ai loro viaggi, di lavoro o di piacere, ed era un'abitudine che cresceva col passare degli anni. Quasi a dire: Scott ormai è grande, può fare a meno di noi.

Be', avevo fatto a meno di loro anche da piccolo, quindi non so, era difficile metterli sullo stesso piano dello zio. Sì, adesso mi mancavano una madre e un padre, ma mancavano anche prima. Il dolore era paradossalmente lo stesso.

Così mi chiedevo: la mancanza è una questione d'amore? O è solo il cambio di routine a spaventarci? L'idea di stare sotto un cielo diverso e non avere nessuno zio brillo sulla sua poltrona sgualcita, con l'assenza del suo mezzo sorriso ad aggrovigliare lo stomaco.

Quello lo avvertivo, sì. Era un dolore solido, all'altezza dello sterno.

Ma il resto, piano piano, cadeva nell'oblio. Sembrava che lo stessero somministrando a me, uno stupido siero della memoria. Sembrava che anche quei ricordi, in maniera violenta e inesorabile, stessero svanendo.

Ironia della sorte.

Me ne stavo sdraiato a terra a pancia in giù, circondato da cavi elettrici; un libro in una mano, il pezzo di una lampada nell'altra. Era essenziale ricondurre i cavi a provenienze certe, come diceva il mio manuale.

«Cosa stai facendo?».

Non dovetti nemmeno alzare lo sguardo: riconobbi subito la sua voce, così come le sue scarpe.

«Ciao Chris», salutai distratto.

«Perché stai smontando la camera?», si accigliò lei.

«Capitolo 25, sezione 4, riga 22», elencai raggiante. «Come scoprire se qualcuno ha piazzato delle cimici nel luogo in cui vivi».

Mi tirai su e le mostrai la lampada smontata. Attorno a me giacevano tre diverse plafoniere, i rispettivi cavi allungati sul parquet. Nulla di sospetto per ora, ma ero certo che avrei trovato qualcosa prima di sera.

«Ti ricordo che domattina all'alba dovremo andarcene», disse Christabel, «e vorrei evitare di far colazione in mezzo a questo casino».

«Tranquilla, metterò tutto a posto», la guardai negli occhi spalancando i miei e continuai col labiale, scandendo ogni parola: «Non. Dire. Nulla. Di. Compromettente».

«Oddio, Scott, abbiamo già controllato», sbottò lei. A voce alta. Era veramente cocciuta! «Riesci a stare fermo per cinque minuti?».

«Non abbiamo seguito le regole del mio manuale!», protestai.

«Se permetti, nel tuo libro non esiste la voce: Illusionista bastardo, mosse e contromosse».

«Ecco», sollevai l'indice con apprensione. «L'hai detto davanti alle cimici. Adesso sei nei guai».

Benissimo, ero pronto a godermi lo spettacolo.

E infatti gli insulti arrivarono con sorprendente puntualità.

Li adoravo, anche perché avevo scoperto che arrivavano sempre nella stessa sequenza.

Idiota. Fastidioso. Rumoroso. Insopportabile.

Ma il mio preferito era paranoico. Io paranoico! Quando si dice che il bue dà del cornuto all'asino.

Christabel in versione arrabbiata raggiungeva i miei canoni massimi di bellezza. Stavo là, e pregavo insistentemente che le cadesse la matita dai capelli. *Doveva* cadere. Era una questione di gravità, di certezze matematiche, non poteva resistere a tutti quegli scossoni.

Secondo me nessun siero della memoria poteva cancellare Christabel. Come si può dimenticare un concentrato di negatività tanto bello?

Alzai il braccio e cercai di attirare la sua attenzione.

«Che vuoi?», brontolò togliendosi le scarpe. Si mise sul lato del letto opposto a dov'ero io.

«Sei tornata mezz'ora prima del previsto», la informai. «Domanda uno: dove hai lasciato Jared e Faith?

Domanda due: avete trovato la cena? Affermazione uno: avevo detto che sarei rimasto in camera per accertamenti. E sto finendo l'accertamento. Domanda tre: hai intenzione di restare?».

«Devo farmi una doccia», replicò lei.

«Oh», poggiai il mento sulla mano, provocandola. «D'accordo, allora resta pure. Non interferirò».

«No, Scott Jenkins, devo farmi una doccia e tu uscirai da questa stanza».

«Sentendo l'acqua scorrere, le cameriere potrebbero insospettirsi», obiettai. «Serve qualcuno di guardia».

«E quel qualcuno non sei tu», esclamò decisa. «In caso di pericolo avrò il tuo manuale».

Nascose un mezzo sorriso.

Forse, in una sorta di cambiamento cosmico, era giusto così. Avevo lasciato il mezzo sorriso di zio Duke per passare direttamente a quello di Christabel. Ero stato catapultato dalla poltrona puzzolente di casa sua a quella anonima di un albergo qualsiasi.

Malgrado l'invisibilità, io c'ero più di prima, con più intensità.

«Riguardo le altre domande», Christabel mi osservò, «sì, abbiamo trovato la cena. Faith e Jared stanno aspettando che il ristorante chiuda. Prima c'era troppa gente e non riuscivamo a entrare in cucina, così sono tornata qua. Sai com'è, dopo un'ora al bazar delle spezie…».

«Ecco perché sai di curry», risi.

«Già». Tornò a rabbuiarsi.

Non riusciva mai a essere serena. Non che fosse facile nelle nostre condizioni, ma per lei era davvero impossibile.

«Avanti», la incoraggiai. «Cosa c'è che non va?».

«Niente di diverso dal solito. Penso solo che questa non sia vita».

«E perché? In fin dei conti nessuno ci sta dando fastidio, adesso. Certo, quando partiremo magari... ma *ora* non è un problema».

«Come fai?», il suo sguardo si fece triste. «Davvero, Scott. Come fai? È la situazione peggiore che potesse capitarci. E ti assicuro, nel mio quadro apocalittico le avevo pensate tutte».

«Non ho dubbi», sorrisi.

«Ogni giorno che passa mi manca mia nonna. L'unica famiglia che avevo è incarnata in lei. E penso che potrei essere a Londra a condurre la vita di sempre, penso che potrei essere in piscina a nuotare e nuotare, con Melinda che mi urla dietro. Vorrei tornare alla routine che odiavo, a torturarmi al pensiero di Nathan e di tutto quello che detestava vedere in me».

«Nathan?», mi incuriosii. «Chi è Nathan?».

«Il mio ex ragazzo», sul suo viso comparve un'espressione tirata. «Chissà se anche a lui è servito un siero della memoria. Probabilmente no».

«Dalla gioia nelle tue parole deduco che sei stata piantata».

«Non sono affari tuoi», replicò acida.

«E dai, sto scherzando». Le rivolsi un'occhiata complice. Non sapevo nulla del suo passato, e poi era così pessimista che risultava difficile immaginarla nella vita di coppia. «Quindi ora state insieme o no?».

«Decisamente no, Scott».

«Come mai ti ha lasciata?», strinsi gli occhi per osservarla meglio.

«Non ho mai detto questo. Lo deduci solo perché

sembro depressa? Be', potrei averlo lasciato io e soffrire ancora per il rimorso».

«No», risposi semplicemente. «Ti ha proprio piantata lui, e anche piuttosto male».

«Sei...».

«Idiota, fastidioso, rumoroso, insopportabile», la anticipai.

«Nathan Williams è una brava persona», puntualizzò. Sembrava più una scorciatoia per mettermi a tacere. «In caso contrario mi avrebbe evitato parecchie notti in bianco. È solare, divertente, pieno d'interessi. Il miglior compagno che si possa desiderare. Ma non riusciva a incastrarsi con la mia vita, e come biasimarlo? Nathan vive di lezioni, compagni di classe, sport e uscite al cinema. Io potevo offrirgli una nonna malata a cui stare appresso ventiquattr'ore al giorno, e tutto il mio bagaglio emotivo. Non c'era bisogno dell'NH1, per lui io ero già invisibile. Nathan ha smesso di guardare la realtà che mi circondava nel preciso istante in cui l'ha vista per quella che era. Mia nonna, il mio insegnante privato... forse in comune avevamo solo il nuoto. Durante la nostra relazione vedeva ogni cosa sbiadita, e alla fine sono sbiadita anch'io».

«Ha smesso di guardarti e poi ti ha lasciata?», chiesi, cercando di farlo con tatto.

«Un giorno ho aperto gli occhi e mi sono resa conto che, ai suoi, non c'ero». Arricciò le labbra, forse per non far tremare la voce. «Tra una nuotata, una lezione e una risata con gli amici, io non c'ero. Le nostre vite prendevano direzioni opposte. Perciò che senso aveva stare insieme? Che senso ha stare con un fantasma?».

«Sarà una brava persona, ma è anche un po' codardo».

«Questo non è consolatorio», tirò su col naso. «E comunque non è rilevante ora come ora. Adesso importa l'unica persona che ci ha trascinati qui. Penso a tutto quello che potrei fare, ma che non posso più fare, perché quel maledetto… l'Illusionista. Ci ha rubato la vita. E noi possiamo vagare, combattere, ribellarci, ma *lui* ci ha rubato la vita».

«Chris, fa così male perché vuoi tornare indietro».

«E tu no? Non vorresti tornare a essere chi eri, non vorresti cancellare questa assurdità?». Aveva gli occhi lucidi.

Mi corressi. Anche la Christabel vulnerabile raggiungeva i canoni massimi di bellezza.

«Io sono *io* anche adesso», mormorai. «Non mi sento cambiato. La situazione attorno lo è, e non in meglio, ti do ragione. Però, Chris, il tuo dolore deriva dal fatto che vuoi tornare dov'eri». Lei ammutolì, così racimolai il coraggio. Temevo lo prendesse come un giudizio, ma al tempo stesso volevo aiutarla. «Tu sei terribilmente negativa. La persona più negativa che conosca. Hai presente le nuvole nere dei film? I corvi del malaugurio sulla spalla?».

«Il concetto è chiaro», si risentì.

Forse dovevo migliorare la scelta delle metafore.

«Non puoi tornare dov'eri», sussurrai. «Chris, non puoi. Quello che è successo è successo. Chiamala iella, ingiustizia, ma nulla sarà come prima. Io trovo che sia una tortura continuare a pensarci. Nel mondo accadono cose terribili tutti i giorni, non sei l'unica colpita dalla cattiva sorte. Anzi, sei viva e sostanzialmente sei in buona salute. Rivangare sulle negatività non fa altro che affossarti». Presi un bel respiro e glielo dissi. «Secondo me ti porti sfortuna da sola».

«Sei uno psicologo meraviglioso», borbottò.

«D'accordo, sono pessimo con le parole», ammisi. «E ti chiedo scusa. Ma non sono abituato a spiegarmi, non sono abituato ad avere degli amici, e a guardare così a lungo una matita che sfida le leggi della fisica». La controllai di sottecchi, per vedere se l'avevo colpita. Lei tornò a sorridere. Fantastico. «Ma credo nella forza d'animo. Credo nella *migrazione*».

«Nella migrazione?», si stupì.

«Esatto. Hai presente gli uccelli? Quando arriva l'inverno, migrano. Percorrono migliaia di chilometri per trovare un posto migliore. Un luogo più caldo, una nuova casa. Ed è proprio uno sbattimento, non credi? Volare per tutto quel tempo, attraverso continenti e oceani. Potrebbero starsene sulla calotta polare a dire: "Oddio, come sono sfortunato! Starò qui ad agonizzare finché mamma natura non mi ascolta"».

«Pensi che dovrei migrare?», la sua voce si incrinò.

«Sì. Penso che dovresti».

Farlo insieme sarebbe stato più piacevole, ma fu un pensiero un po' sfrontato, così lo tenni per me.

In quel discorso ci credevo. Avevo sempre invidiato gli stormi di uccelli per la loro tenacia. Confidavo nell'ottimismo, quello vero, che ti trascina fuori dal fango.

*Volevo* che l'ottimismo salvasse anche me. Avvertivo i morsi dell'angoscia, avvertivo l'oppressione di non esserci, ma non volevo soccombere. Mi sarei spostato ancora e ancora, fino a trovare la mia estate.

Perché non ero fatto per rimpiangere il passato, né per sopravvivere. Oh no, io volevo vivere. Fino in fondo.

«Mi aiuti con questi cavi?», proposi a Christabel. «Poi andrò in corridoio e potrai fare tutte le docce che vuoi».

Lei ci pensò su. Alla fine si accucciò al mio fianco e iniziò a ordinare le plafoniere.

C'era qualcosa di meticoloso nei suoi gesti, qualcosa che ricordava la quotidianità di una vita passata. E in quel momento capii che spesso l'invisibilità metaforica fa più male di quella reale. L'Illusionista aveva nascosto il corpo di Christabel, ma Nathan aveva fatto di peggio. Inconsapevolmente, aveva messo in discussione la sua identità.

La spiai senza farmi notare, fingendo di sistemare a mia volta. Il pensiero più semplice fu anche la promessa più semplice.

*Ti dimostrerò che esisti, Christabel Hill.*

A volte occorre ritrovare se stessi, e per farlo servono più esperienze che specchi. Perché se è vero che l'invisibilità arriva da fuori, allora il suo contrario può esplodere da dentro. Può essere la ribellione di cui noi quattro avevamo un dannato bisogno.

L'obiettivo di tutti i giorni contro il gioco di un pazzo.

## *Christabel*

Melinda.

Per quanto si replicassero i miei calcoli, la risposta finale era sempre Melinda.

E dire che ne avevo conosciute, di persone. Dopo la morte dei miei genitori, quando ancora frequentavo la scuola e non le lezioni private, c'erano state Cathy, Ilda, Jacqueline. No, forse prima Ilda e poi Cathy.

Insomma, qualcosa di vagamente simile al concetto di "amica" esisteva, un tempo, da qualche parte nel mio passato.

Eppure, considerando gli ultimi anni, da quando la nonna era peggiorata e con Nathan era finita… Melinda. Soltanto Melinda, che neppure potevo considerare un'amica. Una sostenitrice più che altro, la mia allenatrice, l'unica capace di contenere la iella.

Lei mi mancava, e mi mancava il nuoto, a volte più di ogni altra cosa al mondo, più della nonna stessa. Non potevo immergere il viso sott'acqua, buttando fuori il resto dei suoni. Non potevo mulinare le braccia, tendere i muscoli, trattenere il respiro. Non riuscivo a reagire nell'unica maniera possibile, la sola che per me avesse un senso: il movimento. La spinta continua fino al crollo totale dei pensieri.

Faceva male.

Un male sordo e dannato, su cui non avevo controllo. I pensieri si affollavano sempre allo stesso modo, spaziavano dalla decisione di andarmene a quella di restare. C'erano volte in cui mi mancava il respiro. Quell'ombra si allungava dentro e fuori, e spesso non capivo da che parte arrivasse.

Andar via significava morire, ma io non conoscevo più il concetto di vita. E a trattenermi erano Faith, Scott e Jared, era la consapevolezza di non essere da sola.

Spostai il peso da una natica all'altra, sistemando le ginocchia al petto.

Stavo seduta su quel balcone da ore. Era la quinta camera d'albergo che cambiavamo, e non mi andava di uscire. A essere sincera, non mi andava di fare nulla, se non guardare il cielo e aspettare che cambiasse.

La routine della natura riusciva a trasmettermi un senso di pace. Il sole sorgeva e poi tramontava, seguendo un ritmo a dir poco consolante. Aveva controllo su se stesso, controllo sullo scorrere del tempo.

*La verità è una sola, Christabel Hill.* Ci pensavo spesso nell'ultimo periodo. *La verità è che questa condizione ti appartiene da sempre. E per sempre.*

L'NH1 aveva semplicemente reso tangibile il processo di una vita. Sguazzavo nell'invisibilità ancor prima di sguazzare in piscina.

Melinda.

Soltanto Melinda.

*Chi ti ha mai vista, là fuori? Chi si è preso cura di te, a parte una vecchia nonna malata?*

Ero già invisibile. E se non io, lo erano i miei pensieri, le mie paure, i miei segreti più intimi.

Alla fine, cosa importava? A chi importava?

La porta finestra si aprì, rivelando la figura di Jared.

Lo scorsi prima che lui potesse individuarmi, e quando lo fece saltò per lo spavento.

«Christabel», rantolò.

«Prendevo una boccata d'aria», mormorai.

Provai ad alzarmi, ma il sedere si era cristallizzato a terra. Avevo tutti i muscoli indolenziti.

«Be', avvisa la prossima volta», replicò. «Mi hai fatto prendere un colpo».

«Scusa, non ti ho sentito entrare. Mi sarei anche alzata, ma credo di aver appena messo radici».

C'era qualcosa di assolutamente grottesco in quell'immagine.

«Da quanto sei qui?», sospirò Jared.

«Un paio d'ore. Forse tre. Non so, voi da quanto siete usciti?».

«Christabel, è rischioso», protestò lui. Si appoggiò al parapetto con aria stanca. «Non senti nulla da qua fuori, e se entrasse di nuovo una cameriera? O peggio ancora, *qualcun altro*? Non puoi startene da sola».

«Mi arrangerei», feci spallucce.

La verità era che la solitudine peggiorava la mia condizione, e questo Jared lo sapeva. Io per prima ne ero consapevole, ma non riuscivo ad affrontare la cosa.

Jared era sempre iperprotettivo. Ce l'aveva nel sangue, e forse era proprio questo a salvarlo. Così come Scott si aggrappava al suo ottimismo, Jared sopravviveva grazie al suo altruismo. A ognuno il suo appiglio, e io nuotavo disperata alla ricerca del mio.

«Hai visto Faith?», chiese cauto.

«Io?», sgranai gli occhi. «Scusa, ma non eravate insieme?».

«Sì, ma dopo il primo giro di controllo ci siamo divisi. Io e Scott volevamo cercare altre guide, mentre lei ha detto che sarebbe tornata». Mi guardò sconsolato. «Pensavo fosse con te».

Faith era decisamente evasiva nell'ultimo periodo.

Mi dicevo che, in fondo, anche lei stava combattendo i suoi demoni. Ma da amica era un ragionamento piuttosto egoista. Certo, il nostro era un legame forzato, non ci eravamo propriamente scelte. Ma Faith mi piaceva. Era una persona dolce e generosa, l'unica amica da contare insieme a Melinda.

Perché mai non l'avevo considerata?

Così, di punto in bianco, ricordai le parole di Scott.

Non l'avevo considerata perché io, testarda Christabel Hill, stavo ancora cercando di tornare al punto di partenza.

«Sei preoccupato per lei?», chiesi a Jared.

«Un po'», ammise lui. «Insomma, non lo so. Dovrei esserlo? A volte ho paura di essere troppo apprensivo, di invadere i suoi spazi. Ha il diritto di andare dove vuole, quando vuole».

Si passò una mano tra i capelli, lasciando il respiro a metà. Per quanto si sforzasse, non riusciva a nascondere le occhiaie. Erano notti intere che non dormiva come si deve, e ora si trovava con me, la peggior consolatrice di sempre.

«Vedrai che starà bene», dissi piano. Fu uno sforzo enorme, ma volevo farlo. «Probabilmente aveva bisogno di pensare. E chi mai vorrebbe farlo con una come me? Faith è molto gentile, ma chiunque odia il mio pessimismo».

Jared sorrise.

Notai della gratitudine, incastrata da qualche parte nella sua espressione.

«Sii onesto con lei», azzardai. «È giusto che sappia se ti preoccupi. Un amico comune mi ha insegnato che ogni tanto bisogna essere sfacciati».

«Fammi indovinare. Parla molto e quasi sempre a sproposito?».

«Forse lo conosci», scherzai.

«Ha trovato un altro manuale, sai?», ridacchiò. «E non vede l'ora di fartelo leggere. Penso che avrà un futuro nel mondo dello spionaggio».

L'idea di buttarmi giù dal balcone divenne improvvisamente allettante.

«Mi dispiace», disse ancora. Quel discorso gli costava una certa fatica. «Era da un po' che volevo parlartene. Se in qualche modo ti ho costretta a fare qualcosa…».

Capii subito dove voleva andare a parare.

«No, senti…», cominciai.

«Non voglio essere a capo di un bel niente. E questa per me non è una squadra, siete persone. Perciò quel che dico non è oro colato, e le mie idee non sono ordini».

«Jared, lo so. A Puerto Williams ero arrabbiata, è stato più che altro uno sfogo».

«Anche per Thomas era così», si rabbuiò. «Lui mi accusava di voler essere sua madre, suo padre, il suo tutore. E forse ero davvero troppo protettivo. Io volevo soltanto essere suo fratello».

Costrinsi le gambe a muoversi e tornai in piedi. La situazione richiedeva soccorso immediato.

*Ricorda le parole di Scott, ricorda le parole di Scott.* Nessun "indietro": erano loro, adesso, la mia famiglia.

«Ascoltami», gli posai una mano sulla spalla. «Jared, ascoltami. Stai andando bene». Non c'era un modo giusto per dirlo. «Lascia perdere il resto. Stai andando alla grande».

«Quindi non credi più negli influssi della iella?», cercò il mio sguardo.

«No», decisi. «Be', più o meno».

«*Christabel*».

«Ci sto lavorando!», protestai. «Un po' di pazienza».

Melinda e Faith.

Anzi, Faith. E poi Melinda.

Diedi un'ultima occhiata al cielo e scorsi una macchia più scura. Inizialmente non riuscii a distinguere le sagome, poi i contorni si fecero più chiari.

«Uccelli?», chiese Jared col naso all'insù.

«Uno stormo di uccelli», esultai.

I piedi si mossero da soli, e due secondi più tardi ero già in camera. Infilai gli stivali, recuperai il coltello e con cautela aprii la porta.

«Vado a cercare Faith», annunciai.

Il mio tentativo. Il mio cambiamento. La mia migrazione.

# *Jared*

Alle due di notte, improvvisamente, mi svegliai.

Dannazione. Ancora una volta.

Spostai il lembo del sacco a pelo e poggiai una mano sulla fronte. Ero sudato fradicio. In quella stanza faceva troppo caldo, ma tenere la finestra aperta era fuori questione. Minimo beneficio e massimo rischio.

Odiavo tutto del nuovo albergo: i corridoi stretti, gli ospiti rumorosi e, più di ogni cosa, il buio. La nostra camera dava su una stradina interna, che durante la notte non era mai illuminata. Niente luna, niente lampioni, niente di niente. Solo l'oscurità con cui fare a botte.

Cercai a tentoni la maglietta e sgusciai fuori dal sacco a pelo. Quando realizzai che il letto matrimoniale era intonso, fu impossibile ingoiare un'imprecazione. Ci eravamo caduti di nuovo. Faith e Christabel si erano rifiutate di dormire su un materasso vero.

Inizialmente facevamo a turno. Due di noi stavano sul letto e due nei sacchi a pelo, e la notte successiva invertivamo le parti. Ovviamente, per evitare imbarazzi di qualche tipo, eravamo sempre divisi per sesso, anche se a dire il vero ero più imbarazzato a dormire con

Scott piuttosto che con Faith, ma certe considerazioni era meglio non esternarle.

Insomma, andava tutto alla grande, fin quando Scott non aveva deciso di fare il galantuomo. Maledetto lui e la sua cocciutaggine. Da perfetto gentleman si era offerto di stare sempre nel sacco a pelo, lasciando alle ragazze il bonus letto perenne. Christabel si era arrabbiata, e conclusione? Tutti dormivamo per terra, in attesa che qualcuno mollasse l'osso e rivalutasse l'idea iniziale.

Avevamo un pessimo spirito di collaborazione e un capriccioso spirito di adattamento, ma un ottimo concetto di squadra.

Scivolai sulla pianta dei piedi, nel tentativo di fare meno rumore possibile. Muoversi in venti metri quadrati era un'impresa decisamente ardua. Calpestai la cintura di Scott, lo zaino di Scott, l'orologio di Scott, le sue scarpe, i suoi pantaloni e anche i suoi calzini.

La domanda era: come diavolo faceva Scott a essere *ovunque*?

Maledissi lui e il suo disordine, per poi spostarmi verso il bagno. L'istinto iniziale fu uscire in balcone, ma rischiavo di allarmare gli altri. Meglio non armeggiare con le finestre in piena notte.

*Devi dormire, Jared.*

Lo ripetevo, ma non serviva a niente.

E la cosa peggiore non erano gli incubi, ma la loro assenza. Non sognavo assolutamente niente, quasi la mente fosse sprofondata nel nulla. Nessun pensiero, nessun ricordo. Le rare volte in cui riuscivo ad addormentarmi piombavo in un sonno malsano. Era una specie di black-out, che non prevedeva livelli intermedi. Un oblio calcolato, senza spazi, limiti e orizzonti.

Non ero più io, non c'era più niente, soltanto la sensazione lancinante del vuoto.

Piegai la testa sotto al rubinetto e lasciai scorrere l'acqua fresca. Poi, in piedi davanti allo specchio, pensai a Tommy.

Non volutamente, fu come un flash. I ricordi non erano mai voluti, ma a volte affioravano lo stesso.

La cosa strana era sapere di non mancargli. I Morgan gli volevano un bene dell'anima, non avevo preoccupazioni sul suo futuro. Sarebbe cresciuto amato, coccolato e pieno di opportunità. L'importante era che qualcuno tenesse d'occhio le sue frequentazioni, dato che io non potevo più farlo.

Ma malgrado l'aloe, lo stile provenzale e i suoi manicaretti vegani, la signora Morgan non era poi tanto male. A lei, Faith sarebbe piaciuta. Era esattamente il genere di ragazza perfetta per casa Morgan. Avrei fatto un figurone a presentarla. Anche se, be'… loro non erano i miei veri genitori. Mia madre, se esisteva un *lassù*, speravo che approvasse.

Perché io approvavo Faith.

E non riuscivo a pormi troppe domande a riguardo. Mi era capitata all'improvviso, tra capo e collo, esattamente come il mio corpo era diventato invisibile: da un giorno all'altro, senza rassicurazioni o premesse. Perciò ero consapevole di quel problema. Razionalmente parlando potevo essermi infatuato di un'idea o, come diceva lei stessa, di un appiglio.

Ma non era così.

Faith era come un quadro. Lo guardi e ti piace.

Potresti dar la colpa all'arte o allo stato d'animo del momento. Ma *ti piace*. Al diavolo la razionalizzazione.

Tornato in camera mi scoprii a osservarla per quanto l'oscurità lo permettesse, avvolta per metà nel suo sacco a pelo. Si rannicchiava sempre nello stesso angolo, il più distante da tutti, quasi la nicchia tra la parete e il comodino potesse in qualche modo proteggerla.

Un metro e sessanta di perfezione. Lei e quei capelli così strani, che riuscivano sempre ad attrarmi. A volte avevo semplicemente l'impulso di consolarla, di provare a condividere il suo dolore. Altre volte di baciarla. Dio, avrei passato ore a baciarla. E mi sentivo sbagliato per questo, sentivo di dover giustificare la bellezza di quel quadro, di doverla *spiegare*.

La raggiunsi senza neanche accorgermene.

Fu difficile trattenersi, ma non volevo svegliarla. Volevo soltanto ammirarne la luce, cercare una fiammella in mezzo a tutto quel buio.

E avevo bisogno di dormire

*Ti prego, non dimenticarmi anche tu.*

Con i capelli ancora bagnati mi sdraiai accanto a lei, restando su un fianco. Da quella posizione riuscivo a guardarla in viso.

Mi rannicchiai il più vicino possibile e, inconsciamente, serrai le nocche. Impossibile elencare la serie di gesti istintivi che avrei fatto in quel momento. Ma lei, come sempre, riuscì a sorprendermi.

Piano piano aprì gli occhi, ancora impastati dal sonno. *Maledizione*, ero riuscito a svegliarla.

«Jared?», bisbigliò.

«Scusa», sillabai tra le labbra.

Lei arricciò il naso, preoccupata. Era a metà tra lo svegliarsi del tutto e il rimettersi a dormire.

«Va tutto bene?», sussurrò.

Annuii nel silenzio della stanza, mentendo spudoratamente.

*Per favore, non dimenticarmi anche tu.*

A volte pensavo semplicemente a come sarebbe stata la sua presenza nella mia vita di prima. Ci saremmo incontrati? Ipoteticamente, un qualsiasi giorno d'inverno, tra le strade di Londra.

Perché da visibile non riuscivo a... *vedere*? A *sentire* tutto quello che sentivo ora? Ad ammirare il mio quadro, disteso a qualche spanna da me?

In che direzione stavamo andando?

E chi ci avrebbe visti davvero, una volta tornati nel mondo?

Faith allungò la mano in cerca della mia. Trovò quella chiusa a pugno e si fece largo tra le dita, intrecciando i nostri mignoli.

«Prova a ritrovarti».

Fu l'unica cosa che disse, prima di sprofondare nuovamente nel torpore.

Forse era un sogno a metà, forse soltanto il ricordo dell'episodio a Cerro Bandera. La sua stretta si fece decisa per poi tornare leggera e, quando prese sonno del tutto, assente.

*Buonanotte, Faith la lontra.*

Lo pensai. Non lo dissi.

Era più che altro la voglia di imitare la normalità. Il desiderio di guardarla ancora e ancora, come avrei fatto nella vita reale.

Provavo così tante emozioni in quei giorni, ma alla fine lei c'era. E, nell'invisibilità, c'ero anch'io. Per una volta.

Posai la fronte sulla sua spalla e, lentamente, mi addormentai.

## *Faith*

A San Francisco de Quito c'è una piazza.

Si chiama Plaza de la Independencia, o più semplicemente Plaza Grande. Il covo perfetto dei turisti, dei locali e dei venditori ambulanti. Uno spazio aperto e arioso, circondato dai palazzi e da qualche albero piantato qua e là.

Ci andavo ogni giorno, da sola.

Era una specie di appuntamento fisso, il luogo perfetto in cui liberare me stessa. Sapevo raggiungerlo da ogni punto della città, non importava dove fosse il nostro albergo, ostello o affittacamere. Io conoscevo il percorso. L'avevo studiato a memoria sulla mappa, come una X luminosa che riuscivo sempre a trovare.

Ero diventata brava con le cartine. Se mantenevo una certa lucidità, potevo orientarmi, riconoscere le strade, i negozi, i luoghi di interesse già visti. Puntavo dritto verso l'obiettivo e, con più o meno sforzi, alla fine riuscivo a raggiungerlo. Ci eravamo concessi una pausa per fare rifornimento a Quito, nel tentativo di mimetizzarci in vie e alberghi sempre diversi, senza rivelare mai a voce alta il passo successivo. Mancava poco alla partenza, e il piano era avvicinarsi alla meta senza raggiungerla prima del tempo. Col passare dei mesi, probabilmente, l'Ecuador sarebbe stato solo un ricordo lontano. Amavo Plaza Grande.

Era il quadrato perfetto da cui ammirare la distrazione del mondo. Un ricettacolo di suoni, odori, persone, schiamazzi. Ogni secondo, al massimo ogni due, succedeva qualcosa di diverso. Un bambino correva, un passante rideva, un turista scattava una fotografia. Senza interruzione. Uno, due, uno, due, uno, due. Se mi concentravo, il brusio diventava costante, continuo, talmente amalgamato da sembrare un suono unico, con rarissime variazioni.

Osservavo ogni cosa sempre dalla stessa angolazione: da sopra la statua dedicata ai caduti durante la guerra d'Indipendenza. Era un monumento strutturato in altezza, con una figura alata sulla cima. La base, composta da una serie di piccoli scalini, era zona delimitata, e non ci si poteva salire. Ma io ero invisibile, così nessuna guardia o turista petulante poteva mettersi a dissentire.

Da lassù, la visuale era perfetta. Potevo scegliere di stare in groppa alla statua del leone, oppure arrampicarmi fino all'uccello dalle ali spalancate. Sempre più su, oltre la targhetta commemorativa, come un funambolo che nessuno può applaudire. Le persone mi scattavano foto senza saperlo.

Salivo in alto, verso le montagne, verso il cielo, e poi osservavo. Quel mondo lurido era un susseguirsi di fotogrammi, sembrava la pellicola di un film. Nessun cambiamento, nessuna novità, solo ripetitività, noia, alienazione. La gente odiava i momenti morti. Li sostituiva con gesti abitudinari: cellulari, musica, tic nervosi, telefonate.

Per il contorno non c'era più spazio, solo un ego smisurato che ricercava sempre la stessa cosa: distrazione.

La mia condizione era colpa loro.

Iniziai a pensarlo con insistenza, dopo ore trascorse insieme a quei volti inespressivi. Quante tipologie di NH1 esistevano al mondo? Quanti tipi di invisibilità, naturale o indotta?

L'Illusionista non aveva inventato proprio un bel niente. Era colpa loro. Colpa loro se nessuno mi vedeva, colpa loro se nessuno mi sentiva, colpa loro se nessuno mi ricordava. E questo valeva anche prima.

Povera Faith cresciuta nell'ombra, schiava di una vita incapace di memorizzare. *Era colpa mia*, della vecchia, ingenua me, che con pollice e indice si ostinava a formare un rettangolo. Cosa speravo di trattenere? Dettagli, immagini, forme? Una foto per ogni volta in cui mio padre mi aveva abbandonata, una per ogni città, amico o conoscente che svaniva. Una foto per il mio cuore, speranzoso di essere visto.

La mia vita era solo intermittenza, una lampadina difettosa.

Mia madre mi aveva dimenticata. Mia madre, quella donna dai capelli color fiamma che girava per casa come una trottola impazzita. Il cordone ombelicale, l'affetto ancestrale, l'appiglio sincero. La figura destinata a restare, a pietrificarsi nell'anima con le unghie e coi denti, perché era *mia madre*.

Non esistevo per lei. Era bastato un liquido nel cervello, esattamente come la morte. Un attimo prima tutto, l'attimo dopo niente. Era bastato far sparire le mie cose, incendiare le foto, rimuovere l'immagine. Era bastato sostituirmi con la sorellina in arrivo.

Era bastato a lei ed era bastato a mio padre. Era stato sufficiente per le amiche d'infanzia, e per quei legami a cui forse un siero della memoria non era neppure servito. Troppa fatica anestetizzare il mondo intero, quando gran parte del mondo non ti ricorda. Quando a gran parte del mondo *non interessa*. Perché alla mia sorellina non sarebbe importato, conoscermi o meno era irrilevante.

Ogni gesto, canzone, sussurro. Irrilevante.

Così stavo zitta. Sempre allo stesso modo, mentre i pensieri salivano e salivano, proprio come io mi arrampicavo sulla statua. Stavo zitta quando arrivavo al leone, o quando mi spingevo ancora più su. Stavo zitta ad ascoltare i rumori circostanti, così lontani dalla mia realtà e così *uguali* alla mia realtà. Muta, in attesa che il pensiero si tramutasse in rabbia, che il dolore diventasse colpa, che l'affetto esplodesse in odio.

E poi urlavo.

Un grido unico, rauco e rabbioso. Addosso a tutti loro.

Addosso ai passanti, ai turisti, ai venditori ambulanti. Addosso ai bambini e agli animali, contro il cielo e le montagne, uno schiaffo agli alberi e un pugno ai monumenti. Urlavo e urlavo, dimostrando a me stessa che nessuno poteva sentirmi.

Che nessuno *voleva* sentirmi.

Era liberatorio e spaventoso, uccideva il passato e scomponeva il futuro. Si chiamava presente, rancore, vendetta. Scardinava le certezze della vecchia Faith per affossarle da qualche parte, nel luogo più remoto dell'anima, dove anche la vecchia Faith giaceva, decisa a non risvegliarsi mai più.

Non era quello che serviva. Non servivano mia madre, mio padre, mia sorella. Non servivano una filastrocca, le lacrime, il dolore.

Servivo io, la mia decisione, la mia furia.

Se il mondo non mi voleva, sarei stata ombra, se il mondo non mi vedeva, sarei stata assenza.

Invisibilità, silenzio, morte.

Sarei stata la solitudine, la *vera* solitudine, quella che cerchiamo di zittire distraendo le nostre menti con ogni mezzo possibile. Sarei stata la consapevolezza della fine, la certezza di non essere visti, sentiti, memorizzati.

Il resto faceva troppo male. Non si poteva dire, tantomeno pensare. Il resto era il baratro che mi avrebbe spinta sempre più in basso, fino alla pazzia più totale.

Forgiai ciò che restava di me stessa, la rabbia, e con quella decisi di proteggermi. Con quella decisi di reagire.

Volevo bene a Scott e a Christabel. Volevo bene a Jared, qualunque fosse il sentimento che mi legava a lui. Li avrei protetti a costo della vita, perché loro erano il presente, il vincolo, la famiglia. Meritavano la mia lucidità, meritavano la mia ribellione.

Così tracciai il Nord di quella nuova bussola, la N su cui stavano incisi Faith e Jared. E il passato decisi di dimenticarlo, esattamente come il mondo aveva dimenticato me.

Sì.

Amavo Plaza Grande.

Là, per dodici giorni, non avevo fatto altro che guardare. Osservare. E urlare.

*Sei sempre stata ombra, Faith.*

Poi, il tredicesimo giorno, senza motivazione apparente, non urlai più.

*Oltre le tue distrazioni, sei sempre stata ombra.*

Da quel momento indossai una nuova corazza. Era pesante, ma anche solida, resistente, ostinata. Difficile da nascondere e scomoda da portare, una seconda pelle con cui dovevo ancora entrare in confidenza.

La sconfitta del mostro avvenne con la creazione di un altro mostro.

Del *mio* mostro.

Era disperazione, ma anche sopravvivenza. E finii per pensare che fosse l'unica strada possibile.

A volte, quando il sole tramontava, sentivo ancora quella filastrocca.

*Nell'erba alta c'è un nascondiglio.*
*Un buco nero nero, come la pece.*
*E in quel buco tu ti nascondi.*
*Protetta dall'erba, il mondo non ti vede.*
*Il mondo ti ha perso,*
*il mondo non ti vede…*

A volte la sentivo. Poi, col passare del tempo, sempre meno.

Sempre più di rado.

Fino a svanire del tutto.

# Ringraziamenti

Ognuno di noi ha il suo *C'era una volta*, che forse è la parte delle fiabe che più si rispecchia nella vita reale.

C'è un primo passo per tutto, per i sogni, i progetti, le passioni. Un inizio per la vita che desideriamo, per l'orizzonte che chiamiamo futuro. Ma non siamo pagine bianche, non abbiamo consapevolezza della nostra chiusura e spesso è difficile mantenere l'ago della bussola.

Col tempo ho imparato una cosa importante: la differenza che può fare l'aiuto.

Parlo di quel sostegno affettuoso, disinteressato e straordinariamente altruista che sanno regalarci le persone a noi più vicine.

Amici, familiari, compagni, a volte anche solo "comparse".

Ma esiste un potere nel loro affetto, una magia reale in un sorriso, capace di dare un senso anche alle preoccupazioni più grandi.

Una volta un'amica mi ha scritto: «Reggiti, che io ti reggo».

Non sarei dove sono senza questo sostegno, e non sarei dove sono senza una vicinanza sincera.

Perciò grazie, grazie dal profondo del cuore a tutti coloro che mi sono rimasti accanto.

Grazie ai miei genitori, che in cima alla lista hanno reso la mia vita incredibile, permettendomi di imparare, muovermi, crescere e più di ogni cosa viaggiare. Ancora oggi penso fermamente che siano stati quei viaggi a salvarmi, a farmi aprire gli occhi sul mondo, aiutandomi a capire cosa è essenziale e cosa non lo è.

Grazie a Giulia, Serena e Cristina, intramontabili compagne di una vita, con cui ho condiviso infanzia, adolescenza, pianti, risate e tanti di quei film, tante di quelle cene da poterci scrivere un libro intero.

Siete parte di me, e lo sarete per sempre.

Grazie a Milù, che ha permesso a questo inizio di diventare percorso, dandogli una forma più definita.

E grazie a Laura, che insieme a lei ha reso possibile questa opportunità.

Grazie a Deborah, ai suoi innumerevoli figli nonché miei "nipoti". So che è stato lungo, so che è stato difficile, amica mia. Ma ho sempre creduto che alla fine, quella luce, ci avrebbe ricondotte a casa.

Grazie agli amici di Lodi, che sarebbero troppi da elencare ma mai troppi da dimenticare. Appartenete a un passato, un presente e un futuro che custodisce meravigliosi ricordi.

Grazie ad Alessandro, per essere realtà, vita, costanza e pazienza. Grazie a te, che sai capire i miei silenzi, trasformandoli in parole. Giorno dopo giorno, è sempre più bello camminare al tuo fianco.

Inoltre, non sarei qui a raccontare questa storia se non fosse per l'appoggio e l'aiuto della casa editrice che mi ha permesso di pubblicarla.

Un enorme grazie alla Fazi Editore per avermi supportata in ogni fase della lavorazione. Grazie ad Alice, Cristina, Francesco e Gloria per tutta l'energia, i suggerimenti, l'impegno e le idee. Siete stati fantastici!

Ma soprattutto, penso che questo percorso non sarebbe stato possibile senza una persona di enorme altruismo, capacità e valore, che ha proposto e lavorato questo libro con me sin dall'inizio, quando era solo un'idea.

Per questo, il mio grazie più grande va a Roberta, che insieme alla professionalità, all'entusiasmo e ai consigli mi ha regalato la cosa più importante di tutte: l'empatia.

Faith, Jared, Scott e Christabel non sarebbero gli stessi senza di te.

Ciò che conta resterà sempre questo inizio. Insieme al suo percorso, e al suo inizio ancora.

Grazie a voi, per aver letto, ascoltato e capito.

Finito di stampare
nel mese di giugno 2017
presso Print on web s.r.l.
Via Napoli, 85 – 03036 Isola del Liri (FR)
per conto di
Fazi Editore